南京人

南京人

叶兆言 著

南京大学出版社

目 录

南京人

- 003　怀旧情结
- 008　南京的沿革
- 013　诗人眼里的南京
- 020　金陵王气
- 026　亡国之音
- 032　城市的机遇
- 038　东南重镇
- 044　流民图
- 050　六朝人物与南京大萝卜
- 057　城　南
- 062　城　北

- 067　南京的吃
- 074　南京的喝（上）
- 080　南京的喝（下）
- 086　南京的玩

094	南京的乐
100	南京的四季
106	南京人
112	南京的外地人
117	南京的作家
123	南京的工薪阶层
128	南京的男人
134	南京女人（上）
140	南京女人（下）
146	有关南京人的几个补充

南京人·续

157	一百年前的南京
164	南京，历史和人文
172	关于秦淮河
177	天下文枢
185	骑毛驴郊游
187	鲁迅走过的路
189	朱偰先生
191	怀念老虎桥监狱
193	春节轶事
195	遥望卢沟桥
197	金风萧瑟走千官

199	南京民谣
201	全运会的花絮
203	昔日的篮球热
205	作为见证的广告
207	五万条毛巾运动
209	征婚救难
211	报纸上的某方
213	敌乎,友乎
215	死难者纪念
217	失去的老房子
222	唱情歌的季节
227	二十多年前的求偶
230	青春的传说
233	怀念柳树
235	烟添柳色看犹浅
237	春江水暖鸭先知
239	金川青溪
241	南朝四百八十寺
243	秋凉话酷暑
245	渴望下雪
247	南京的魅力指数
249	南京人读报
251	在南京骑车
253	在南京坐车
255	怀念金春锅贴店

257	安乐园雅聚
260	吃个热闹
262	文化中的南京
266	城市性格与作家
271	锦衣位的诗歌表演
273	在先锋书店喝茶
275	反对草地的理由
277	地铁的感想
279	感受豪宅
281	房价的旁观者
283	老王的车位
285	怀旧的西瓜
287	拆了百年老浴室
289	修城墙干什么
291	城砖上的文字
293	城墙的历史
295	记忆八卦洲
297	芥子园在什么地方
299	说不完的玄武湖
301	《江苏读本》中的南京
313	辛亥革命时的南京
322	后　记
323	附一:《南京人》序
325	附二:《南京人·续》序

南 京 人

怀旧情结

一

南京这地方用不着怀古。江南佳丽地,金陵帝王州,十朝都会,百代兴衰。多少年来,南京以其山川形胜,吸引了无数英雄豪杰角逐争雄,建都立业。是地方就有典故,是地方就有来头,是地方就能让人一番感叹,然后写出好好坏坏的文章来。

物以稀为贵,许多城市,为了保护一处历史遗迹,保护一个名人故居,保护一间快散架的破房子,能把嗓子都喊哑了。在南京常常无所谓,根本不当一回事,太多了,毁几样也没什么大不了。

也许,古迹文物未必靠保护才能存在。南京的许多好地方已经没有了踪影,可正是因为没有了,大家才更会想到它。怀旧是一种情结,是一种内在的东西。有时候,残存在人们想象中的古迹,比现实中保护过分的文物,更有趣,更耐人寻味。

譬如凤凰台,也就是在李白写了一首诗后,名气和身价陡增。"三山半落青天外,二水中分白鹭洲",李白的诗留下来了,凤凰台存在不存在，已没什么实际意义。从古书的记载看，凤凰台本来也不怎么样。河水已经改道，事实上也不可能再现凤凰台的神韵。无形的东西屡屡会击败有形的东西，虚可以战胜实，精神可以打败物质，无法想象一个用钢筋水泥造的仿古建筑，有什么存在的必要。因此，谁要是提议修复凤凰台，绝对是做蠢事。复古往往会把古给恢复没了，这样的教训已经太多。

二

有一次路过瓜洲古渡，突然见一块招牌，很是刺眼，上面明明白白地写着"杜十娘怒沉百宝箱之处"，我当时就感到很吃惊，凭什么这么斩钉截铁，凭什么这么一口咬定，凭什么这么自说自话。

那么大的一片汪洋，江水翻滚，浊浪滔天，凭什么说杜十娘就是在这儿扔了百宝箱？小说家写着玩玩的事，一当真，便有些滑稽煞风景。我曾经不止一次听人指责南京人，有外地人，也有本地人，他们一本正经指责南京人不知道保护文物，指责南京人没有复古意识。这种指责的潜台词，就是南京人真蠢，真没见识，不懂得自己的历史上，竟然有那么多可以炫耀的东西。

说南京人憨可以，说南京人不知道保护文物实在未必。古迹从来就是带有人文色彩的，心里有则有，心里无，修得再好也是白搭。历史不是修出来的。不仅凤凰台如此，什么周处读书处，什么随园小仓山，重新修造完全多此一举。花那么多人力和物力，倒不如提倡抽空多读几本书，既省钱又长知识。

历史是创造出来的，并不是在保护下产生的。历史就是历史，南京的辉煌前程，如果光指望着保护一些古迹，恢复一些文物，出息也大不了。

作为古都的南京，所谓家大业大，古迹和文物绝对禁得起糟蹋。在几大古都中，恐怕没有一个城市遭受的破坏，能和南京相比。也没有一个城市，经受过南京所遭受的苦难。南京这个城市的惨痛，远远超过了它的辉煌。不破不立，南京许多著名的风景，所以能传唱千古，破坏起到了极大的作用。历史并不因为破坏就会彻底消失。英雄常常创造历史，失败者同样也会在历史上留下应有的记录。

三

南京到处都是历史，南京到处都散发着历史的气息。南京可以怀旧的地方实在太多了。

南京的历史，就在我们身边。南京的历史，随手就可以拿出例子来。小时候，我住在户部街附近，此地是南唐的东宫所在地，写"问君能有几多愁，恰似一江春水向东流"的李后主，就生长在这一带。

不要说我们今天已见不到南唐的影子了，就是我们的前辈，也只能根据书本上的记录，去揣测历史的所在。"无情最是台城柳"，可是我们今天见到的台城，和唐诗人笔下的台城，压根儿就是两回事。但是仅仅这么一座明人留给我们的假台城，已经足够我们怀旧的。

南京人不太会喋喋不休地卖弄自己的谱牒。到处竖牌子说明和注解历史的做法，固然有保护古迹文物的好意，但是也难免有开发旅游赚些钱的野心。古老的历史正好是个取之不尽的资源，南京可以竖牌子的地方实在太多，而且必定言之有据、货真价实。哪条街都有故事，哪幢老房子都有说法，南京是一座天然的历史博物馆。

远的不说，就说那些还不到一百年的往事吧。譬如湖南路十号的省军区大院，我所在的机关有许多年就借这地方办公，打开窗户，便能见到那幢西洋宫殿似的建筑，便能见到大门口站着两位持枪的哨兵。谁能想到那高耸着的黄颜色钟楼里，那陡峭的坡顶下面，在不到百年的历史里，居然发生了那么多惊天动地的大事。很多人现在已经不知道，这里曾是江苏咨议局的所在地，也是辫帅张勋的提督府。辛亥革命爆发，张勋逃之夭夭，全国十七个省的起义代表集中在这里，商讨成立中华民国，推举孙中山为临时大总统，也就是说，这里是中华民国出生的产房。这里还成了中华民国临时参议院，值得纪念的是，该参议院是民国历史上、也是中国历史上的第一个立宪机构。

汪精卫也是在这儿遇刺的，因为此地曾是国民党定都南京以后的中央党部，据说刺客当时想刺杀蒋委员长，只是由于蒋委员长临时没有到场，才改成向汪精卫开枪。汪精卫的被刺，充分显示了当时中国人的抗战决心。

四

南京这样的城市真的不用怀古。

这是一座摆脱不了历史气息的城市。走到哪里，都是走在历史的阴影里。历史留给南京的遗产实在是太丰厚了，太丰富，有时未必就是好事。

在南京，一个人的思绪，有时候很容易就会被怀旧情结所缠绕，会沉重地跌到历史的功劳簿上，再也爬不起来。历史既可以是面引以为鉴的镜子，又可以是个深不见底的大陷阱。如果不用开拓的思维对南京这座古城进行新的审视，如果一味地缩手缩脚，南京人将在巨大的历史负担面前，不知所措，走投无路。

一个靠怀古而存在的城市，是没有前途的。中国古老的都市，也并不就只有南京这一座，但是真正像南京城那样历经沧桑，发生过那样强烈的变化，那样值得后人怀旧的城市却不多。想明白也好，想不明白也好，南京人没办法回避怀旧的情结。对于一个文化人来说，南京这个城市，是一扇我们回首历史的窗户。

南京的沿革

一

南京的历史，可以远溯到三十万年前左右。最新考古发现，在南京汤山一个称为葫芦洞的岩溶洞里，找到了闻名中外的"汤山猿人"头骨和牙齿的化石。这也许就是南京人的始祖了。我曾有过一枚根据头骨复原的像章，慈眉善目，大耳方腮，看上去很可爱。

大约在公元前六千至前四千年，今日南京市区范围内，像鼓楼岗周围、秦淮河流域，出现了原始居民的部落。再往后，到了五帝时代，南京属于古扬州。《通考》一书记载了古扬州的来历："舜置十二牧，扬州其一。"《尔雅》也对扬州的古义作了解释："江南曰扬州。"由此，我们可以知道古扬州和今天的扬州，是两个不同的概念。

南京又有吴头楚尾之说。在周代，它属于吴国，从地理位置看，离楚国的属地极近，两国之间因此时有战事。吴国一度很有作为，到了春秋末，卧薪尝胆的越王勾践灭吴，将南京划到了越国的版图上。六十年以后，楚又灭越，给南京起了一个名叫金陵。然后又过了九十年，秦始皇扫荡了楚，统一中国，将天下分为三十六郡，金陵被改名为秣陵县，先属鄣郡管辖，后改为属会稽郡管辖。

二

在秦汉的四百年间，南京是个不太起眼的小城市。一直到公元229年，孙权将秣陵改名为建业，并在此称帝，南京这城市才开始真正有名气。这是南京被称为六朝古都的开始，从此，南京成为东南第一大城市。

南京这个城市，在一开始，就是一个短命王朝的所在地。孙权死后，吴国的另一位皇帝孙皓在位仅十六年，晋军便攻入石头城，孙皓投降，吴亡。

三十七年后，西晋亡，东晋以南京为国都，总算熬了整整一百年，东晋的大将刘裕北伐，攻克后秦的首都长安，趁势也把东晋灭了，自己称帝。刘裕把自己的国号定为"宋"，此宋与唐宋元明清的大宋，不是一回事，时间上前后相差了五百多年，只是在南京偏安的宋齐梁陈的一个小朝廷，历史上又把此宋称为刘宋。

刘宋之后是齐，齐之后，是梁，然后是陈。东吴、东晋，加上宋齐梁陈，合称为六朝。宋齐梁陈，四个小朝廷一共只维持了一百多年，其中齐的寿命最短，连头带尾，仅仅二十三年。

六朝的结束，从中国的大历史上来说，是件好事，它意味着中国历史上分裂的南北朝时期结束。南北战争终于告一段落，南方失败了，向北方俯首称臣。六朝的最后一个小朝廷陈的灭亡，也意味着南京从繁华走向衰败。由于灭陈的隋朝来自北方，必然会担心南方势力的死灰复燃。隋文帝采取的一个最激烈的手段,就是将南京城彻底荡成平地。南京城遭受到了致命的破坏,多少年以后,才恢复元气。

三

在唐宋元三朝,南京在经济上占有重要地位,它是北方中央集权管辖下的一个重镇,是统治南方的一个据点。北方派来的封疆大吏,在这儿坐镇监视着南方势力的一举一动。富庶的江南为南京的繁华提供了物质上的保证。在唐朝灭亡到大宋兴起这短暂的间歇中,南京还有过一个叫南唐的小朝廷,这是大历史中的一个小插曲。

这个小插曲最让人津津乐道的,是出了一位写"恰似一江春水向东流"的李后主。

直到朱元璋在南京建立明朝,南京才又一次扬眉吐气。南京终于又一次得到前所未有的发展。今天南京所拥有的基本格局,都是明朝初年定下来的。明朝有近三百年的历史,在南京建都的日子并不长,前后一共五十多年。

明朝的朝廷后来迁到北京去了,作为京师的南京正式以南京命名。中国历史上,至少有七个城市,曾经被称之为南京。譬如四川的成都,当年唐玄宗为躲避安史之乱,逃到了四川成都,便把成都改称为南京。而辽金曾把他们的征服地、大宋的国都开封定为南京,大宋自己也把河南的商丘称为南京。最有趣的是,今日的首都北京,当年也一度被称为南京,那时是在五代后晋的治下。

从明朝开始,"南京"这个称呼,成了南京的专利。历史上的南京有过许多名字,除了金陵之外,还有秦始皇时改名为秣陵,以后又被改为建业,建业的"业",有一段时期,规定要写成"邺"。三国以后,南京又一度被称为江宁,"宁"是太平无事的意思。到西晋末年,由于晋愍帝叫司马邺,为了避他的名讳,又把建邺改为建康。

元朝时,南京被改为建康路,后又被改为集庆路。这是一个骑在马背上的剽悍民族为南京起的名字。元朝和南京的关系,有两点可以记下来,一是元兵是从雨花台方向攻进南京城的;662年以后,日本兵又从同一个地方冲进南京。二是蒙古贵族特别喜欢江南的丝绸,于是织造业大为发展,为明清两朝丝绸织造业奠定了基础。

到了清朝,南京在行政区划上的正式名称,是江宁府。南京是两江总督的所在地,但是它的管辖范围,曾经十分混乱。清顺治时,南京被攻陷,南明小朝廷崩溃,改南京为江南省,改应天府为江宁府,设总督管辖江南、江西、河南三省。以后管辖范围不断变化,大致是定在江苏、安徽、江西三省之间。

太平天国时期,南京作为它的京都,被取名为天京。

四

金陵也好,秣陵也好,江宁也好,还有建业与建康,这些都是通过帝王的行政命令,为南京命的名。南京还有许多别称,这些别称是怀古的诗人们爱用的。在古诗词中,常常能见到"白门柳"这样的字眼,"白门杨柳好藏鸦","白下有山皆绕郭",至今南京还有一个区名叫白下区。

宋人张敦颐的《六朝事迹编类》,曾记载了一个皇帝不喜欢"白门"的迷信故事,实在精彩。在这位皇帝看来,白是一种不祥之色,非常忌讳。有一位大臣在说话时,不小心提到了"白门",结果这位皇帝龙颜大

怒,像泼妇一样张嘴就骂:

"白汝家门!"

这四个字真传神,我查了一下,说这粗话的,是南朝刘宋小朝廷中的宋明帝,他前后也就当了八年皇帝。

南京还有一系列差不多被人遗忘的别名,诸如江乘、胡孰、丹杨、濑渚、平陵、归化等等,考证一番都能写文章。我无心去写这样的考证文章,只是凭猜想,认定胡孰和今天南京盛产板鸭的湖熟镇有关,这就好比丹杨和今天城东的"小丹阳"有关一样。

《晋书·地理志》曾解释"丹杨"的来历,是由于附近山上多赤柳,赤就是丹,杨就是柳,所以赤柳即丹杨。"丹阳"只不过是以讹传讹罢了。

五

南京在民国时期,是首都。国民革命军北伐胜利以后,北京被改名为北平,"平"是和平祥瑞的意思,就仿佛历史上南京被改名为江宁一样,是一种别有用心。

南京成为民国首都以后,变成隶属于国民政府行政院的直辖市。江苏省政府迁到了镇江,这局面,直到1949年以后,蒋介石政府彻底垮台才结束。

南京的第一任市长,是刘纪文,他在任内干的最出色的一件事,就是开辟南京的马路。南京市内的中山东路、中山北路、中山路、中山南路就是在他的主持下开辟的。

1949年以后,南京又成为省政府的所在地。大名鼎鼎的刘伯承元帅,是新南京的第一任市长。

诗人眼里的南京

一

在南京这样的城市里,太容易产生怀旧的情绪。历史上有无数优秀的诗人写过南京,写到南京必怀旧,怀旧一定惆怅。怀旧是南京一个解不开的死结。清末的一位重要诗人陈三立在感慨往事时,曾经哀叹道:"何必远溯乾嘉盛,说起同光已惘然。"在南京怀旧,往远处说,可以说到新近在汤山发现的号称"金陵始祖"的南京猿人头骨,可以说到吴越争霸,说到秦始皇南巡,说到六朝金粉;往近处侃,又可以大谈中国历史上最大的农民起义太平天国,可以说汪精卫,蒋介石,但是无论哪一桩,说到了,都是疮,都是疤,都不是滋味。

中国历史上的古都,也不就是南京这一家,西安人可以追溯秦汉和大唐帝国,河南人和杭州人可以怀念北宋和南宋,北京人可以占着元明清三朝,说起来更是财大气粗。这些古都好歹都是盛朝,南宋虽然弱一些,也有一百五十年的历史。不像南京,号称十朝古都,除了迁都北京前的明朝还像回事,都是不景气和没出息的小朝廷,不仅偏安,而且短寿。南京这地方更出名的是后主,什么陈后主、李后主,统统都是历史的笑柄。没有一个古都会像南京这样始终充满着一种亡国的气氛,正像郑板桥咏南京的诗那样:

　　一国兴来一国亡,
　　六朝兴废太匆忙。

　　文化人对南京特别钟情,有关南京的好诗好词多得数不胜数,名篇迭出,佳句永传。好像只是因为一而再、再而三地亡了国,才给了诗人一个表现才华的机会,好像只是因为亡国,才触动了诗人诗绪泉涌的灵感。诗人眼里的南京总是和怀旧情绪联系在一起的。历史上的文人,只要他有机会到过南京,必定要留下诗篇,大发思古之幽情。

二

　　真正带有怀旧情绪的诗词,是从唐朝才开始的,譬如李白的《登金陵凤凰台》:

　　凤凰台上凤凰游,凤去台空江自流。
　　吴宫花草埋幽径,晋代衣冠成古丘。
　　三山半落青天外,二水中分白鹭洲。
　　总为浮云能蔽日,长安不见使人愁。

　　这是盛唐时期的声音,是一个郁郁不得志者的自言自语,有诗的含蓄,却没有什么羞答答的掩饰。虽然也是怀旧,但还不至于过分绝望。盛唐就是盛唐,这毕竟是中国历史上不可多得的辉煌时期,再往后,匆匆经过中唐,到了晚唐,咏南京的诗陡然多起来,个人的牢骚已经见不到了,人们见到的只是对历史的感叹。

  朱雀桥边野草花,乌衣巷口夕阳斜。
  旧时王谢堂前燕,飞入寻常百姓家。(刘禹锡)

  北湖南埭水漫漫,一片降旗百尺竿。
  三百年间同晓梦,钟山何处有龙盘。(李商隐)

  江雨霏霏江草齐,六朝如梦鸟空啼。
  无情最是台城柳,依旧烟笼十里堤。(韦庄)

  大唐的繁华转眼即逝,晚唐的诗人们不敢怀念盛唐,今不如昔,这话真说出来,有些犯忌,于是便在缅怀六朝金粉上大做文章。晚唐诗人写南京,总是离不开咏史的路子。盛唐的繁华和短暂,正好和六朝相仿佛。晚唐诗是中国诗歌中的精品,和盛唐诗比起来,最重要的区别,在于气势上虚弱了许多。盛唐完了,盛唐的诗也就成了绝唱。在晚唐,再也出不了李白和杜甫,晚唐人写不出盛唐气势的诗。过去有人写诗说:"一种风流吾最爱,六朝人物晚唐诗。"由此可见,六朝人物和晚唐诗,在精神上颇有相通之处。六朝的人和晚唐的诗,都是没落时代的结晶。南京这地方,的确也最适合用晚唐气韵的诗歌来歌咏。

三

宋人眼里的南京,基本上继承了晚唐诗人的路子,仍然是咏史,不过已不像晚唐诗人那样不见个人的情感。姜夔的《杏花天影》,曾是我最喜欢听人吟唱的一首词曲,那动人的旋律常在我耳边回响:

绿丝低拂鸳鸯浦,想桃叶当时唤渡。又将愁眼与春花,待去,倚兰桡更少驻。　　金陵路,莺吟燕舞,算湖水知人最苦。满汀芳草不成归,日暮更移舟向甚处。

上面这首词是诗人路过金陵,在秦淮河上触景生情,想起桃叶和王献之的爱情故事,欣然命笔写成的。姜夔的词整个是晚唐诗人的意境,然而掩盖不住的儿女之情,已经跃然纸上。值得怀旧的南京在这里已经成为背景。姜夔显然是把晚唐诗人擅长的咏史和抒情两类不同的风格,巧妙地糅在了一起。这也是宋人的本事,既怀旧咏史,又婉约写情,可惜的是,词虽然写得漂亮,写得精巧,却有些小家子气。

另一位南宋诗人文天祥过南京时,写的《金陵驿》就大不一样。当时他身为元兵的俘虏,即将被押往元大都,在金陵驿站小憩,同样是触景生情,想的事却完全不一样。目睹国家已亡,文天祥心痛欲裂:

草合离宫转夕晖,孤云飘泊复何依?
山河风景元无异,城郭人民半已非!
满地芦花和我老,旧家燕子傍谁飞?

从今别却江南路,化作啼鹃带血归。

时代不同,声音不同。人不相同,声音也不会相同。文天祥在南京的怀旧诗中,也有和前人一样凄凄惨惨的感叹,然而更有一股悲壮的英雄气。这是一个志士取义成仁的最后的声音,是一首没有豪言壮语的正气歌。

文天祥是进士出身,而且是名列第一的状元,他能写出好诗不奇怪。六百年以后,湘军死死地将太平军围在南京城里,忠王李秀成登上了石头城,这位农民起义的草莽英雄也作了一首七律,真是太可以让人赞叹:

鼙鼓声声动未休,关心楚尾与吴头。
定知剑气飞腾日,犹是烟尘扰攘秋。
万里江山多筑垒,百年身世独登楼。
匹夫怀抱兴亡责,敢把功名付水流。

凡是写南京的诗词,必可以从怀旧中,听到一种亡国的声音。亡国之恨是南京历史上永远的痛。忠王李秀成的这首七绝,和文天祥的诗一样,既悲且壮,洋溢着一种虽败犹荣的英雄气。这种不可多得的英雄气是写南京的诗词中的别调,是主旋律之外的另一种声音。虽然也是失败者的呼声,却是不同凡响。

四

在南京这地方,写出好诗不是什么难事,做了汉奸而遗臭万年的汪

精卫写的诗并不坏,在一个重阳节,汪精卫登上了北极阁,填了一首词:

> 城楼百尺倚空巷,雁背正低翔。满地萧萧落叶,黄花留住斜阳。　阑干拍遍,心头块垒,眼底风光。为问青山绿水,能禁几度兴亡。

这首词仍然是怀旧情绪的老套子,在汪精卫的诗词中,算不上上品。这种情绪其实只是一种文人骚客的毛病,会写诗的人,都是这么诌的。

表现南京的诗词,肯定不会少于成千上万首。光是选本就有许多种。咏南京从来就是个好题目。按照老套子做,只要懂一些平仄对仗,便足以写出一些看上去似乎不坏、能蒙蒙人的诗来。

诗是心灵的写照,一个失意者常常能在南京找到共鸣。南京的特点,在于它始终以一个失败者的面目出现在人们面前。人们在遥想当年辉煌的同时,其实也就是在感叹今日的潦倒。《桃花扇》中的男主角侯方域一出场,便吟《恋芳春》一首:

> 孙楚楼边,莫愁湖上,又添几处垂杨。偏是江山胜处,酒卖斜阳,勾引游人醉赏。学金粉南朝模样,暗思想,那些莺颠燕狂,关甚兴亡。

孔尚任这是借侯方域的嘴,换个角度咏南京。"又添几处垂杨",无非是"无情最是台城柳"的意思,而"莺颠燕狂,关甚兴亡",活脱是"商女不知亡国恨"的写照。古人写诗,有时候就是在那么几个意思上转来转去,这就好像书法一样,正隶行草篆,变来变去,跳不出如来佛的手心。

五

在写南京的古诗中,不妨听听胜利者的声音。在关于南京的诗词选本中,康熙皇帝的一首诗几乎是选家必选的:

秣陵旧是图王地,此日鸾旗列队过。
一代规模成往迹,千秋兴废逐流波。
宫墙断缺迷青琐,野水湾环剩玉河。
治理艰勤重殷鉴,斜阳衰草系情多。

皇帝就是皇帝,何况是武功盖世的康熙。只有胜利者,才能发出这样充满王气的声音。

钟山风雨起苍黄,百万雄师过大江。
虎踞龙盘今胜昔,天翻地覆慨而慷。
宜将剩勇追穷寇,不可沽名学霸王。
天若有情天亦老,人间正道是沧桑。

毛泽东的这首《人民解放军占领南京》,气势磅礴,为写南京的旧体诗划了一个句号。

金陵王气

一

外地来的朋友,读过几本关于南京的书,来了南京,东走走西看看,到处发表感叹,感来叹去,无非那句话,就是金陵虎踞龙盘,的确有王气。

有关金陵王气,传说很多,可以写一系列考证文章。往白里说,就是南京这地方应该出皇帝,或者有皇帝。王气就是皇帝之气。南京好歹是十朝古都,这一点自然不成问题,算不上什么了不得的发现。

南京之所以称金陵,《金陵图经》上解释说:"昔楚威王见此有王气,埋金以镇之,故曰金陵。"有一种说法更具体,说楚威王埋的是一对小金人,只是这对小金人,从来也没被考古发现。

又传说秦始皇南巡时,最忧心忡忡的事,就是为南京的王气担忧,为了让他的子孙后代不被这股王气所扰,因此开凿了秦淮河以泄王气。至于龙蟠虎踞这个大家都熟悉的成语,是"钟山龙蟠,石头虎踞"的缩写,据说出自三国时期的诸葛亮之口。

到目前为止,还没有什么确切的材料,可以证明楚威王和秦始皇的故事。诸葛亮说的话也不可靠,因为考证的结果,是诸葛亮根本就没有来过南京。也许这些都只是故事,是后人编出来的。这样的故事蒙了许多人,连唐朝的大诗人李白也确信无疑。他在咏南京的诗中便写道:"地即帝王宅,山为龙虎盘。"历代礼赞南京的诗很多,李白的这两句诗说得斩钉截铁。

历史上第一个在南京建都的皇帝,是三国的孙权,金陵有王气之说,很可能就是那个时候提出来的。历史上这样的故事是不断重复的,当一个新的政权即将诞生的时候,总有一些谋臣术士跳出来献计献策,为某个定都之地,找到立足的理由。东吴在南京定都,对南京的历史起了一锤定音的作用。事实上,当年已掌握了长江中下游地盘的孙权,为在什么地方建都很犹豫不决,他最初选定的地方并不是南京,而是武昌。

公元211年,孙权将政治中心从京口、也就是今天的镇江迁来南京。东吴的筑治理想,是将自己的势力范围向西拓展。从京口西移至南京还不够,到了公元221年,孙权决定在鄂县建都,将鄂县改名为武昌,并在公元229年在武昌称帝。此武昌和武汉市一部分的武昌不是一回事,孙权定都的武昌,是今天湖北的鄂州市。由于武昌位于南京的上游,作为东吴政权支柱的江东大族,不愿意远离自己的势力范围,于是纷纷闹着要还都南京。当时南京的民谣是这样的:

宁饮建业水,不食武昌鱼。
宁还建业死,不止武昌居。

孙权没办法,只好在称帝的同一年,也就是公元229年,还都南京。

金陵有王气的提法，很可能也是当时民谣的一部分。后人习惯于用南京周围都是山来解释金陵的王气，其实长江沿线，有此地形的地方，何止南京一处。事在人为，南京的山势重要，南京的水利同样重要。东吴的水军十分厉害，后来在赤壁大败曹操，靠的就是水军。那时候的秦淮河还很大，南京周围又有许多湖泊便于水军操练，著名的石头城是当年的水军根据地。因此孙权最终定都南京，是权衡了各种利弊作出的，充分考虑到了天时地利人和。

后来，吴国的另一位皇帝孙皓，几乎上演了完全相似的一幕戏，他把都城劳民伤财地迁到武昌，折腾了不过一年，又从武昌迁回南京。

二

金陵的王气可以从正反两方面来看。

从正面看，金陵王气为想在南京这地方做皇帝的人，提供了一个理直气壮的借口。金陵王气的潜台词就是，天子受命于天，此地有王气，所谓天意。不是我想造反，斗胆在这儿称皇帝，而是天命不可违。所谓金陵王气，就是堂而皇之地搞分裂。

三国时的孙权是最后一位称帝的，他迟迟不敢称帝，很重要的一个原因，是觉得自己名不正言不顺。他耐心地等待着，一直等到曹操和刘备都称了帝以后，时机绝对成熟了，才颤巍巍地建立东吴，打出帝号。东吴是南京历史上建都的第一个朝代，可以说金陵王气在一开始，就显现出了底气不足的一面。

从反面看，南京这地方存在着反叛的可能性。在中国的大历史上，元明清之前，建都通常是选择黄河流域，殷商周不用说，两汉，大唐，大宋，有影响的朝代，差不多都属于黄河流域。长江流域向来受制于黄河流域。逐鹿中原，这几乎是一个不可争辩的事实，谁掌握了中原大地的命运，谁就是中国的天子。听命于来自黄河流域的号令，已成惯例。因此金陵王气的提出，大有挟长江而自重，与黄河一决高低的意思。金陵的王气，对于以黄河流域为中心的北方政权来说，便是一个提醒，便是一个警告。金陵王气是一个潜在的不安定因素。

金陵的王气，真正对北方构成威胁的机会并不多。只要粗粗比较一下这些词意，便可以看出南北对抗时，北方所占据的绝对优势。多少年来，我们已经习惯于说"南下"。多么简单的一件事，北方势力对南方的入侵，跟玩儿似的，仿佛像旅游一样轻松。而南方对抗北方，要说"北上"，悲壮一些要说北伐，不成功便成仁。

北伐从来就不是件容易的事。誓师北伐，想一想，就是一个很壮观的大场面。这是多么郑重其事的一个大举动，风萧萧兮易水寒，壮士一去兮不复还。历史上让我们能记起的最成功的北伐有两起：一是朱元璋的大明朝推翻元朝统治，恢复了汉人对中国的统治；另一个是国民革命军的北伐，1926年，国民革命政府在广州誓师北伐，攻下武昌以后，革命政府即由粤移汉，至1927年4月，遵已故总理孙中山的遗愿，建都南京。建都南京的重要意义在于，它使得北伐的军队成了名正言顺的王者之师。国民革命军在定都南京的次年，便挥师进入北京，结束了北洋军阀的历史。

三

看过《世说新语》的人，恐怕都能记得"新亭对泣"。公元316年，刘曜攻陷长安，西晋完了蛋，第二年，元帝即位于南京，建立了东晋王朝。当时黄河流域的广大地区，都被外族入侵，许多士大夫躲到南京避难，南京成了聚集中原文化精英的所在地。

每逢风和日丽的日子，这些精英们常常互相邀请，来到新亭，坐在草地上饮酒游宴。面对良辰美景，有一个姓周的旧臣文绉绉地叹息说："风景不殊，正自有山河之异！"他的话音刚落，在座的人你看我，我看你，都落下眼泪。只有当时在场的东晋丞相王导感到很愤怒，变色说："当共戮力王室，克复神州，何至作楚囚相对！"

东晋诸人最后还是没有克复神州，不过新亭对泣这个典故，为南京留下了两种值得回味的声音：一种是可怜兮兮的哭声，另一种是收复失地的豪言。这两种截然不同的声音，多少年来，在南京的上空回荡着。可惜的是，前一种声音是主旋律，是大合唱，而后一种声音，向来就是少数人喊出来的，也只是喊喊而已。

南京作为古都，更多的是维持着一种偏安的局面。作为首都，南京能对全国发号施令，行施中央政府的权力，似乎也只有在明朝初年，以及国民政府统一中国的短短几年。更多的情况下，南京只是流亡政府的所在地。西晋不行了，于是南京有了一个偏安的东晋，明朝不行了，南京又有一个试图偏安的南明。

南京从来就是出维持政府之地。东晋好歹支撑了一百年，不像南明的福王，不过一年就成了清兵的俘虏。南京的王朝，似乎注定最多只能拥有半壁河山。不是以长江划线，便是以淮河为界。强悍的北方总是处于优势地位，而文弱的南方始终处于守势。

东晋和南明，选中南京为首都的共同之处，在于中国遭受北方异族入侵时，成为了维护汉族文化的支撑点。在这样的关键时刻，金陵王气的提出，已不是搞分裂，而是为了收复失地，恢复汉人的天下。黄河文化和长江文化的对峙，已经不复存在，两种文化被迫在这里交流融合。金陵王气实际上已经成为团结汉人的口号。

在异族入侵的铁蹄下面，作威作福的北方士族，成了惶惶不可终日的丧家之犬。忽喇喇似大厦倾，昏惨惨似灯将尽，似食尽鸟投林，北方士族树倒猢狲散，纷纷带着他们的官衔，带着他们的语言习惯，带着他们的家眷和奴仆，带着他们搜刮的细软，一起拥到南京来了。

瘦死的骆驼比马大，失败了的北方仍然比南方强大。南京无可奈何地接受了失败的北方。北方人在南京反客为主，败军之将，依然称勇，南京对于已经败得一塌糊涂的北方，不得不继续称臣。南京无可奈何地在自己的地盘上，接受着失败了的北方的领导。可惜金陵王气，更多的时候，成了失败了的北方在此赖着不走的堂皇借口，成了在此继续享乐、在此继续作威作福的理由。

金陵王气至多是为颓败的北方打了一剂强心针，这北方是失去了领土的北方，是无家可归的北方。收复失地成了一句似是而非、大而无当的空话，有时候，甚至连这句空话都不愿意说了。从北方逃到南京的政权，很少有重新完成统一大业的。金陵王气，因此也是非常虚幻的东西。

亡国之音

一

没有一个古老的城市，比南京更适合聆听亡国的声音。金陵自古有王气，与其说是豪言壮语，还不如说是往事不堪回首的感叹。

南宋没有在南京建都，实在是个可以留给史家评说的例外。当时的金兵追得太凶了，突破黄河，越过淮河，甚至一度冲过了长江，宋高宗逃之夭夭，一路退到杭州才算喘了口气。南宋的许多爱国志士如李纲、岳飞，还有诗人辛弃疾和陆游，都曾力主从杭州迁都南京。因为在南京建都，对收复失地显然要比杭州强得多。金陵王气这四个字，深深地印在南宋诸人的大脑里。陆游对迁都可以说是梦魂萦绕，他留下了这样的诗句："梦里都忘困晚途，纵横草书论迁都。"为此他甚至触怒了皇帝，但是他的决心不改，到了晚年，在《老学庵笔记》中还写道："建康城，李璟所作，其高三丈，因江山险固，其受敌惟东、北两面，而壕堑重复，皆可坚守。"

南宋小朝廷不止一次动过迁都的念头。宋高宗曾把南京定为东都,并下令在此修缮城池和宫殿。岳飞在南京的牛首山大败金兀术,将凶悍的金兵赶过长江以后,宋高宗甚至在南京住了一年左右。也许是南京的夏季太热了,那时候还没有空调,也许是害怕金兵再次过江,挨着江边来不及逃,于是便以"修德行而不在择险要之地"为借口,又溜到杭州去了。杭州自然是个好地方,不像在南京,扛着"金陵王气"这面旗帜,老得想着收复失地,结果每时每刻都在前线担惊受怕。收复失地谈何容易,宋高宗似乎觉得老唱高调太累,"暖风熏得游人醉,直把杭州作汴州"。宋朝小朝廷在杭州乐不思蜀,这一熬就是一百五十年,比南京历史上的哪朝哪代熬得时间都长。

二

偏偏让宋高宗说到了要害。也许,修德行确实比择险要更实用,南宋没有借助金陵的虎踞龙盘,竟然也守住了半壁江山。兴废由人事,山川空地形,宋高宗有没有恐金症且不去讨论,也不管他是不是投降路线,起码有一个问题说清楚了,这就是南京的虎踞龙盘之势,并不能挽救亡国的厄运。宋高宗在对待金陵王气这一点上,是个明白人。东吴孙权修了石头城,南唐中主李璟修了三丈高的建康城,明太祖修筑了据说是世界上最长的城墙,所有这些,都无济于事。无论是东吴,还是南唐,包括显赫的大明朝,都是在第二代,就迫不及待地出了问题。自从东吴的皇帝孙皓"一片降幡出石头",做了南京历史上的第一位亡国皇帝开始,南京便接二连三地出亡国皇帝。

没有一个古老的城市像南京这样,拥有那么多著名的让人津津乐道的"后主"。所谓后主是亡国皇帝的别称。别处也有末代皇帝,可是都没有南京的末代皇帝名气大，别处也有亡国的故事，都没有南京的故事委婉动人。让人百思不解的是，金陵王气总是像个肥皂泡，而虎踞龙盘似乎从未帮过南京什么忙。历史上的南京保卫战，没有一场以胜利告终。来者不善，善者不来，大兵一旦压境，南京便注定守不住。当年孙皓曾经在长江里设了一条铁索链，想以此阻挡住西晋的船队，这是一个浪漫主义的想法，结果只能是笑柄。

不妨看看末代皇帝们亡国时的可怜相。东吴后主孙皓投降时，叫人反绑着自己的双手，抬着棺材到西晋军门前去报到。陈后主在隋军兵临城下时，带着他的宠妃仓皇躲进枯井，叫隋军发现，费了半天才把他们从井里弄出来。李后主却带着大小周后去河南称臣，整日如他所说的"只以眼泪洗面"，美貌的小周后甚至还被宋太宗强暴。据说李后主被赐服牵机药而死，牵机药剧毒，服后人蜷起来，手脚缩成一团，死状极惨。

四十年来家国，三千里地山河。凤阁龙楼连霄汉，玉树琼枝作烟萝，几曾识干戈。　一旦归为臣虏，沈腰潘鬓销磨。最是仓皇辞庙日，教坊犹奏别离歌。挥泪对宫娥。

李后主真是个好词人，可惜不是一个做皇帝的料，亡了国，不哭九庙哭女人，也算一绝。像他这样的人，当个文化部长也许还差不多。

三

多少年来，不止一个人对南京的王气持怀疑态度。"三百年同来晓梦,钟山何处有龙盘",晚唐诗人李商隐十岁前曾随父亲在南京生活过六七年,后来任盐铁推官时又游江南,在南京写了一组咏史诗,其中一首诗煞尾的两句,以反诘的口吻,表达了他对金陵王气的不相信。

另一位晚唐诗人杜牧,似乎也不相信南京的王气,在那首著名的《赤壁》中,他得出的奇妙结论,是"东风不与周郎便,铜雀春深锁二乔"。保住东吴王朝没有被曹操的大军吞没,不是因为南京山川形势的虎踞龙盘,而是因为一场来自自然界的东风。有了这场及时的东风,东吴躲过了灭顶之灾,周瑜于是可以"羽扇纶巾,谈笑间,樯橹灰飞烟灭"。

后人对铜雀春深锁二乔的提法,也有不以为然的,认为是轻薄少年的戏语,是另一种不哭九庙哭女人。倘若没有这场东风,何止是二乔被囚,战争的结局将是国破家亡,生灵涂炭。区区小女人算得了什么,社稷大业,如何可以和两个女人扯到一起去。

千万不要顶真,一顶真便有些滑稽。其实孙吴的社稷还真和大乔二乔分不开。大乔是孙权的嫂子,小乔是周瑜的老婆,这两个女人都让曹操掳了去,东吴岂有不亡之理。在历史上,远离南京的赤壁刮起了那场东风,让南京避过了一次亡国之灾。亡国在南京不是什么稀罕事,亡国简直就是南京的标志。亡国之音是南京的主旋律,它在南京的上空不断回响着、徘徊着、警示着后人。历史留给南京的任务,仿佛就只有两件事可以做,这就是不断地繁华,然后不断地亡国。六朝金粉,秦淮风月,既然亡国是不可避免的,那么醉生梦死在南京也就成为最好的选择。醉生梦死是亡国的原因,也是亡国的结果。

金陵王气还不如说是金陵亡气更准确一些。

四

明太祖朱元璋是个有霸气的帝王,他在南京高筑墙,广积粮,建立了中国历史上显赫的大明朝。他死了以后,皇位传给皇太孙建文帝。建文帝是个可怜兮兮的皇帝,在老皇帝尸骨未寒之际,他的叔叔,朱元璋的第四子燕王朱棣,便起兵造反。四年以后,朱棣带兵赶到南京,从侄儿手里,活生生地把皇位抢了去。关于建文帝的最后下落,一直没有肯定的说法,有一种传说是建文帝隐姓埋名,做了和尚。

大明的江山,总算没有很快地被异姓夺去,很多人都把明成祖迁都,看成是燕王朱棣个人的事。好像他的大本营在北京,既然做了皇帝,就应该把首都从南京迁到他的大本营去。事实并非如此,因为人们最容易忽略的一点是,明成祖迁都并不是在他刚夺得皇位之初,而是在他当了十八年皇帝以后。明成祖此时已在南京做了十八年皇帝,他的地位早就无可争议,他早就不是什么反叛的燕王,而是声名赫赫的永乐大帝。在治国方面,永乐大帝丝毫不比他的父亲朱元璋逊色。明成祖的迁都,对明朝将近三百年的统治,起着绝对重要的作用。

永乐大帝并不在乎什么金陵王气,虽然南京已经修好了世界上第一流的城墙,建造了历史上最豪华的宫殿,又是明孝陵的所在地,但是他还是毅然决定要远离南京。这次迁都是个英明的选择。

事实上,他的老父亲朱元璋如果不是年老体衰,也会决定迁都。朱元璋在晚年的《祀灶文》中,便哀叹自己本想再一次迁都,但已力不从心,只好听天由命。

当年朱元璋选择南京有很多原因。首先北方的大部分土地,还不在他的掌握之中,他选择南京为根据地,只是迫不得已的权宜之计,只是为了便于统一东南以及长江中游的地盘。朱元璋接受了谋臣"缓称王"的建议,充分地利用了金陵王气,又不敢过分张扬,以免成为当时各路英雄的众矢之的。在他悄悄统一长江以南的过程中,北方以韩林儿和刘福通为首的红巾军正在和元朝的主力决战,成为他完成统一大业的天然屏障。朱元璋消灭了在南方的陈友谅、张士诚还有方国珍,这些人和他一样,都是农民起义的领袖,都存着一样的称王之心。朱元璋是个极有心计的人,他在南京待了足足十二年,在徐达率领的北伐军攻打下元大都北京之后,才正式称帝。

熟悉明史的人知道,明朝的首都不仅有南京和北京,还有被称之为明中都的凤阳。考古发现,明中都的设计规模,完全可以和南京或北京的明故宫媲美。凤阳是朱元璋的老家,朱取得天下后,一度曾想把首都建在自己的老家凤阳,而且正式动过工。这个打算的根本原因,是足智多谋的朱元璋,耳旁常常响起南京反复出现的亡国之音。所谓水能载舟,亦能覆舟,南京这个城市能够成事,同样也更能败事。南京是对抗北方势力的最好堡垒,但是它仍然不是一个适合于向全国发号施令的中央政府所在地。在南京定都,总是有一种偏安的嫌疑。

永乐大帝完成了躺在明孝陵中的老父亲的遗愿。他清楚地知道,大明的真正对手,将是来自北方的民族入侵,将是南方醉生梦死的淫靡空气。只要不放弃偏安的打算,六朝金粉的亡国闹剧将会不断重演。永乐大帝不愧为一代英豪,他知难而上,选择了北方。他死了,连自己的坟墓都建在北京的北面,他留给自己的子孙后代一个难题,这就是如果想放弃这个国家的话,那么首先放弃的将是祖坟。

城市的机遇

一

建都对于一个城市来说,注定会起到促进繁荣的作用。人们总是把首都建设得漂漂亮亮,因为首都是一个国家的面孔。南京是十朝故都,又处在富庶的江南,历史上的繁华十分辉煌。早在1700年前,左思那篇使得洛阳纸贵的《三都赋》,曾经对南京有过精彩的描述:

朱阙双立,驰道如砥。
树以青槐,亘以绿水。

人们通常用六朝金粉来形容南京的繁华。有关历史上的南京如何繁华的材料很多,《资治通鉴》曾记载着"梁都之时,户二十八万",这是一个让人吃惊的数字,若以每户五口计算,即有一百四十万人。梁距今约一千五百年,在六朝中算不得什么了不起的王朝。1937年4月29日,南京户口统计处历时三个多月,才计算出南京人口的精密统计数字,为94.5544万人。当时的南京是民国的首都,是国内最大的城市,若拿它去和梁朝时的南京相比,竟然还相差一大截。由此可见,一千五百年前的南京,已经如何了不起。

建都给南京带来了一个极好的建设机遇。历史上,南京城的三次大机遇应该是东吴、明朝、民国。东吴的孙权奠定了南京城的初步规模,从此南京便在这本钱上做文章,没有东吴就不会有六朝繁华。明朝朱元璋用高高的城墙,把这座城市固定了下来,使南京成为世界有史以来最大的砖城。民国为这座古老的城市,注入了现代化的活力,因为民国离今天最近,因此对于南京的影响也最大。

今天南京的许多东西,都是民国时期奠定的基础。我在刚完成的长篇小说《一九三七年的爱情》中,写到南京时有这么一段文字:

> 国民政府正式定都南京,给了南京这座名城一个千载难逢的好机会。可是当初谁也没有想到,这个好机会源于已故总理孙中山的在天之灵。早在1912年,辛亥革命后第二年的4月1日,也就是在袁世凯的压迫下辞去临时大总统的第二天,孙中山在紫金山一带打猎,触景生情,第一次流露出希望自己死后能葬身此地的念头。到了1925年,孙中山在北京一病不起,他更坚定地表示自己死后要葬在南京。孙中山为何如此钟情南京这块风水宝地,曾有过种种猜测和演义,然而孙中山的遗愿,毕竟得到了已经完成统一大计的国民党的忠实执行,1929年6月1日的奉安大典,成了当时南京最热闹的大事。为了将孙中山的棺木从下关火车站,穿过拥挤嘈杂的城区,隆重庄严地运往中山陵墓,市政当局果断地抓住了这次彻底改造城市交通的机遇。成片的旧房子被拆去了,长长的

为迎榇专门设计的中山大道,工程浩大,气派非凡,完全改变了古城的面貌。南京顿时有了大都市的威势,几十年过去了,中山大道仍然是南京最重要的街道。

一个城市被选为首都,这样的机遇对它来说,实在太重要。南京城的看家班底,可以卖弄的货色,不外乎是一些旧都文化。"金陵王气"好歹是帮了它的忙。南京昔日的繁华,所以能在富裕的东南各省名列前茅,处于领袖的地位,和它曾经是京都分不开。

明成祖迁都以后,给了南京一个特殊地位,这就是尽管事实上南京已不是首都了,但是由于明太祖在这儿定都的缘故,由于他老人家还埋在这儿,南京的"京"字招牌还在,大树下面好乘凉,因此南京成为东南的重镇也就不足为怪。

南京的许多机遇,仿佛是天生的。

二

这些年来,抓住机遇,开始成为一句流行的口号。机遇的确重要,如果不是十朝古都,南京的今天就不存在。南京沾足了历史的光。

机遇也可以从相反的方面来看。南京有过一次次建都的兴旺,同样难免一次次亡国的悲凉。对于后人来说,六朝繁华只是纸上的记载,城池苑囿,亭台楼阁,虽然一度都曾达到奢侈豪华的顶点,可惜当隋朝的大军席卷南京的时候,这一切便不复存在。隋文帝像传说中的楚威王和秦始皇一样,对金陵的王气突然感到恐惧,他担心这里还会有人扛着金陵王气的旗帜兴风作浪,于是下了一道荒唐的命令,把南京的城邑和宫殿统统毁掉,改作耕地。

六朝繁华从此化为灰烬,南京的城池几乎完全消失了,它的地位一落千丈。蔚为壮观的南京,只留下一个小小的难以烧毁的石头城,作为"蒋州"的州城。我不知道中国历史上,还有哪个城市遭受过这样的厄运。沧海可以变良田,隋文帝的做法,则是让一个城市在转眼之间变成了良田。

隋朝很快就完了蛋,紧接着在后面的唐朝继承着前朝的作风,仍然对南京保持应有的警惕。唐初,设在石头城的"扬州"大都督府迁往江都,从此,扬州再也不是南京专利,而成了江都也就是今天扬州市的特称。历史上的扬州是个大扬州,有点相当于我们今天说的大军区,它是中国称之为九州的一个重要组成部分。南京城市地位的升降,带来了一系列理解上的麻烦,难怪后人读到唐诗"腰缠十万贯,骑鹤下扬州",为此处的扬州是在南京还是在江都,屡屡引起争论,公说公有理,婆说婆有理,各不相让。

每一次亡国对南京来说,都是一场灾难,都是一场痛苦的经历。亡国使得这个繁荣城市大大地向后退了一步。由于南京处于特殊的地理位置,六朝时期三百多年所奠定的政治经济和文化上的基础,并不能指望短期内的行政命令所能取消。没有办法阻止后人在思想上的怀旧。正是在如此惨重的背景下,唐诗人的笔下,才会出现那么多金陵怀古的诗词。

到了宋元时期,今日我们能见到的碧波荡漾的玄武湖,也看不到了,它成了王安石改革过了头的牺牲品。作为南京行政长官的王安石,觉得玄武湖不过是"前代以为游玩之地,今则空贮波涛,守之无用",结果便把玄武湖的水给排空了,形成两万多亩的湖田。事实证明这样做并不妥。在此后的几百年中,南京城北的供水和排水一直是个大问题,最后不得不恢复。值得指出的是，我们今日所见到的玄武湖，只有当年的三分之一。想不到王安石这样杰出的人物，也会做糊涂事。

南京这座城市，反正已经不是首都了，怎么糟蹋都可以。落水凤凰不如鸡，很难找到一个像南京这样历经磨难的城市。南京的繁华和破败，一直形成鲜明的对比。一会儿兴，一会儿亡，像打摆子似的折腾得老百姓不能安生。远的不说，就说太平天国吧，太平军进南京，老百姓遭一茬罪，太平军亡，老百姓又遭一茬罪。屠城不仅仅是夸张，胜利者冲进南京，三日不封刀已成惯例。今天的南京人提起六十年前，日本侵略者在南京进行的那场长达六周的血腥大屠杀，仍然记忆犹新。

三

历史上南京的发展，总是有非常被动的一面。历史的原因，造成了南京人听天由命的懒惰性格。天意不可违，于是怨天尤人便成了一个借口。南京人希望自己的城市像别的发展快的城市那样，然而又不知道怎么做。机遇好像总是离南京人很远。

抓住机遇实在是太重要了。当年修建中山大道，因为要从市中心穿过，许多老百姓的住房和店铺要被拆除，有很多人反对。反对者打着三民主义的旗号，认为孙中山先生如果活着，绝不会赞成仅仅为了让他的棺材通过，修这么一条劳民伤财的迎榇大道。但是市政当局坚决顶住了方方面面的压力，不管三七二十一，拆除了成片的破房子，一改古城的面貌。

当年南京的第一任市长刘纪文，手头仅仅只有三千大洋的开办费，他非常果断地抓住了机遇。在大修道路的时候，不仅经费窘迫，还有来自各方面的阻力。譬如开辟中山南路,总司令部正好设在三元巷口,这可是一个惹不起的主。为了顺利地修路,刘纪文决定首先拿总司令部开刀,总司令部一让路,其他障碍自然不在话下。南京的路后来终于修好了,刘纪文也因为他的魄力,赢得了南京人民的尊重。

1995年的城运会,同样也是一次机遇,在此前后的南京城,城市建设尤其是交通状况,大大地改变了模样。在城运会开幕前,南京人忍受着这种变化的阵痛,道路被挖开了,树木被无情地砍去。抓住机遇就意味着付出代价。多少年来,南京似乎一直在沉默中,苦苦地等待着发展的机会。不是在沉默中爆发,便是在沉默中死去。南京等待发展已经太久太久。机遇说来就会来,机遇来之不易,如果不抓住,转眼就会逝去。南京不应该老是在旧都上做文章,更不应该仅仅是以一个颓败的城市形象活着。

改革开放以后,深圳抓住了第一个机遇。这些年,抓住机遇的又是上海。毫无疑问,发展快的城市都是善于抓住机遇的,譬如苏南的一些小城市,像张家港和江阴。

东南重镇

一

南京人对上海总是不太服气,尤其是出门旅行的时候,不得不从上海转飞机、转火车,心里顿时很不痛快。和大上海相比,古城南京简直成了蛮荒的乡村。你不得不在上海住上一夜,不得不麻烦上海的朋友事先替你购买车票或者机票。南京也有机场,也有火车站,可是南京偏偏就有那么多不能直接到达的地方。

时过境迁,今非昔比。你会觉得距离南京三百公里外的上海,整个儿就是一暴发户。你简直想不明白,上海凭什么那么阔。一百多年前,上海不过是一个比渔村略大些的小县城。它是南京的下属的下属的下属,上海的地方长官想拜谒南京官员,得拐好几道弯才行。可说变就变,现在的上海,牛气得差不多认不得外地人是什么人。

和上海相比,南京现在活脱是个破落户。想当年,东南重镇的这把交椅,毫无疑问地应该让给南京来坐。不用说什么十朝故都,也不用说什么扬州大都督府,就说这挨着近一些的清朝在近三百年间,东南数省的最高领导人两江总督大人，就一直待在南京办公。南京不仅仅是省府的问题，它管辖的范围，至少也有几个省。如今，南京军区的这块大牌子虽然还在，整个华东六省一市的军事还归它管辖，但是毕竟是和平年代，东南的经济中心、政治中心、文化中心，显然已经不在南京。

南京当然不会甘于这样的现状。不甘心，也只能白搭。南京的衰败，几乎是无可阻挡的。想当年，南京是如何的阔绰。远的不说，仍然说清朝的二三百年，说那三部和南京有关系的名著，第一部是孔尚任的《桃花扇》，下来一部是吴敬梓的《儒林外史》，还有一部更了不得，这就是曹雪芹的《红楼梦》。没有什么地方比南京更适合作为作家的摇篮，三位作家不约而同地都记录了清代南京的繁华。不妨从《儒林外史》上摘一段现成的文字：

这南京乃是太祖皇帝建都的所在，里城门十三，外城门十八，穿城四十里，沿城一转足有一百二十多里路。城里几十条大街，几百条小巷，都是人烟凑集，金粉楼台。城里一道河，东水关到西水关，足有十里，便是秦淮河。水满的时候，画船箫鼓，昼夜不绝。城里城外，琳宫梵宇，碧瓦朱甍，在六朝时，是四百八十四寺；到如今，何至四千八百寺！大街小巷，合共起来，大小酒楼有六七百座，茶社有一千余处。不论你走到哪一个僻巷里面，总有一个地方悬着灯笼卖茶，插着时鲜花朵，烹着上好的雨水。茶社里坐满了吃茶的人。到晚来，两边酒楼上明角灯，每条街足有数千盏，照耀如同白日，走路人并不带灯笼。那秦淮到了有月色的时候，越是夜色已深，更有那细吹细唱的船来，凄清委婉，动人心魄。两边河房里住家的女郎，穿了轻纱衣服,头上簪了茉莉花,一起卷了湘帘,凭栏静听。所以灯船鼓声一响,两边帘卷窗开,河房里焚的龙涎、沉、速,香雾一起喷出来,和河里的月色烟光合成一片,望着如阆苑仙人,瑶宫仙女。还有那十六楼官妓,新妆艳服,招接四方之客。真乃"朝朝寒食,夜夜元宵"。

这就是南京当年的写照,这样的文字曾经令许多外地人的心脏发颤,魂牵梦绕地一定要来一趟南京,去一趟秦淮河。显然,南京所以能在中国的大城市里占有重要和突出的地位,并不只在于它是十朝故都,有那么点金陵王气。南京的重要性在于,无论哪朝哪代,它都处于东南重镇的领导地位上,都有过繁华的景象。就算是隋文帝下了一道命令把南京夷为平地,一把火烧去了所有的亭台楼阁,南京仍然会很快地恢复过来。

说白了,也很简单,东南数省历来是北方的中央政府的经济命脉,要想获得很好的财政收入,东南数省的稳定繁荣十分重要。按照惯例,中央政府必定会派大员坐镇南京,然后通过南京,行使对东南数省的领导权。北方的中央政府既要保持对金陵王气的警惕,同时又不得不鼓励南方发展生产。和平时期总是要大大地长于动乱时期,因此历史上南京的繁华几乎是注定的。

二

六朝的繁华对于今天的南京来说,由于隋文帝的一道命令,已经见不到什么货真价实的东西。除了墓道前的石头怪兽,所谓实物已经无迹可寻。南京人今天的心理定势，是明清两朝，以及中华民国定都南京所造成的。这个城市仍然可以到处见到这些前朝的影子。旧的东西，并不会一下子就无影无踪。

近代对于南京最大的破坏，是1937年日本兵攻入南京。大屠杀使得这座古城人口锐减。据资料统计，日本兵在南京屠杀了35万人！抢劫财物仅金银首饰就有1.42万两又6300件，古字画2.84万件，古玩7300多件。最可笑的是，连伪南京市自治委员会会长的家也被抢，这个汉奸家中的红木家具被劫一空，佛堂中供奉的祖宗牌位，也被糊涂的日本兵当作文物抢了去。繁华的商业街被烧了，明清两代留下来的古建筑被烧了。城陷之处，从城南的中华门，一路烧到了城北的下关江边。在这场劫难前的南京又是什么样子呢？让我们再看看一位叫作爱泼斯坦的美国人，是怎么描述当年他所亲眼见到的国民党的旧都南京的。

爱泼斯坦把南京比喻成一座带普鲁士色彩的官府，比喻成一个气势非凡的新首都。在这里，新的林阴大道，无情地切除了许多陈旧的房屋和商店，宏伟的建筑一个接着一个拔地而起。官员们的小汽车，沿着这些光亮的柏油路急驰而过。官场上的政客一个个佩戴徽章，身着或者是长袍马褂、或者是时髦的翻毛皮领上衣，到处招摇，出席这样或那样的会议。威武的军官在武装带上挂着镶金边的匕首，无忧无虑的年轻飞行员们穿着皮夹克，而神气活现的商人则穿着美国品牌的衣服。旧都南京在战前更像是一座西方的城市，甚至是在战争的初期，在敌机的狂轰滥炸之下，这座城市也没有乱得失去分寸。

那里的一切都是周密规划的，有着一切必要的军事应急措施。当敌机来袭时，穿着漂亮制服的警察和宪兵以及经过严格训练的、有纪律的急救单位知道该做什么事。几分钟内，就把街道清理完毕。自爆发战争以来，修建了大量的防空洞，一遇空袭，人们就钻到里面。至于汽车和卡车则伪装起来，停在马路两边浓密的树阴下。

战争使得南京大大地伤了元气，抗战胜利以后，还都南京的国民党忙于内战，根本没有精力恢复南京的城市建设。不久，国民党又仓皇逃往台湾，北京成了新中国的首都，一蹶不振的南京又一次成为破落户。南京失去了像战后东京、罗马和伦敦那样的发展机会，这些在战争中受到重创的城市，作为一国之都，作为一国的政治经济和文化的中心，很快就从废墟中喘过气来，而南京却好像是被人们遗忘了。

在过去的多少年里，南京勉强维持的，是它的东南重镇的地位。对于这座古城来说，这其实是一个最恰当的位置。南京不适合做一个大一统的国家的首都，它的权力范围，比较适合的也只是东南数省。随着时间的推移，东南重镇的地位也将不复存在，时至今日，东南真正的重镇，已经毫无疑问的是上海了。

其实早在一百年前，上海对南京的东南重镇形象，就已经露出了威胁的端倪。民国时期，南京虽然是首都，但是离它不远的上海，其繁华的程度丝毫不逊色，且有过之而无不及。上海的崛起几乎是无可阻挡的，南京服气也罢，不服气也罢，反正一句话，得乖乖地把东南的第一把交椅拱手让出去。南京的萎缩将不可避免，它对于东南数省的优越的领导地位已经丧失，对南京这样的城市，提过高的要求，已经没有现实意义。

三

对于南京人来说,需要迅速调整的,是那种不务实的传统心态。重新恢复东南重镇雄风的可能性,几乎已经不存在。时乎时,不再来,历史给予南京的机会,已经一去不返。南京人必须明白,仅仅是等待机会,远远不够,根本等不来。南京人必须靠自己去抓住机遇。

指望抱残守缺不对,一心想把南京建设为国际化的大都市,也不现实。有了上海,在全国的这盘大棋枰上,南京注定只能是大上海的一个陪衬。在长江三角洲,不可能需要那么多的国际大都市。换句话说,国际化大都市成不了南京的救命稻草。南京的准确定位,应该是一个不断发展中的文化名城。它应该得到蓬勃发展的,是像上海那样的新型城市所不可能具备的优势。

南京应该成为一个温馨舒适的城市,应该把如何改善市民生活放在第一位。历史上的南京繁华,重要意义并不在于它是古都,并不在于它处于领导地位的东南重镇,关键的一点还是在于这里的人民曾经生活得很好、很富裕,有很好的精神生活。安居乐业,是老百姓的天堂,这才是南京发展的最佳方向。

并不是所有的人,都向往着国际化的大都市。大,未必就一定是好事。大,必然会有大而无当的烦恼。国际化大都市不是过好日子的代名词。一个居住在国际化大都市的穷人,并不会仅仅是因为他生活在那里,个人的价值,就会像上涨的股票行情那样,突然看好起来。有一年,我去成都,一位朋友对我坦言,说成都是一个很适合居家的地方,问我在南京的感觉怎么样?我怔住了,一下子不知应该怎么回答。

流民图

一

南京人口的来源,是个有趣的话题。先谈谈那些被迫迁出去的南京人。

朱元璋定都南京以后,为了净化城市人口,曾下令将城内部分元朝的遗民,举家迁往云南。前朝的遗民,对于新的统治者来说,都有些靠不住,靠不住就请他滚蛋。这种轰轰烈烈大规模的迁移运动,颇有些像"文化大革命"中的干部下放和知青下乡。据说在云南的一些地方,至今还能找到这些带有南京口音,并能演奏祖先传下来的"江南丝竹"的老乡。算一算时间,已经六百年过去了,乡音不改,旧曲不忘,真不容易。

另一种被迫离故乡而去的南京人,是避难。前不久,南京的报纸上报道过一条消息,说在浙江金华某地,有一个使用南京话的村子,村子很大,人口众多,而民风特别古朴,仍然保持着一些南京的习俗。往深里追究,原来这个村子的先人,是当年避战乱逃过去的。具体是什么时候,也说不清楚。历史上南京的战乱太多,反正能花那么大的代价,一路拖儿带女,颠沛流离逃这么远,肯定是有钱的大家族了。

话题若转到南京人口的输入,可以说的就多了。哪朝哪代,都会有大量的人口流入南京,原因有各式各样。譬如流亡在南京的北方政府,注定要带来众多的北方人口。历史上的王谢子弟,考其先人,无疑是中原人士,否则也就不会有过江诸人在新亭对泣这样的典故。流亡政府很自然地会把北方官僚阶层的生活场景带入南京。由于这些北方人到了南京以后,继续处于优越的领导地位,北方人的生活习惯和流行的语言方式,很快就会在南京的老百姓身上时髦起来。这也就是为什么在南京人的语音中,在民俗中,能见到大量来自北方的东西。

西晋末年,因为北方战乱,渡江而来的汉族人民,究其人口总数,肯定远远地超过了北方的官僚。穷人永远是比富人多,这些穷人跟着当官的一起当了义民,大大地增加了南方的劳动力,为南方的经济发展,起到了十分积极的作用。大量的南渡人口,一度甚至成为了严重社会问题,结果流亡的北方政府,不得不考虑在南京的周围,建设所谓专供北方人口居住的"侨郡"。北方的流民在"侨郡"里定居,而这些"侨郡"仍以北方原来的郡县命名,于是我们在读旧书的时候,会发现在南京的周围,竟然有"南徐州"、"南东海"、"南兰陵"这些称呼。

由于当时的人并不会把南北同名的郡县混同起来,在写文章的时候,常常把"南"字有意无意地省掉,时间长了,结果就在历史上留下许多无聊的笔墨官司。譬如写《金瓶梅》的兰陵笑笑生,究竟是哪个兰陵,谁也说不清。

可以想象,早在一千六百多年以前,南京就不是什么地道的江南城市了。这个城市早就挤满了来自北方的难民,北方人在这里占山为王,反客为主,在南京这个舞台上唱着主角,推动着时代的潮流。这样的历史不断重复,客观上使得南京的人口,隔了一段时期以后,便杂交一次。这种杂交提高了南京人口的素质,南方文化和北方文化,在这里交流,碰撞出炫目的火花。

历史总是重复,北方少数民族此起彼伏,不断地把汉人像撵鸭子似的,由北往南赶。

二

历史上有案可稽的南京人口的大迁入,也许还要算明朝初年。朱元璋把大量的元遗民撵走以后,又从全国各地调入大量新的人口入京。在新的人口中,最多的是手工业匠户,史料记载这些匠户达到四万五千户,平均每户以五口计算,仅这一项,人口就有二十万。这些能工巧匠被调往南京的目的非常简单,就是让他们使南京迅速繁荣起来。当时全国的匠户也不过只有二十万户,朱元璋为了繁荣南京,把全国五分之一的建设人才,都找来了。

这还不算,干活的人有了,还得把那些有钱的富户请到京城来。农民起义领袖出身的朱元璋,自说自话地就把全国各地的富户召到南京来。他既然当了皇帝,有钱人便不敢不听他的话。大约一万五千户富豪被逼入京,他们分别来自江苏、浙江、江西、湖广、福建、四川等省。

在富户中,最著名的要算家居昆山周庄的沈万三。关于他的传说很多,这位富豪为南京的建设捐了大量的银子,他出资修建了南京的好几个城门。有一种说法是,当年建设时,三分之一的银元都是他认捐的。虽然出了这么多钱,朱元璋对他仍不放心,功高盖主是险,钱太多也是险,沈万三最终还是被朱元璋逮到了一个错,远戍边疆而死。

流动的人口是形成一座城市最重要的条件。南京的人口流动,似乎又要比别的城市更厉害。不妨想象一下,在明朝初年,南京仿佛有些像八十年代初刚刚起步的深圳,其场景很是火爆壮观。作为外来户的能工巧匠们,在这里大显身手,筑高楼,砌高墙,从他们勤劳的手底下,竖起一座座华丽的亭台楼阁。而同样是作为外来户的富豪们,干不了别的什么正经事,便只有成为典型的消费阶级,在这里醉生梦死、灯红酒绿地过日子。

有着古老历史的金陵古城,一下子爆发出了新的活力来,到处一派繁荣景象。南京的人口,经历了一次次大换血,这种大规模的换血,这种动辄脱胎换骨,在某种意义上,也成了南京这座城市的一大特色。

这意味着,南京从来就是一座变化中的城市。

这意味着,不断的变化,已经成为这座悠久城市传统中的一部分。

三

多少年来,人们一直在讨论谁是真正的老南京。人们习惯于到城南的秦淮河畔,去追寻老南京的痕迹。

许多被认为或者自认为是老南京的人,翻一翻老辈的旧账,立刻会发现自己的先人和南京打交道的历史,并不太长。在这座充满动感,隔若干年就要遭受一次厄运的城市中,要想世世代代居住下去,实在不太容易。

我发现一个非常有趣的现象,在南京这个城市中,真正古老的家族,不是占人口大多数的汉人,而是回民。我认识一些回民朋友,他们才是真正的老南京。当我和他们谈起他们的祖先时,他们中间的很多人,根本没有办法回答。他们的家族在这座城市居住得太久了,甚至他们仍然健在的爷爷奶奶也回答不了这样的问题。

在南京的回民,说起祖先,一般地都能说出一个模糊的年代。这是他们的上辈通过口头传下来的。过去我总以为住在南京的回民,不外乎是两条途径:一条是通往西域的陆上"丝绸之路",从波斯、从阿拉伯进入中国的北方,然后由北向南来南京;另一条是来自海上的"丝绸之路",从地中海起航,通过福建沿海,然后经东南转至南京。事实证明我所了解的南京历史知识还很不完全。

南京的许多回民其实是从云南过来的。譬如我熟悉的两位姓速的朋友,其祖先可以追溯到元朝声威显赫的功臣赛典赤·瞻思丁——元朝的封疆大臣。他的大儿子叫纳速拉丁,后代改汉姓,把四个字拆下来,于是有了四个姓,四个姓中,丁极平常,其他的几个,见到了,总觉得有些奇怪,怎么有这样的姓呢?

我不知道我的姓速的朋友,是否了解他和七下西洋的三保太监郑和是本家。郑和本姓马,其先人也是赛典赤。在他还是小孩子的时候,被朱元璋的军队在云南捕获,带到南京净了身,成为燕王朱棣的侍童。由于他出奇的聪明,在二十八岁时随燕王出征"靖难",一路出谋划策,深得朱棣的赏识。朱棣成了明成祖,水涨船高,郑和被赐姓郑,理由是他曾"数功于郑州"。

郑和故居在马府街,我儿时经常去游玩的太平公园,现改名为郑和公园,就是他家的私家花园。太平军进入南京前,郑氏后代大半一直居住在马府街,后来逐渐分开居住,为了便于称呼,便以所住的地方加于姓名,譬如住在大中桥的,叫大中桥郑,住止马营的,叫止马营郑,此外还有下浮桥郑、夏街口郑、张府园郑等。

南京姓郑的回民，不一定都是郑和的后代。一般来说，只有从马府街搬出去的，才是正宗的郑和后人。由于郑和是太监，他的后人是怎么一回事，史料上没有说清楚，也许是从比较近的支系上过继的。反正南京姓郑的回民，可以分成三支：一支是大名鼎鼎的郑和之后，所谓马府郑；一支是桃园郑；一支是象房郑。桃园郑的祖先在明朝初年替皇家种桃园，象房郑则是为皇家饲养象，他们的称号就是这么来的。

想一想便觉得很有意思。六百多年的沧桑，南京的人口不知发生了多少次重大变化。有人匆匆而来，更有人匆匆而去，可是偏偏是偶然来到这个城市的回民，令人难以置信地留了下来。在危急的时候，他们没有离南京而去。他们的后代生于斯，长于斯，源源不息。他们像浮萍一样漂泊到南京来了，没有一个可以叶落归根的地方，天长地久，南京反而是他们真正的根。无根成了有根，于是南京真正的古老的世家，反而成了他们。

从人口总数上看，南京的回民不算多，但是要想了解老南京，要想捕捉到老南京的神韵，千万不要忘了对南京的回民世家进行考察。仅以吃文化而论，南京很多有名的馆子就是回民开的。清真菜馆的意义，从来不是局限于只为回民服务，事实上，上回民馆子大快朵颐，早就成了南京老百姓心目中的一件乐事。当我们去马祥兴，去奇芳阁，去蒋有记，去安乐园，去享受这些历史悠久的馆子时，很少去想民族上的区别。我们不太会去想，这是一个和我们不同的民族的人开的馆子，也不会去想他们曾经甚至现在也还是和我们有着不同的信仰。

我们都是南京人。从某种角度上来说，南京的回民，比我们这些不是回民的人，更是纯粹的南京人。

流民图

六朝人物与南京大萝卜

一

一个城市,怎么样才能适合居住,并没有什么一定之规。大致的标准,无非物价低一些,气候好一些,人情和民风淳朴一些。过去曾有"上有天堂,下有苏杭"之说。其实这也不过是为了说着押韵,念起来顺口,苏杭并不一定特指苏州和杭州。苏杭显然是一个大概念,它代表富庶的长江下游地区,也就是我们现在常说的江浙沪三角洲。

南京在历史上,显然是一个适合居住的城市。浙江钱塘人袁枚在南京住了下来,他的理由很简单,"爱住金陵为六朝"。他亲自设计了随园,并写诗把随园的来历、特色以及名声都加了注:

买得青山号小仓,一丘一壑自平章。
梅花绕屋香成海,修竹排云绿过墙。
嵌壁玻璃添世界,张灯星斗落池塘。
上公误听园林好,来画庐鸿旧草堂。

袁枚是大才子,进士出身,做过几任县太爷。三十三岁时,突然厌倦了官场,激流勇退,在南京小仓山买了一大块地方,修了随园,从此过着谈笑皆鸿儒、往来无白丁的名士生活。袁枚自称:"不作公卿,非无福命只缘懒;难成仙佛,又爱文章又恋花。"这是一个会享乐、也确实享到乐的旧式文人。《白下琐言》中对随园做了这样的描述:"门外竹径柴篱,引人入胜,山环水抱,楼阁参差,处处有画图之妙。城中名园,无出其右。"

随园的名气实在太大了,结果乾隆皇帝下江南,竟然专门派了人去画随园图,以备修皇家花园时参考。当时南京有许多漂亮的私家花园,随园是其中的佼佼者。

袁枚不是六朝人物,却向往着过一种六朝人物的生活。六朝人物晚唐诗,这是中国许多文人的精神寄托。袁枚处在清朝的盛世,却享受着没落时代的闲情逸致。他少年得志,中年辞官,潜心著作。写诗,成为当时的诗坛盟主,写散文骈文,皆取得不太差的成就,有《小仓山房集》《随园诗话》《子不语》等。袁枚最引起人们议论的,除了一大帮姨太太之外,还有一大群跟他学写诗的女弟子。"素女三千人,乱笑含春风",何等气派。

直到已成为八十衰翁,袁枚还为某太守要禁秦淮娼妓,跳起来打抱不平。他写了一首让人不得不笑的诗:

繁戟横排太守衙,威行八县唤民爷。
如何济世安民略,只管河阳几树花。

好一位风流老人,似乎一眼就看透了官家的把戏,无非是想通过禁娼，捞点银子用用，所谓"官分买笑金"是也。清朝的文字狱说起来让人害怕，好在只要不是犯上，只要不反对皇上，骂骂当官的，也没什么大不了。袁枚是大名士，大名士皆是掌握尺度的高人，知道该怎么骂。他写这样的诗，果然没有引起任何祸端。

二

　　南京历史上，像袁枚这样的名士，绝非个别现象。作为一个适合居住的城市，南京的优势在于它能够拥有、并能欣赏这样的名士。南京是一个理想的养老之地，有无数可以效仿的先贤，在这里做雅人或者做俗人都合适。中国人讲究叶落归根，可是事实上，那些来自农村的做官人，并没有回到老家去寿终正寝。许多人恰恰都选择在南京养老送终，这是一个充满了暮气的城市。这里的怀古气氛，对老人来说是一个很好的安慰。

　　王安石选择了南京为结束自己生命的地方，类似的例子很多。王安石为自己的隐居之地，取名为"半山园"，而另一位清朝的扫叶楼主人龚贤，则将自己的住所，以"半亩园"命名。自古江南出才子，才子们更多的是喜欢以南京为他们的活动场所。六朝在国运上并不强盛，但是对于文化人来说，六朝人物却始终是大家乐意效法的。清末四大公子之一的陈三立，也就是著名学者陈寅恪的父亲，因参与戊戌变法，被革职永不录用，他老人家晚年就长居南京，在中正街筑散原精舍打算颐养天年。陈三立的诗艰涩奇崛，为风流一时的同光体诗坛盟主。他定居南京的时候，门人后辈以诗文请益者，络绎不绝。

　　和其他城市有所不同的，南京从来不以土著的名人为荣。很难找到像南京这样没有地方主义思想作怪的大城市。六朝人物并不意味着一种籍贯,而是代表了一种精神,代表了一种文化上的认同。富贵不能淫,贫贱不能移,威武不能屈,六朝人物究其实质来说,是一种精神上的贵族。

大家都知道南京现代有一位著名的书法家林散之,但是知道林散之老人有一位好朋友邵子退的人一定很少。邵子退是安徽和县乌江镇人,如果看一下地图,就会注意到和县虽然属于安徽,其实紧挨着南京市,历史上,乌江镇隶属南京管辖,其民风以及语音与南京很接近。邵子退生于清末民初,既未应举,又没有进新式学堂,因为其家境比较富裕,一肚子的学问,全靠家教和自学。他钻研古文诗词,尤爱书法艺术,并因此和林散之成为密友。

邵子退逝世以后,林散之当即作《哀子退》一首:"从今不作诗,诗写无人看,风雨故人归,掩卷发长叹。"林散之以书法闻名,但是对诗自视甚高,也像齐白石老人一样,觉得自己的诗比字还好。老朋友逝世,林散之竟以不再写诗为誓,而且整整一个冬天和书法绝缘。一次他甚至对求书者说:"你如能把邵子退救活,我就写!"由此可见两人之交情。

邵子退曾一度执教乌江小学,学校要填报履历表,邵慨然叹曰:"余乃布衣之士,无可报填!"其实邵子退结交的,皆是高明之辈。以他的经历,无论从商,还是从政,都会有一番作为,但是他却成了当代陶渊明,小学老师当不了就不当,秉祖宗之遗训,以耕读为家风,自得其乐。与老友闲话,为老妪作诗,不以文人自居,也不屑与俗吏交往,终生布衣,不改其乐。

我初次接触到关于邵子退的文字时,就好像读到了一些神话故事。邵逝世于1984年,当我看到他写的诗、画的画,还有那些书法作品,以及他对林散之老人书法的评论,吃惊程度难以想象。在我看来,六朝人物早就是过去,早成为无法模仿的历史,但是邵子退的故事,似乎正在说明,即使到了今天,只要我们修身养性,古迹仍然可以追寻,时光仍然可以倒流。如果我们细心去找,六朝人物不仅可以在郊区寻觅,甚至可以在闹市中发现。

三

抗战胜利以后,一帮社会名流被召集到了一起,征选南京的市花。于是各抒己见,有人提议梅花,有人提议海棠,还有人提出了樱花。意见没有得到统一,人们互相攻击,尤其是对提议樱花者攻击最凶。樱花是日本的国花,而日本和中国的旧恨未消,岂可以樱花做市花。征选市花最终不了了之。一位名人打岔说南京的代表不是什么花,而应该是大萝卜。

很多人谈起南京人的愚蠢时,都忍不住要摇头称南京人为大萝卜。南京大萝卜无所谓褒贬,它纯属是纪实。用大萝卜来形容南京人,再合适也不过。南京人永远也谈不上精明。没人说得清楚这个典故从何而来,虽然有人考证历史上的南京的确出过大萝卜,但是从食用的角度来说,南京人爱吃的,无论过去还是现在,都是一种很小的杨花萝卜。

南京大萝卜是对南京人一种善意的讥笑。《金陵晚报》和东南大学正态调查中心联合发放了180份调查试卷,回收有效答卷171份。在南京大萝卜这个话题上,最集中的三种看法是"淳朴"、"热情"和"保守",这三个特征从三个方面,确证了南京大萝卜是"实心眼"的特点。这次调查的结论有几点耐人寻味,对于南京大萝卜的回答,被调查者是南京人的,对于南京人的评价,远没有不是南京人的人评价高。也就是说,南京大萝卜的形象,在外地人眼里,要比在南京人自己的眼里可爱得多。情人眼里出西施,南京人眼里的西施不是自己身边的人。

南京大萝卜在某种意义上来说,是六朝人物精神在民间的残留,也就是所谓"菜佣酒保,都有六朝烟水气"。自由散漫,做事不紧不慢,这点悠闲,是老祖宗留下来的。有时候,一些词语上细微的变化,却代表了不同的文化。譬如说"六朝金粉",所谓金粉,其实就是脂粉,但是从来不说六朝脂粉,南京从来就不是一个有脂粉气的城市。同样,"六朝烟水气",就其本质,烟水和烟火也没什么区别,可是若说南京有"烟火气",那就太俗气了。

南京是大城市中,相对不太看轻农民的一个城市。在民工进城打工的潮流中,农民朋友一定会有深刻的体会。这也是南京大萝卜的一个可爱之处。我上中学的时候,南京人喜欢用"二哥"来形容乡下人,这典故源于"工人老大哥"称呼,农民兄弟自然只好屈居第二。有一段时间,"二哥"是土包子和傻帽的代名词,南京人不是用此称呼来污辱农民兄弟,而是用来自嘲和调侃自己身边的人。南京大萝卜的身上没有太多的城市优越感。

要想在今日的南京人身上,见到六朝人物的遗韵,已经不是件容易的事。一切早已经走了样,请看一篇报道:

月薪虽高 问津者少 南京人冷落"下脚活"

本报讯 进入冬季以来,大大小小的澡堂、浴室生意格外火爆。随着浴客们的骤增,一些浴室乃至酒店纷纷向社会招聘修脚工、擦背工、采耳工。尽管一些招聘单位许诺了3000~4000元的月薪,但"重赏"之下仅吸引了一大批来宁打工者,城里人问津者则寥寥。一家酒店招聘一位心细的女性采耳工，结果上门应聘的仍是打工妹。另一家浴室招纳擦背工，原本看好能聊善谈的本地青壮年，然而最终却无一位南京人报名。

有关择业专家认为，眼下南京就业形势比较严峻，一些下岗者嘴上说只要工资高，活儿苦一点没关系，可一旦机遇摆在面前，却又畏缩于世俗偏见。看来，南京人真该更新一下就业观。

仅仅是以怕苦来解释南京人的就业观，并不能说明问题。怕苦几乎是所有城市人的通病，南京人在这一点上并不过分。就像笑贫不笑娼有时候也会变成风气一样，南京人对于"下脚活"，一向抱一种观望态度。南京浴室里的服务人员，绝大多数都是苏北的扬州人。在浴室里干跑堂，这是扬州人的专利，老实说，很多南京人想的是自己不应该去抢别人的饭碗。

甚至都不能说南京人鄙视"下脚活"，帝王将相，宁有种乎？南京人只是本能地想到，这个活我能干，那个活我不能干，并不太深地往下想为什么。南京是一个传统的消费城市，在这个城市里，有许多看上去似乎并不高尚的工作，一直有人去做，菜佣酒保茶博士，南京人毫无怨言地都干过，因此没必要用清高这样的字眼来拔高南京人。侍候人并不是什么不得了的罪过，靠本事吃饭，永远是天经地义。

南京大萝卜在许多事情上都有些迟钝。月薪三千至四千元怎么说也是一个诱惑，几乎是一个效益不太好的工厂的工人的十倍。不能说南京人对于钱无动于衷，谁也不会与钱有仇。我们只能说南京是一个不太善于抓住机遇的城市，这个城市里，更多的是一些不太善于抓住机遇的人。

城　南

一

城南是老南京的象征。

和许多城市一样,南京的城南,在很长时间里,一直是这座古城商业和文化的中心。这里自始至终,都是南京最热闹的地方。

城南最有代表性的是秦淮河畔的夫子庙。与北京的天桥和上海的城隍庙相比,它显然又更有自己的特色。南京的城南好就好在有一条秦淮河,桨声灯影,这是许多城市的热闹场所不具备的优势。秦淮画舫甲天下,人在河上走,两岸古迹名胜遍布,酒馆客栈林立,或近酒家夜泊,或傍水边饯行,一举一动,一招一式,都有些诗意和古趣。历史上南京的繁荣,向来都是秦淮河的繁荣。做皇帝也好,做总督也好,反正一旦想到民生这样的问题时,南京的统治者首先想到的,肯定是如何让秦淮河恢复昔日的荣耀。秦淮河活起来了,南京也就活了,秦淮河热闹了,南京也热闹了。

秦淮河是南京的摇篮。六朝时代的秦淮河很宽,河面上常常可以停靠数以万计的船舶。当时的国际贸易已经十分发达，来此通商的外国商人，据记载有林邑人，也就是今天的越南人；有扶南人，也就是今天的柬埔寨人；还有今天的伊朗古波斯人，今天的印度古天竺人，今天的斯里兰卡古狮子国人，以及日本人、高丽人和地中海的古罗马人。

隋文帝一道将"建康城邑宫室，并平荡耕垦"的诏书，结束了这一切。六朝文物草连空，玉树残歌王气终。直到八百年以后，朱元璋定都南京，秦淮河才真正地恢复繁华，并从此奠定了日后的基础。我们今天见到的秦淮河，大致就和那时候差不多。在这之前的八百年间，河道淤塞，水面变窄了，于是就成了今天小桥流水的这副模样。秦淮河不断地被疏浚，两岸的河房，坏了修，修了又坏，周而复始。

秦淮河的繁华，源于两个内容。一是供奉孔老二的夫子庙，一是寻花问柳选歌征色的风月场所。前一个是因，后一个是果。明清之际，东南几省的举子云集于此，参加贡院的科举开科秋闱。万般皆下品，唯有读书高，科举既然是读书人的头等大事，于是为科举考生配套服务的书肆文具、卜卦命馆、客栈茶社、酒楼妓院，无不应运而生。用今天的话来说，城南的繁华，是因为围着高考的指挥棒转的结果。

科举使得夫子庙成了旅游胜地。到了日子，来自江苏和安徽各地的考举人的考生，纷纷在秦淮河附近找地方住下。都是一些《儒林外史》中的人物，很自然地就会发生一些《儒林外史》中的故事。由于中举只是极少数的人，因此绝大多数的举子，乐得吃喝玩乐狂嫖滥赌，在秦淮河边狠狠地潇洒一番。孔夫子斯文扫地。都是一些有钱人家的子弟，这次没考好，下次再来，再来的目的，说不定已经不是为了考试，很可能是为了相识的妓女。也有的，来了就干脆不走了，以备考为名长住下来，把银子都花在了妓院。

城南的一切，最初似乎都是为了这种配套服务。表面上是为了应付科举考试,出名的却是秦淮河边的风月场所和这些风月场所的妓女。秦淮河边的人家,都身陷在这种配套服务的循环中,有什么样的需求,自然会有什么样的供给,既然有人乐意到这里来大把花钱,秦淮河边的人家也就不得不考虑如何赚这些人的钱。

二

老南京提起城南秦淮河边的钓鱼巷,提起大小石坝街,都知道那不是个好地方。多少年来都是这样,自武定桥到东关头,沿岸的河房里,妓院一家接着一家。国民政府定都南京以后,严令禁娼,曾在秦淮河月牙池那道长长的照壁上,写着"实行新生活,严禁烟赌娼"十个大字。由此可见当年的秦淮河,是如何的藏污纳垢。

秦淮河的娼妓一直到解放后,才被真正地禁掉。我知道的一个当保姆的,解放前就是雏妓,后来改造妓女,经过类似苏童小说《红粉》中的经历,嫁给了一个运输工人,自己进一家绣衣厂做工,工厂倒闭了,不得已只好当保姆。我至今还能记得她的模样,人长得很清秀,一双大眼睛,说起话来,一惊一乍。我小时候,还在她家住过几天,她有一个很漂亮的小女儿,当时没完没了的话题,就是如果我听话,她就把她的女儿嫁给我。

我曾在武定门外的一家工厂里当过三年多工人。听一位不学好的老工人说起夫子庙,刚开始是控诉旧社会,说到后来就有些忍不住津津乐道。禁娼和改造娼妓,带来了一系列的变化。娼妓没有了,嫖客也就没有了,与其配套服务的小商小贩,也只好另找活路。许多老鸨和龟头被捉起来吃了官司,有恶迹的甚至被枪毙,妓女们被送去改造,然后进工厂,嫁人。

昔日笙歌达旦的妓院人去楼空。那些装饰着雕栏的房子被没收了,由房管局改造一番,隔成不同的小单元,租给缺房子的人住。解放后的南京,曾有过一个人口剧增的时代,许多避乱的人又重新回来了,大量新的人口,涌进那些被改造过的老房子。紧接着,是出生率大大上涨,人们在本来就很拥挤的房子里拼命生小孩。解放后城南发生的最大变化,就是秦淮河的夫子庙一带,开始居住了大量劳动人民。昔日以流动人口为主的夫子庙,逐渐变成以长住人口为主了,成为一个地道的居民区。

在我当工人的日子里,我曾经天天从夫子庙的石坝街穿过。这里留给我的印象,就是街很窄、很旧,家家门口放着晒太阳的马桶。沿街有小孩子在玩,女孩子跳牛皮筋,男孩子玩洋画片。城南的大多数的小街小巷都这样,这里成了劳动人民的天下。我认识很多住在城南的人,他们居住的房子都很局促,几家合用一个自来水龙头,合用一个电表,因为没有卫生设备,上公共厕所要骑自行车。

城南的人口密度要远远地大于城北,城南人似乎更能代表南京人。他们说着地道的南京话,生活习惯中保留着大量老南京人的习俗。在粉碎"四人帮"之前的南京,南京市民的大多数,都拥挤在城南。外来的新人口,似乎已经没办法再挤进去了。一提起城南,人们便想起了老南京;一提起城南,人们便想到那里的拥挤。

对秦淮风光带进行改造以后,很多居民借此机会,纷纷离开了城南,搬到新公房去住。夫子庙一带虽然热闹,可实在拥挤不堪,住在没有卫生设备的老房子里,夏天洗澡要把家里人赶出去,来了客人要请人家上马桶,这滋味毕竟不好受。对于不少市民来说,能离开这里是一件值得庆幸的事,虽然这里紧挨着繁华的商业区。城南的老房子适合于怀旧,适合于让喜欢了解民俗的游客参观,但是并不适合居住。

三

　　城南的民风曾经非常淳朴。记得我当工人时,那已经是"文化大革命"后期了,夏日里做夜班,到天快亮的时候,下班回家,从夫子庙穿过,大街小巷,凉风习习,是空地方就睡着人,伸胳膊伸腿地朝天躺着,男男女女,全无一点点顾忌。南京的夏季,历来有"火炉"的恶名,由于城南一带人口过于密集,大家都挤在狭小的空间里,那时候电风扇也没有,大家热得受不了,只能搬到户外睡觉。当年秦淮河一带差不多都这样,太阳落山以后,便卸下门板,架在门前的空地上,四处泼一些凉水降温,然后在门板上面吃晚饭,乘凉聊天,一聊就聊到深夜。临了,全家老少都睡在门板上,睡不下,就把躺椅铁床统统搬出来。

　　这种夜不闭户的夏夜,如今已经不敢想象。那时候老百姓的家里没什么可以偷。也没听说过什么淫贼,那时候没有今天这么多的性犯罪。甚至蚊子也不像今天这么多,这么具有抗药的能力。

　　我至今仍然难忘这样的场景,骑车从几乎放满了门板的大街小巷里穿过,需要十分良好的技术。夏日的凌晨,酷热不再肆虐,城南正处于梦乡,我们骑着车,从别人的梦乡的边缘轻轻划过,那种感觉真的非常美好。满大街都是睡着的人群,这是老南京人民曾经有过的一幅风俗画,而这画面以后再也看不到了。

城　北

一

城北和城南有许多不同。历史上的城南永远热闹，而城北经常荒凉。看一看南京的地图便能知道，从市区有两条河流经过，一条是大名鼎鼎的秦淮河，另一条是金川河。秦淮河在城南流淌，六朝金粉，秦淮风月，说不完的故事；金川河在城北蜿蜒，默默无闻，甚至连南京人自己都不明白它的来龙去脉。

城南对于南京人来说，是固定的，总是围着秦淮河转，尤其特指繁华的夫子庙一带。城北却是不固定的，它的概念不断地往北移。

反正快到鼓楼坡，就可以算是到了城北。六十多年前，当时的徐悲鸿夫人蒋碧微女士大张旗鼓地建造新居，在傅厚岗一带购了一块荒地，然后在报纸上登广告，请坟主在限定的日子里，前来迁坟，过时将作无主坟处理。这样的广告在大兴土木的二十世纪三十年代，南京的各种报纸上屡屡可见。由此弄清楚一件事，当时的鼓楼坡往北去，还是十分萧条，不仅鼓楼坡往北是这样，就是往南也一样。南京大学的校史上曾记载,现在属于校园的很多地方当年都是荒坟。

城北是在近几十年里才开始变得繁华起来。当然首先是因为国民政府定都南京的缘故。既然定了都,就得发展,城南人口稠密,要发展只能往北发展。在这之前,城北一直只是为城南的繁荣提供服务,是菜农和鱼贩子们的地盘。国民政府定都以后,许多新机关都建在城北,仅仅是一条中山北路,就修建了一大串。什么外交部、铁道部、粮食部,最高法院、海军总司令部等等,都在这条路上。各国的大使馆也建在城北。日本大使馆建在鼓楼坡那里,也就是现在的消防总队所在地;法国大使馆在高云岭,距我现在所住的地方仅相差二三十米;美国大使馆在西康路,如今是省委招待所。

最蔚为大观的是官僚们的私宅。由于城南已经处于饱和状态,民国的官员们要想称心如意地盖房子,只有到城北去大显身手。当年的山西路颐和路一带,被辟为新住宅区,一栋栋新颖别致的小洋楼拔地而起,这些美丽的小洋楼中西合璧,基本上都是由那些留洋归国的工程师设计的,风格多样,有欧美式的,也有东洋式的。在欧美风格中,又有北欧和西欧之分,一座座小洋楼使得这一带道路纵横,以极不规则的方式交叉拐弯,结果这一带变得像迷宫一样复杂。许多人即使到了今天,仍然会在这里晕头转向。

由于当时的主人都坐小汽车出入,因此如果让这些主人自己步行,就算是距离很近了,他们恐怕也还是找不到自己的家门。达官贵人们为使自己的住宅更漂亮,动足了脑筋。国民政府的官员住宅区,最显著的特点,就是你几乎不能找到完全相同的两套房子。这些住宅不仅仅是身份级别的象征,而且因为是私人出钱造的,很可能是你的官衔很大,房子却不如别人。有人喜欢豪华,有人喜欢舒适,也有人喜欢简朴,光从一个外观上,就能看出当时主人的心情。

譬如阎锡山的公馆，就有一种土财主的豪华，它看上去更像是一个办事处，完全是一种暴发户的气派。几乎紧挨着的汪精卫故居要逊色得多，它看上去更幽静，曲径通幽，带有一些文人气。于右任的旧居也离得不远，是青砖琉璃瓦式的洋楼，四周布满了青青的竹林和花草。值得指出的是，汪精卫和于右任的房子，都不是他们自己出钱造的。汪公馆是汪的连襟褚民谊送给他的，而于公馆则是公家出钱替于租的，这幢房子的真正主人应该是冯云亭。此人原是冯玉祥手下的一名军官，蒋冯阎大战前夕，离开了军界，到南京来经商，从事房地产买卖，发了大财。他肯将房子租给于右任，也算是给面子了，谁让于右任不仅官大，诗也写得好，字也写得好，他的草书有当代草圣的美名。

二

城南和城北的重要差别，在于城南热闹，城北冷清。城南是平民的，城北是官派的。城南是民间，城北是官场。城北的官僚们，可以驱车到城南去享受灯红酒绿，城南的平民只能在口头上议论官场轶事。

这种基本格式，就是到了国民党垮台以后，也没有发生什么太大的变化，有区别的只是，城南的灯红酒绿已不复存在，而共产党的官员们，要比刚垮台的国民党廉正得多。昔日达官贵人们的住宅，显然不会因为天翻地覆的变化，就变得可以让老百姓去住。老百姓该住哪里，仍然住在哪里。昔日豪华的住宅，有的成为敌产，被人民政府没收了，然后安排新的居民居住，能住进去的当然起码得是个干部，是不太小的干部。有的房子太大，没办法安排合适的人住，于是只好成为公家的办事机构。有的房子因为旧主人的身份，作为统战对象，完好无损地保养着。

和城南的世俗氛围不一样，城北在解放以后的许多年里，都有一种不现实的感觉。城北也有贫民区，而且人口总数并不在少数，但是他们被分割在不同的区域，不是居住在江边，也快到下关了，因此从来就形成不了什么大气候。成气候的是城北的大大小小的干部，是这些干部的子弟。城南人说着地道的南京话，而城北的许多干部子弟，流行的却是半吊子普通话。说普通话的城北干部子弟和城南百姓人家的子女，虽然都出生在同一个城市里，却很少有什么来往，谈不上敌视，但是也绝不亲近。这是绝不相同的两种南京人。

城北是省级机关的所在地，省里、市里的领导们大都住在山西路、颐和路一带。除了省市政府的官员以外，一些部队的首长也住在城北。军人子弟同样是城北的一景。我读中学的时候，解放军在大家心目中的地位最高，所有的男孩子都渴望着有一顶正宗的军帽戴戴。那时候甚至小男孩子打架，也以传说中的城北的"菜刀队"最狠，最敢玩命。据说"菜刀队"的成员，是清一色的军人子弟，说不标准的普通话，上身着便衣，下面穿一条父辈穿旧的黄军裤，脚蹬一双军用球鞋，背着草绿色军用书包，书包里放着一把雪亮的菜刀。

城北的干部子弟在城南的孩子们的眼里，始终有一种神秘感。城南的孩子屡屡遭到城北干部子弟的鄙视。同时，城北的干部子弟也影响了城北的贫民子弟，于是城北的贫民子弟，那些菜农和鱼贩子的后代，有时候也会看不起城南人，嫌城南人说的话难听，嫌城南人的行为方式太土。

三

城北和城南之间的对立，逐渐消失和减缓，这还是近十多年的事。

南京大大地扩展了，原有的格局很自然地都被打破。到处都在变，南京要想不变，也不可能。从空间上看，城南和城北仍然还存在，可是原先的城南城北，如今都可以称之为市中心。

城北原有的冷清开始不复存在了。繁华热闹的商业区，不仅仅只是在城南才能见到。城北很窄的一条湖南路被拓宽了，成为南京最繁华的街道之一。过去的中山北路很空，树木茂盛，机关大院的旧围墙很长很长，现在到处都是商店。只要有可能，是地方就竖起了高楼。1983年，我搬到城北的中央路居住的时候，今日的玄武饭店还是一排沿街的矮房子，我天天要去那里的一个老虎灶打开水。在玄武饭店的对面，也就是今天江苏展览馆的旧址上，那时候还是一片菜地。

很多城南人都搬到城北来居住了。城北仍然是省委机关的所在地，大专院校也大多集中在这里。相比之下，城北仍然不像城南那样，到处都是老南京的语气，到处都是平民百姓的天下。在城北，很容易地就可以听见来自异乡的口音。源源不断的外地人来到南京，上大学，然后进入机关当小职员，默默无闻地工作着，指望有朝一日混出头来，弄个一官半职。城北继续洋溢着官场的气氛，所有的机关都是培养干部的摇篮，人们小心翼翼，却又野心勃勃。在城北，处一级的干部，多得掰着手指数不过来，而这一级干部又是最按捺不住寂寞的干部。

对孩子的教育，城南和城北也略有不同。城南和城北都有从小学就请家教的，城南人请家教，是因为成绩不好，怕小孩毕业不了；城北人请家教，是希望小孩能考上南京最好的外语学校。城北的教育明显优于城南，这一点，从每年的考试成绩上就可以看出来。

南京的吃

一

在我的周围,聚集着一大帮定居南京,却并非在这里长大的准南京人。他们都是因为自己的出息和能耐,从全国各地尤其是江苏各地到南京来定居,成为南京的荣誉公民。和他们一起谈到吃,谈到南京的吃,无不义愤填膺,无不嗤之以鼻。南京的吃,在这些南京的外地人眼里,十分糟糕。

作为土生土长的南京人,我感到害臊。我不是一个善辩的人,而且实事求是地说,南京现在的吃,实在不怎么样。事实总是胜于雄辩,我也没必要打肿脸充胖子,硬跳出来,为南京的吃辩护。承认也好,不承认也好,反正南京的吃,从来也没有像现在这么差劲、这么昂贵、这么不值得一提过。记忆中南京的吃,完全不应该是现在这样。

今年暮春,有机会去苏北的高邮,自然要品味当地的美食佳肴。八年前,高邮的吃,仿佛汪曾祺先生的小说,曾给我留下了深刻的印象。在此之前,给我留下深刻印象的,是扬州的吃。当时的印象,扬州人比南京人会吃,高邮人又比扬州人会吃。就是到了今日,我这种观点仍然不变。然而感到遗憾的,是今天的高邮和往日相比,也就这么短短的几年,水准已经下降了许多,而扬州更糟糕。

高邮只是扬州属下的一个小县城,扬州似乎又归南京管辖,于是一个极简单的结论就得出来,这就是越往下走,离大城市越远,越讲究吃。换句话说,越往小地方去,好吃的东西就越多,品尝美味的可能性就越大。这种简单化的结论,肯定会得到城市沙文主义者的抨击,首先南京人自己就不会认同,比南京大的城市也不愿意答应。北京人是不会服气的,尽管北京的吃的确比南京还糟糕,在南京请北京的朋友上馆子,他们很少会对南京的菜肴进行挑剔,但是指着北京人的鼻子硬说他不懂得吃,他非跟你急不可。至于上海人和广州人,他们本来就比今天的南京人会吃,跟他们说这个道理,那是找不自在。

还是换一个角度来谈吃。城市越大,越容易丧失掉优秀的吃的传统。吃首先应该是一个传统,没有这个传统无从谈吃,没有这个传统也不可能会有品位。吃不仅仅是为了尝鲜,吃还可以怀旧。广州人和上海人没必要跟南京人赌气,比谁更讲究吃、更懂得吃的真谛。他们应该跟过去的老广州和老上海相比较。虽然现在的馆子越来越多,档次越来越豪华,可是我们不得不老老实实地承认,我们吃的水平已经越来越糟糕。我们正面临着一个吃的水平的普遍退化的问题。

历史上南京的吃,绝不比扬州逊色,同样扬州也绝不会比高邮差。这些年出现的这种水平颠倒,最重要的原因,是大城市们以太快的速度,火烧火燎地丧失了在吃方面的优秀传统。城门失火,殃及池鱼,用不了太久,在小城市里怕是也很难吃到什么好东西了。

二

说南京人不讲究吃,真是冤枉南京人。当年夫子庙的一家茶楼上,迎面壁上有一副对联:

近夫子之居,食不厌精,脍不厌细;
傍秦淮左岸,与花长好,与月同圆。

这副对联非常传神地写出了南京人的闲适,也形象地找到了南京人没出息的根源。传统的南京人,永远是一群会享受的人。这种享乐之风造就了六朝金粉,促进了秦淮河文化的繁荣,自然也附带了一次次的亡国。唐朝杜牧只是在"夜泊秦淮近酒家"之后,才会有感歌女"隔江犹唱后庭花"。《儒林外史》中记载,秦淮两岸酒家昼夜经营,"每天五鼓开张营业,直至夜晚三更方才停止"。由此可见,只要是没什么战乱,南京人口袋里只要有些钱,一个个都是能吃会喝的好手。在那些歌舞升平的日子里,南京酒肆林立,食店栉比,实在是馋嘴人的天下。难怪清朝的袁枚写诗之余,会在这里一本正经地撰写"随园食单"。

南京人在历史上真是太讲究吃了。会吃在六朝古都这块地盘上,从来就是一件雅事和乐事。饕餮之徒,谈起吃的掌故,如数家珍。这种对吃持一种玩赏态度的传统,直到解放后,仍然被顽强地保持着。南京大学中文系的名教授胡小石先生,就是著名的美食家,多少年来,南京大三元、六华春的招牌都是他老人家的手笔。胡先生是近代闻名遐迩的大学者大书家,可是因为他老人家嘴馋,那些开饭馆酒家的老板,只要把菜做好做绝,想得到胡先生的字并不难。

过去的名人往往以会吃为自豪。譬如"胡先生豆腐",据说就是因为胡小石先生爱吃,而成为店家招揽顾客的拿手菜。南京吃的传统,好就好在兼收并蓄,爱创新而不守旧,爱尝鲜又爱怀古,对各地的名菜佳肴,都能品味,都能得其意而忘其形。因此南京才是真正应该出博大精深的美食家的地方。南京人不像四川湖南等地那样固执,没有辣就没有胃口,也不像苏南人那样,有了辣就没办法下筷。南京人深得中庸之道,在品滋味时,没有地方主义的思想在作怪。南京人总是非常虚心,非常认真地琢磨每一道名菜的真实含义。要吃就吃出个名堂来,要吃就吃出品位。南京人难免附庸风雅的嫌疑,太爱尝鲜,太爱吃没吃过的,太爱吃名气大的,一句话,南京人嘴馋,馋得十分纯粹。

南京曾是食客的天下,那些老饕们总是找各种名目,狠狠地大啜一顿。湘人谭延闿在南京当行政院长时,曾以一百二十元一席的粤菜,往牛首山致祭清道人李瑞清。醉翁之意不在酒,谭延闿设豪筵祭清道人,与祭者当然都是诗人名士加上馋嘴,此项活动的高潮不是祭,而是祭过之后的活人大饱口福。当时一石米也不过才八块钱。一百二十元一桌的酒席如何了得!都是一些能吃会吃的食客,其场面何等壮观。清道人李瑞清是胡小石的恩师,清末民初,学术界、教育界无不知清道人之名,其书法作品更是声震海内外。有趣的是,清道人不仅是饱学之士,而且是著名的馋嘴,非常会吃能吃,且能亲手下厨,因此他调教出来的徒子徒孙,一个个也都是饱学而兼馋嘴之士,譬如胡小石先生。我生也晚,虽然在胡先生执教的中文系读了七年书,无缘见到胡先生,但是却有缘和胡的弟子吴伯匋教授一起上过馆子,吴不仅在戏曲研究方面很有成就,也是我有幸见过的最会吃的老先生。

历史上的南京,可以找到许多像祭清道人这样的"雅披士"之举。

在南京,会吃不是丢人的事情,相反,不会吃,反而显得没情调。据说蒋委员长就不怎么会吃,我曾听一位侍候过他的老人说过,蒋因为牙不好,只爱吃软烂的食物,他喜欢吃的菜中,只有宁波"大汤黄鱼"有些品味。与蒋相比,汪精卫便有情趣得多。譬如马祥兴的名菜"美人肝"就曾深得汪的喜爱,汪在南京当大汉奸的时候,常深更半夜以荣宝斋小笺,自书"汪公馆点菜,军警一律放行"字样,派汽车去买"美人肝"回来大快朵颐。

其实"美人肝"本身并不是什么了不得的东西,只是鸭子的胰脏,南京的土语叫"胰子白"。在传统的清真菜中,这玩意一直派不上什么用场,可是马祥兴的名厨化腐朽为神奇,使这道菜大放异彩,一跃为名菜之冠。当然,"美人肝"的制作绝非易事,不说一鸭一胰,做一小盘得四五十只鸭子,就说那火候,就讲究得不能再讲究,火候不足软而不酥,火候太过皮而不嫩,能把这道菜伺候好的,非名厨不可。

三

如果仅仅以为南京的吃,在历史上,只是为那些名人大腕服务,就大错特错。名人常常只能是带一个头,煽风点火推波助澜,人民群众才是真正推动历史的动力。南京的吃,所以值得写一写,不是因为有几位名人会吃,而是因为南京这地方有广泛的会吃的群众基础。民以食为天,饮食文化,只有在普及的基础上,才可能提高,只有得到人民群众的积极参与,才会发展。南京的吃,在历史上所以能辉煌,究其根本,是因为有人能认真地做,有人能认真地吃。天底下怕就怕认真二字。

一般人概念中,吃总是在闹市,其实这是一个大大的误会。今日闹市的吃,和过去相比,错就错在吃已经沦为一种附带的东西。吃已经不仅仅是吃了。吃不是人们来到闹市的首要目的。吃变得越来越不纯粹,这是人们的美食水准大大下降的重要原因。繁忙的闹市中,当人们为购物已经精疲力竭的时候,最理想的食物,是简单省事的快餐,因此快餐文化很快风行起来。

吃不纯粹还表现在太多的请客,无论是公款请客,还是个人掏腰包放血,吃本身都退居到第二位。出于各种目的的请客,已经使得上馆子失去了审美的趣味。吃成了交际的手段,成为一种别有用心的投资和回报,吃因此也变得庸俗不堪。吃不纯粹造成了一系列的恶性循环,消费者不是为了吃而破费,经营者也就没必要在吃上面痛下功夫,于是不得不光想着如何赚钱。

马祥兴是在1958年以后,才从偏僻的中华门外,迁往今日的闹市鼓楼。它的黄金时代,大有一去不复返之势。人们感到疑惑不解的,是它并不因为迁居闹市后,就再造昔日的辉煌。马祥兴现在已经很难成为话题,天天有那么多的人,从它身边走过,但是人们甚至都懒得看它一眼。世态炎凉,此一时,彼一时,往事真不堪回首。

想当年的马祥兴,酒香不怕巷子深,也没有什么了不得的装潢,也不成天在报纸上做广告,生意却始终那么火爆。到这里来享受的,不仅仅有那些达官贵人,身着短衫的贩夫走卒也坐在这里,和显赫们一样一杯接一杯地喝酒。人们大老远地到这里来,目的非常纯粹,是想吃和爱吃,就冲着马祥兴的牌子,就为了来这里来吃蛋烧卖,就为了来这里吃凤尾虾、吃烩鸭舌掌。"美人肝"贵了些,不吃也罢。

南京吃的价格,从来没有像今天这么昂贵,这么不合理。南京今天的餐饮费绝对高于广州和上海,而南京人的收入,却远不能和这两个地方的人相比。想当年,大三元的红烧鲍翅,只卖两块五,陈皮鸭掌更便宜,只要八角。抗战前夕的新街口附近的瘦西湖食堂,四冷盘四热炒五大件的一桌宴席,才五块钱。人们去奇芳阁喝茶、聊天,肚子饿了,花五分钱就可以吃一份干丝,花七分钱,可以吃大碗面条。卖酱牛肉的,带着小刀砧板,切了极薄的片,用新摘下来的荷叶托着递给你,那价格便宜得简直不值一提。

就是在七十年代末八十年代初,在四川酒家聚一聚,有个十块钱已经很过瘾。那时候的人,在吃之外,不像今天这样有许多别的消费,人们口袋里不多的钱,大唉一顿往往绰绰有余。吃于是变得严肃认真,既简单也很有品味,人们为了吃而吃,越吃越精。

今日之人,很难再为吃下过多的功夫。和过去比较,大家生活富裕了,吃似乎不再成为问题。不成问题,却又成了新的问题。今日的吃动辄吃装潢,吃档次,吃人情,吃公款,吃奖金,吃奇吃怪,唯一遗憾的就是吃不到滋味。但是人们上馆子终极的目的,还是应该为了吃滋味,否则南京的吃永远辉煌不了。事实上,南京今日的吃,已得到了狠狠的惩罚。我住在热闹的湖南路附近,晚上散步时,屡屡看见一排一排的馆子灯火辉煌,迎宾小姐脸色尴尬地站在门口,客人却见不到一位。如果开馆子的人,仅仅是想算计别人口袋里的钱,人们便可以毫不犹豫地拒绝。真以为南京人不懂得吃,实在太蠢了。

忘不了小时候的事,二十多年前,我住的那条巷口有卖小馄饨的,小小的一个门面,一大锅骨头汤,长年累月地在那煮着,那馄饨的滋味自然透鲜。当年南京这样普通却非常可口的小吃,真不知有多少,今天说起来都忍不住流口水。

南京的喝（上）

一

好几年前，天很热，一位美国朋友到南京来玩，我去火车站接他，他生得人高马大，我们没费什么劲就互相认出了对方。美国朋友是中国通，他从香港飞过来，在南京待了一天多，对于黑市的外汇行情了如指掌。我请他谈对南京的印象，美国朋友想了想，指着正在喝的雪碧，笑着说："这个东西，在美国还没有流行。"

我感到有些奇怪，对美国朋友说，这饮料可是正宗的美国配方。美国朋友不加否认，但是他坚持说自己没喝过这玩意，并且知道它在美国也是新产品。那一年，正好是雪碧刚刚进入中国市场，"晶晶亮，透心凉"，很多小孩都知道这广告词。美国人做起餐饮业生意真厉害，我遇到很多人都和我一样，不喜欢肯德基和麦当劳，可是不得不乖乖地陪女儿一次次去花冤枉钱。同样的情况，我也不爱喝雪碧，当时不喜欢，现在仍然不喜欢，很多熟悉的朋友也不喜欢，但是丝毫不能妨碍美国佬肆无忌惮地赚钱。也许南京正好有一家合资公司的缘故，反正淳朴的南京人好哄易骗,广告铺天盖地,于是便整箱整箱地往家里搬这种饮料,因为各单位都发疯似的去批发。

饮料这个词,其实也是这些年才风行起来,名目繁多,似乎已经没什么东西不能被称之为饮料,只要敢往易拉罐里装,只要说有营养价值,只要说能滋阴壮阳。传统的中国人,提到喝这个词,不外乎茶和酒。南京是一个消费城市,不仅讲究吃,当然也讲究喝。历史上南京喝茶喝酒,都是行家好手,南京人的舌头,一点也不比别的地方的人差。虽然南京本地并不盛产茶,也不擅长酿酒,可是南京人喝的品位,并不低。

俗话说,高山出名茶。南京周围有些山,都是小丘陵,不具备出第一流好茶叶的条件。南京要出至多也是会出一些能喝茶的人。高山出名茶的原因,在于人迹罕至,没有污染。在南京周围没有污染不可能,但是南京确实出了一种名茶,这就是价格不菲的"雨花茶"。二十年前,我在一家工厂当小工人,一位青工悄悄告诉我,雨花茶就是他父亲研制的。有一次我去他家,品尝了最正宗的雨花茶,真是神品,以后吃过无数次冠名为雨花茶的茶,没有一次有那味。

我不太清楚事实是否真如那位青工所说的那样,雨花茶是他父亲研制的,从没有见过这样的文字记载,我见到的说法完全不一样。一本书上说"雨花茶"是集体研制的,而且是为了纪念在雨花台前殉难的革命烈士,它的形状像松针,象征着革命志士的坚贞不屈、万古长青。这不能不使人产生一些怀疑。我不太相信集体研制这种说法,纪念之说也太勉强、太口号了一些。好茶就是好茶。我的父亲被打成右派以后,他写的许多剧本都被称为"集体创作",作为儿子我却知道,所谓集体创作,完全是父亲一个字一个字苦出来的。由此及彼,我因此有充分的理由相信,那位青工的父亲也和我父亲一样,只是一个不适合署名的人。事实也是如此,记得我在那位青工家品味雨花茶的时候,他的父亲被关押了许多年,刚从监狱里放出来。

雨花茶的品位过高了一些,它是精品中的精品,精得让一般人消受不了。雨花茶的价格,在一开始就居高不下,就缺少为人民服务的可能性,老百姓很少有机会品味到真正的雨花茶。雨花茶成了一种大家舍不得喝的贵重礼物,送过来送过去,最终往往是落到不会喝茶的人手上。曾经有人很认真地邀请我去他那里喝隔了一年的雨花茶,好的绿茶要尝鲜,隔了一年还有什么意思?真是暴殄天物,让人有林妹妹错嫁给了伧夫的感叹。

二

就像南京的吃,越来越走下坡路一样,南京人品茶,也是一年不如一年,一代不如一代。南京的老茶馆,今天说起来,恍如隔世。据史书记载,当年的南京城,几乎每一条街都有茶馆。1935年,南京的茶馆有近三百家。那时候没有电视,报纸也不像今天这么多,出得这么快,各种新闻和小道消息,都在茶馆里集中和周转。人们产生了什么纠纷,往往也到茶馆由亲朋或中间人调停,于是茶馆又成了息事宁人之地。张恨水的《碗底有沧桑》一文,记载了半个世纪以前南京茶馆的盛况:

> 无论你去了多么早,这茶楼上下,已是人声哄哄,高朋满座。我到的时候,是八点钟前,七点钟后,那一二班吃茶的人,已经过瘾走了。这里面有公务员与商人,并未因此而误了他的工作,这是南京人吃茶的可取点。
>
> 过来一位茶博士,风卷残云,把这些东西搬了走,肩上抽

下一条抹布,立刻将桌面扫荡干净。他左手抱了一叠茶碗,还连盖带茶托,右手提了把大锡壶来。碗分散在各人前,开水冲下去,一阵热气,送进一阵茶香,立刻将碗盖上,这是趣味的开始。桌子周围有的是长板凳方几子,随便拖了来坐,就是很少靠背椅,躺椅是绝对没有。这是老板整你,让你不能太舒服而忘返了。你若是个老主顾,茶博士把你每天所喝的那把壶送过来,另找一个杯子,这壶完全是你所有。无论是素的,彩花的,瓜式的,马蹄式的甚至缺了口用铜包着的,绝对不卖给第二个人。

南京人其实什么茶都吃,什么茶都吃并不意味着不挑剔。南京人在喝茶上也充分体现出自己融会贯通的个性。既然自己的这块风水宝地不产什么茶,那么只好将就着有什么吃什么,想吃什么吃什么。一位会吃茶的茶客,从来就不会死盯着一种茶喝。不同的季节不同的茶,不同的场合喝不同的茶,这是喝茶的基本规则。新茶上市,讲究的是尝鲜,要喝雨前明前。天热了,不妨喝一些带烟火气的六安瓜片解暑。大冬天,又可以喝一些祁门红茶暖胃。江苏的洞庭碧螺春爱喝,浙江的狮峰龙井爱喝,安徽的黄山毛峰和江西的庐山云雾,也爱喝,还有福建茶、云南茶、川茶,都能喝。不同的茶,有不同的品味,南京人喝茶,讲究把各种茶的滋味喝出来。光有钱吃高级茶,喝了一两种名茶就鄙视别的茶,算不上是会吃茶的高人。

现代的工艺,使得生产茶的技术大大地向前迈了一步。譬如茶再也用不着煮了,人们在制作的过程中,已经把茶汁揉到了叶片的表面,经过干燥以后的茶叶,只要用水一泡,香味就可以溢出来。这种工艺上的革命,为饮茶带来了最大方便,却失去了古人煮茶的雅趣。喝茶之乐,有时候就在于围炉小坐。喝茶应该是一个过程,不妨有一道道的程序,麻烦是乐趣的前提。同样的道理是热水瓶的发明,过去人们所以喜欢去茶馆喝茶,原因之一就是有源源不断的热水供应。在今天,热水瓶代替了跑堂的茶博士,喝茶的确是越来越方便了,但是那种因为麻烦而带来的乐趣,也不复存在。

三

方便并不绝对是好事。南京的茶叶店越来越少,价格越来越贵,名副其实的名茶成为罕见之物。现在有那种雅兴,去店里买一两好茶叶,叫上几位懂行的好朋友,为喝茶而喝茶、为品味而品味的人已经很少。大家再不把喝茶当回事,喝茶只是人们的一种习惯,一种近乎机械的动作。这些年来,到茶叶上市的时候,大量地批发,也给品茶带来了灾难。很多茶叶都是单位发的,然后互相送来送去,于是就带来了一系列的被动喝茶。既然有那些不花钱的茶叶,人们就只好将就着,有什么喝什么。推销商们用回扣收买那些有权力用公款买茶的人,劣质茶叶混入了千家万户,而一些确实很好的茶叶,也因为人们忘了细心品味,黯然失色。

泡茶的水也出了些问题。在大城市中,南京的水质相对还算是好的,可是说什么也不能和过去相比。水质污染终于成为普遍问题。早在1937年,当时的南京市政当局,就在夫子庙和大行宫等处,设置了免费自来水喷饮泉,供老百姓解渴。我读中学的时候,也就是说七十年代初期,到了夏天,一下课,男孩子女孩子都奔自来水龙头去,捧着铜龙头猛喝一气,那水实在清凉解渴,没听说谁就因此拉了肚子。当年流过南京市区的秦淮河和金川河,清澈见底,而滚滚长江水,也是春来江水绿如蓝。有这样的好水,吃到好茶自然不成问题。南京的水如果不好,历史上也就不会有"宁饮建业水,不食武昌鱼"之说。

喝茶除了对茶叶的讲究,水的讲究也绝对不能忽视。历史上的南京人,因为得天独厚,很少去考虑这样的问题。这些年来,水质越来越差,人们已开始有所意识,但是也不得不采取听之任之的态度。个人总不可能开一家自来水厂。我曾经听人议论过这样的话题,临了却说,南京的水,总比上海的好吧。据说在目前的大城市中,南京的自来水质量仍居上游。

一种不认真喝茶的态度,正在南京的喝茶人中蔓延。老派的南京人,为了取到好水,在下雪天,把落在梅花枝上的雪收集了,藏在瓮中,到夏天烧开了泡茶喝。讲究喝茶的,绝不会让水反复煮沸,想当年,老茶客会提着紫砂壶,在老虎灶前耐心等着,等那水刚开,立刻泡茶。因为水沸过久,溶解氧和二氧化碳气体大大减少,用这样的水泡茶,有损新鲜滋味。若水未沸滚而泡茶,茶中有效成分不能泡出,香味便大打折扣。现在一切似乎都变得无所谓,南京人在别的方面,已屡屡被人称为大萝卜,干脆连喝茶也懒得再穷讲究。老虎灶已经很少见到了,但是各种各样的高档的或劣质的保温电暖壶,却雨后春笋般地出现在家庭和办公室。人们像熬汤似的反复煮着水,这样的水用来泡茶,再好的茶叶,也是活糟蹋。

眼下新流行一种价格很贵的不锈钢保温杯。开会时,有身份的人,人手一只。我咨询过许多拥有保温杯的开会者,绝大多数都是单位发的,或是别人送的,有的人曾经得到过好几个。可惜用这不花钱的保温杯泡茶,也是罪过,嫩绿的新茶往里一放,很快就成了隔夜的茶汤。喝这样的茶,真不如去喝美国佬的饮料。

南京的喝（下）

一

好的酒似乎不应该离开好的诗。"清明时节雨纷纷，路上行人欲断魂。借问酒家何处有？牧童遥指杏花村。"提到晚唐诗人杜牧的这首诗，很多有学问的人，都为诗中的"杏花村"究竟在什么地方，吵得不可开交。安徽贵池，湖北麻城，山西汾阳，都为将杏花村归自己所有，说得头头是道。山西人更是明目张胆地在电视上大做广告，活生生把杜牧笔下的杏花村据为己有。

有充分的证据，可以证明杜牧的杏花村就在南京。迄今为止，记载杜牧在杏花村沽酒的文献，最早的一条应属宋代《太平寰宇记》，文中有关江宁的一条写道："杏花村在县理西，相传杜牧之沽酒处。"杏花村的确切地址，应该是在"新桥西信府河、凤凰台一带"，这里在当年不但是风景名胜，而且是文人骚客沽酒的好地方。李白登孙楚酒楼，在凤凰台上饮酒赋诗，这孙楚酒楼和凤凰台都与杏花村毗连。明嘉庆年间编纂的《金陵历代名胜志》，也确证杜牧沽酒处的杏花村在南京无疑，并附诗一首:"江南春雨梦无垠,沽酒旗亭白下门。一自樊川题句后,至今人说杏花村。"

樊川是杜牧的号,诗的意思是说,自从杜牧题诗以后,杏花村在南京地区争相传诵。其实杏花村究竟在什么地方并不重要,往大白话里说,争来争去,无非一个名人意识在作怪。杜牧是名人,名人写了名诗,这是最好的广告。我在这里引证杏花村原址在南京的资料,只是想借此说明南京人喝酒的悠久历史。

南京人好酒,这一点也不奇怪,六朝金粉,当然是少不了酒这玩意。秦淮胜地素有"酒池肉林"之称,"杏花村里酒旗斜,墙里春深树树花"。一位台湾朋友来南京,看见不少餐馆都以某某酒家命名,感到吃惊,说在台湾,称酒家难免色情嫌疑。我听了觉得好笑,酒是色媒人,会这么联想也不奇怪。不过南京的酒家之名,可是大有来头,杜牧诗中"借问酒家何处有"的酒家和"夜泊秦淮近酒家"的酒家,恐怕不会兼做皮肉生意。虽然妓院里也有酒喝,但是酒家和妓院还是有明确的分工。

和喝茶一样,南京人对于喝酒,也是鉴赏性的。南京人爱喝酒,只是爱喝,但是算不了造酒的高手,南京本地并不出什么享誉中外的名酒。南京是一个巨大的酒消费市场,想喝酒,自然有各地的名酒供其享用。这地方出的更多的是喝酒的人。很多人到南京来定居,十分自然地就把各地的饮酒习惯,引进到南京来。南京的地产酒没有什么竞争能力,杏花村真出好酒,别处也不会来争这块牌子了。

当年从紫金山上流下一股泉水,名叫霹雳泉,据说那水极适合酿酒,生产的一种名叫卫酒的酒也曾风光一时,可惜南京地方太大,小小的一股泉水产不了多少酒,很快就被外地的名酒淘汰。

二

大诗人李白当年在南京孙楚酒楼喝的酒,叫"金陵春",喝完了便写诗,诗写了便流芳百世。"白门柳花满店香,吴姬压酒唤客尝"。我奇怪的是,南京人真缺少做生意的天分,既然现在已经有了"孔府家酒",已经有了"孟府家酒",甚至还有"曹雪芹家酒",南京的酒厂,为什么不旗帜鲜明地把这块"金陵春"招牌打出来蒙蒙人?要说喝酒,李太白总比孔夫子和孟夫子内行,比曹雪芹更强得多。李白斗酒诗百篇,多么现成的广告文字。南京人真要存心挖掘,可以有许多酒文化的文章可做。

宋朝时的南京就设有四大酒库,分东酒库、南酒库、北酒库和公使酒库。到了明清两代,南京的酒风更盛,到处都有酒楼和酒家。朱元璋曾"命工部建十楼于江东诸门外,令民设酒肆以接四方宾旅"。喝酒在南京曾是一件十分深入人心的事情,它成了老百姓日常生活的一部分。值得一提的是,历史上能让老百姓喝的酒都不会太贵。对于那些贩夫走卒来说,买一醉花不了几个铜板。

南京的酒家很善于囤积外地的好酒,民国时候的老万全酒家,特制了一种贴自己商标的方酒瓶,再转卖给各处的酒楼餐厅,它主要经营绍兴酒,也兼营洋河一类的高粱酒。老万全藏的绍兴酒,历史悠久的可达三四十年,这样的陈酒即使是在绍兴本地也很难找到。

陈济民等先生编著的《金陵掌故》一书,记载了南京老百姓有喝节令酒的风气。南京人永远有一种浪漫主义精神,爱喝酒,爱在不同的节令,喝不同的酒。浪漫主义者常常不怕麻烦,譬如在端午喝"菖蒲酒",在重阳喝"菊花酒",到了新年喝"屠苏酒"。这些酒的制作不太难,但也不太省事，共同点是都有些像药酒。"菖蒲酒"是用菖蒲煎汁和曲米酿成的，而"菊花酒"和"屠苏酒"都是在酒中加东西泡制而成。很多爱喝酒的人反对喝药酒，觉得外加的药味，改变了酒的原香。但是南京人无所谓，因为南京人喜欢新鲜，不愿意总是盯着一种酒喝。南京人还爱喝一种锅巴酿制的酒，这种酒有一股焦香。

《金陵岁时记》记录了唐朝孙思邈研制的屠苏酒方，这一配酒的方子显然曾在南京广为流行。配方如下：赤木桂心七钱五分，防风一两，菝葜五钱，蜀椒、桔梗、大黄各五钱七分，乌头二钱五分，赤小豆十四枚，将其共研为末，以三角绛色袋装好，除夕夜悬井中，初一清晨取出，放置酒内，煎四五沸既成。

屠苏酒是在大年初一的早晨饮的。要不然王安石也不会留下"爆竹声中一岁除，春风送暖入屠苏"这样的名句。孔夫子的后人，《桃花扇》的作者孔尚任就饮过南京的屠苏酒，他留下的诗句是："叠饮屠苏杯，围炉循俗例。"据说饮屠苏酒有一套传统的喝法，喝酒时要面朝东方，"自少至长次第饮之"，年少的先饮，年长的后饮，取旭日东升、蒸蒸日上之意。孔尚任诗中的俗例指的就是这种饮酒习惯。

三

说到喝酒，真是此一时，彼一时。古人喝的都是度数偏低的米酒，也就是民间所谓的老白酒。喝六十度的烧酒是近代的事情。譬如我父亲爱喝的就是苏北的洋河和双沟酒，很长时期内，这两种酒在南京的大店小店里，都有零售的卖，价格是1.37元一斤。这价格保持了很长时间。小时候，我常常为父亲去买酒，"文革"后期，这两种酒一度很紧张，逢年过节,要凭票才能供应。父亲常常向熟人讨酒票,那年头还没有假酒一说,而我父亲的喝法,也是和许多嗜酒者一样,只要有几粒花生米,一小口一小口慢慢喝,独酌或是和老朋友一起喝,从来没见他和谁斗过酒。

这些年,有机会常在外面跑,屡屡碰到一些酒中英雄,喝起酒来,那酒直截了当地往胃里倒,只是斗气,也无所谓品滋味,能喝完全是因为胃好。从这一点上,我看出了传统的南京人喝酒的与众不同处。南京人能喝酒,我觉得主要特色不在于量大,南京人不是酒中的好汉侠客,大碗喝酒,大块吃肉,那不是典型的南京人的做派。地道的南京人喝酒,依然还是《儒林外史》中的那种喝法,没有什么菜不能下酒,剁半只鸭子,买几块或香或臭的豆腐干,就行。喝酒就是喝酒,没多少穷讲究。

南京人喝酒,带有很浓的个人主义色彩。拎一瓶酒,兴冲冲地回家去,用小酒盅,一杯接一杯,讲究随意,讲究尽兴。量经济能力喝,就身体状况喝,不逼能多喝,也不逼着不会喝的人喝。如今,那些在家门口的小店里,往家里一瓶接一瓶带"分金亭"的男人,才是真正爱喝酒的人。这酒经济实惠,禁得起穷人喝,禁得起手头不宽裕的人经常喝。

我虽然不善饮酒,却十分乐意看别人很文静地喝酒。譬如我的父亲,喝酒便十分文静,我父亲的那些老朋友,喝起酒来,基本上也都是文静的。喝酒是自己的事,自己喝好了就行,没必要去强迫别人喝。喝酒有许多流派,南京的这一派,不喜欢闹酒。

南京人其实是喜欢喝便宜的酒,这是因为整体的南京人并不富裕。价廉物美,对于南京人来说非常重要。如今有许多酒,都是为宴会酒席服务的。在酒席上喝好酒名酒,有时候仅仅是面子问题。在宴会上整杯整杯地喝烧酒,舌头的感觉完全没有了,这种喝法,既是对美酒的糟蹋,也是对佳肴的浪费。太多的宴会,太多的不是掏自己的腰包喝酒,是酒的质量走下坡路的重要原因。

一个爱喝酒的人,仅仅是靠在馆子里蹭酒喝,肯定远远不能满足。真正喝到酒的滋味的人,往往是那些没机会上酒席的人。记得小时候,我们院里有一个为演出做道具的人,是一个有老婆的单身汉,夏天傍晚乘凉,他常常一个人搬张小板凳,坐在门口,喝一种叫粮食白酒的烧酒。这酒有些上头,价格要比洋河和双沟便宜,"文化大革命"中,我父亲工资被扣得只能维持生活的时候,就喝这种酒。记得这位道具工总盯着这一种酒喝,天天到时候就喝,一个人坐在那里,独酌独饮,无喜无忧。他的老婆和小孩都在农村,他似乎也没有想着去把老婆孩子弄到城里来,除了做道具以外,他留给我的印象,就是坐在门口喝酒。

对于这位道具工来说,如果没有酒,这一生还有什么意思呢?他对酒的专注,一直保持到他死。有一天,他终于不能喝酒了,他的生命也就走到了头。

我有一个喝酒的朋友,隔一段时候,他家的阳台上,就放满了空瓶子。喝酒是他非常个人化的事情,他很少向别人吹嘘自己能喝多少酒,喝过什么高档的名酒。像他那样喜爱酒精的人,高档的酒禁不起他喝。我一向认为世界上有两种人,一种是爱喝酒的,一种是不爱喝酒的。南京人中,真正爱喝酒的人并不多,真正把酒当作自己生命一部分的人,也不多。那些爱喝酒、却从不借醉撒酒疯的人,常常是最可爱的人。

南京的酒,对南京人的性格并没有什么改变。南京人喝酒,体现的也是一种南京人的精神。可惜今天的南京人已经不喝屠苏酒了。

南京的玩

一

我住的地方,离南京的玄武湖公园近,因此办了一个通行证,每天下午进公园散步。有一天,在大门口遇到了一位大学的老同学,他陪着市长刚视察过玄武湖公园,想把这儿改造成一个世界公园。他已经联系好了投资方,今天不过是来看看,研究研究可行性。

我不加掩饰地表示了强烈的反对。千万别这么做,请手下留情,南京市内有玄武湖这么一个好地方,不容易。一个城市不被糟蹋几乎是不可能的,但是像玄武湖这样的公园,还是以保持原状为好。就个人兴趣而言,我对诸如世界公园以及欧洲城的做法,一直不太赞成,虽然这种形式的游乐项目,具有良好的经济效益。民国时期,玄武湖就曾被改名五洲公园,这种改名也仅仅是趣味性、象征性地把玄武湖的几个洲,分别冠名为亚洲、非洲、欧洲和美洲,好在玄武湖原有的特色,并没有被破坏。

南京有个玄武湖,向来是南京人民的骄傲。来亲戚来朋友,带着去见识南京，必定不会忘了逛玄武湖。玄武湖好就好在有一道城墙，有了这道城墙，喧嚣的闹市便被隔离在外面。很少有一个城市，在市中心，闹中取静，竟然能找到这么大的一个公园。从视觉效果来说，一道深色的城墙，也把许多不愿意见到的现代建筑物，挡在了外面。

逛玄武湖，怎么玩都是合适的。你可以在湖里荡桨，好大的一个湖面，有力气尽管使出来；为省力，你也可以坐电瓶船。你可以沿着长堤散步，无论风和日丽，或是细雨绵绵，东西南北随你走，只要你有脚劲，走一天，你也未必会走重复的路。你还可以找一个好些的景点坐下来，独坐或是邀上一两位知己，泡上一壶酽茶，等待日出或日落。你可以坐在枯藤缠绕的古城墙上，坐在已经上了千年阅尽人间沧桑的六朝松下，坐在碧波荡漾轻舟出没的湖边，坐在千顷澄潭的武庙闸前，你的眼前有一幅幅最好的图画，你自己也成了画中的一个小点缀。

很难找到一个像玄武湖这样四季都适合游玩的场所。南京人天生会玩，自古就有"春牛首，秋栖霞"之说，春天去牛首山踏青，秋日去栖霞山看红叶，而玩玄武湖，却无时无刻不能玩，时时刻刻都有收获。

春天的玄武湖百花盛开，桃红柳绿，迎春花、海棠花、杏花、梅花，日本樱花和中国樱花，荷兰的郁金香，还有各种叫不出名的花，一种种先后开放。我最喜欢玄武湖沿长堤种植的虞美人，红红的，像燃烧着的火一般。

南京是著名的几大火炉之一，酷暑来临，玄武湖湖面上刮起了习习凉风，大片大片的荷花开着，这里于是成了天然的避暑胜地。我在小说《一九三七年的爱情》中写到了这么一个细节：到了最热的时候，"城北避暑的好地方是玄武湖公园，管理部门为了让大家有个夏夜纳凉的好去处，玄武门城门大开，于是整个公园便成了欢声笑语的不夜城"。昔日的南京，玄武湖的消夏图也可以算是一景。夜幕降临，人们来这里避暑赏荷,彻夜长谈。这些年,空调开始普及,代替纳凉的,是人们躲在空调房间里看电视,玄武湖公园已成为情侣的去处,南京人懒得再去凑热闹。

秋天的玄武湖除了扑鼻的桂花之外,你可以去银杏树下捡掉下来的银杏,还可以去捡从美国引进的核桃树上掉下的洋核桃。冬天快来之际,洋核桃从高高的树枝上掉下来,落在水泥路面上,啪啪作响。玄武湖公园里有无数棵这样的洋核桃树,多少年来,似乎总是那么几个人,在特定的日子里,喜气洋洋地跑来偷摘果实。我从来没有见过管理人员出来干涉他们,也许在摘果实的人中间,有的自己就是管理员。

玄武湖的雪景也没有话说,一场大雪来了,人们迫不及待地往玄武湖赶。南京的雪融化得快,要想拍上好的雪景照片,必须抓紧。

二

南京还有一个可以让人骄傲的地方:东郊风景区。历史上的南京人,游玩的好地方不在东郊,在南郊。究其原因,恐怕和朱元璋埋在东郊有关。明清几百年间,这里是禁地,驻扎着成群的军队,养着成千上万的梅花鹿。南京的老百姓不想到这儿来惹麻烦。而南郊距秦淮河不远,离城南的老百姓集居地不远。

南京人把兴趣转向东郊,是近几十年间的事情。玄武湖公园以水色引人入胜,东郊风景区却是围绕紫金山做文章。这里的名胜古迹依然很多,早在1500多年前,紫金山就有寺庙七十座,到了佛学盛行的梁朝,寺庙更是数不胜数。不少帝王将相来这里游玩过,譬如清朝的康熙和乾隆。无数文人墨客也在这里留下了他们的足迹。可以写出一长串的名人名单：东晋的王羲之，唐代的李白、高适、元稹，宋代的苏轼、王安石、陆游、李纲，元代的赵孟頫，明代的刘基、方孝孺，清代的孔尚任、顾炎武、黄宗羲等等，等等。

东郊风景区以陵墓著名，往远处说，有孙权的墓，后来又有明代开国皇帝朱元璋的明孝陵，到了近代，更有埋葬着国父孙中山的中山陵。南京的自然风景，总是和历史联系在一起的，南京的玩，不带有访古的意味，便失去很多乐趣。对于那些不喜欢历史的年轻人来说，拜谒名人的陵墓，有时候完全是应卯，只不过表明自己到过此地。他们能记得的，常常是让他们累得够呛的一级级台阶，是那种仿佛凝聚着的肃穆庄严的气氛。

可是一个熟悉民国史的人，在这里的感受，就会完全不一样。在东郊风景区，很轻易地就能触摸到民国的历史，随处可见民国时期遗留下来的建筑。这里是民国的博物馆，你可以找到不少国民政府时期名人的字，可以见到不少民国时期著名人物的坟墓。这里到处都是民国的典故。

让一个喜欢追抚历史的人，在东郊风景区泡上一天，绝不会没有收获。在密林深处的藏经楼，藏有138块高近两米的巨碑，碑上刻有15.5万字的《三民主义》全文，分别由当时最著名的书法家书写。这些刻碑的石头，据说都是冯玉祥将军在河南嵩山亲自挑选的。又譬如灵谷寺高耸入云的九层塔，现在许多人已经不知道它是怎么回事，年轻人兴冲冲地爬上去，也仅仅因为自己身强力壮。其实灵谷塔是一个纪念塔，为了纪念国民革命军阵亡将士而建，性质颇有些像我们今天的革命烈士纪念碑。那门楣上"精忠报国"四个字，是蒋介石题写的。从灵谷塔的第二层到第四层，嵌有十二块碑，上面刻有既是民国元老、又是著名书家于右任草书的孙中山《北上时告别词》，从第五层到第八层，嵌有十六块碑，上面刻着另一位民国元老吴稚晖的篆书孙中山的《黄埔军校开学词》。

青山有幸埋忠骨,就好像西湖边葬了岳飞,因此大为增色一样,南京东郊也为埋葬着孙中山感到庆幸。辛亥革命以后,国民党的先总理孙中山在一次打猎中,看中了紫金山,他向手下表达了自己死后想葬在这里的愿望。东郊风景区如果没有中山陵,真不知要逊色多少。自中山陵竣工之后,死后能归葬在东郊风景区,可以说是当时的最高荣誉。譬如在灵谷寺的国民革命军阵亡将士公墓中,就葬入了1029名阵亡官兵,这些只是代表,他们中间的大部分,是在北伐战争和一二八淞沪抗战中牺牲的烈士,他们的名字都被刻在无量殿的祭堂中。

"文化大革命"中,许多革命小将出于对国民党反动派的义愤,曾经想把这一切都毁坏。中山陵灵堂顶部的国民党党徽被涂抹了,而孙中山的铜像也差一点被毁坏。位于灵谷寺的国民革命军阵亡将士墓,被破坏得很厉害。历史很容易被人遗忘,年少气盛的革命小将们并不知道在北伐战争时期,国民革命军牺牲的烈士中,有国民党,也有共产党,因为当时的国共正处于合作阶段。而在一二八淞沪抗战中牺牲的将士,因为是对日作战,更可以称得上是流芳百世的民族英雄。在淞沪抗战中,英勇牺牲的爱国官兵很多,不可能全部葬在中山陵园的烈士公墓里,当时采取的办法,是以师为单位,从每一个军阶中,选取一名牺牲的代表安葬在这里,其中蔡廷锴将军领导的十九路军的将士最多,有七十名,从张治中的第五军和宪兵团中选出五十八名,共一百二十八名,以隐示不忘一二八淞沪抗战。

在紫金山的北麓,也就是中山陵的背面,还有一座航空烈士公墓,这里埋葬着在对日作战中英勇牺牲的中国、美国还有苏联的飞行员。这座烈士公墓在日军占领南京时,曾经遭到破坏,抗战以后重修过,"文化大革命"中又一次遭到破坏,我们现在所能见到的这一切,是1985年由中山陵园管理处和南京部队空军联合重修的。

值得一提的,是东郊风景区的音乐台。我在刚刚完成的小说《一九三七的爱情》中曾写过这么一段:

> 对于南京人来说,由十二块扇形小草坪组成的可容三千观众的音乐台,是中山陵风景区中最吸引人的地方。它由著名的建筑设计家关颂声和杨廷宝共同设计,巧妙地利用了原有的低洼地形,整个会场看上去就好像是一把打开了一半的绿色的大折扇,有着非常良好的回音效果。音乐台的意义不仅仅在于演奏音乐会,关键在于它给人们提供了一个雅集的地点。在风和日丽的春天,在天高云淡的金秋,成群的卫兵把持着路口,党政要人和各国外交官员带着他们的夫人,纷纷出现在音乐台最外围的回廊上,这道长一百五十米、宽六米的钢筋混凝土回廊两侧,高大的紫藤肆无忌惮地缠绕,结果便形成一个妙不可言的绿色通道。紫藤花开的时候,成群的蜜蜂在空中飞来飞去,花香逼人,仕女如云。

这样的雅集通常都是在公祭或谒陵之后进行,它是民国时期南京常见的场景之一。

三

南京的玩,也许真的没办法离开访古。外地人到南京来玩,最好先读一些有关南京历史的小册子。南京不是购物的天堂,自然气候也不尽如人意。如果不是想寻访历史,没必要到南京来。

我上大学的时候,曾经和一个朋友去拜访过位于南郊的南唐二陵。那时候的南唐二陵还没有对外开放,我们骑自行车大老远地赶了去,完全是出于对南唐李后主诗词的偏爱。今天重新提起这件事仿佛天方夜谭,记得当时的南唐二陵被破坏得不堪入目,一把老式的大铁锁锁着门,我们找到了大队干部家,借了钥匙,小心翼翼开门进去,里面黑咕隆咚,走了没几步,便摔了一个结结实实的大跟头。

那时候的南唐二陵,和废弃的防空洞没什么区别。那种颓败和当年风雨飘摇的南唐小朝廷非常相似。多少年以后,我又一次去过已经成为旅游景点的南唐二陵,时过境迁,一切都改变了模样。但这是一次非常失败的造访,那种修旧如新的感觉,让人有一种说不出的别扭。已经成为旅游景点的南唐二陵,总让人觉得在突然之间,完全失去了历史感。乱哄哄的人流,乱哄哄的车流,各种各样的小商贩,一切都在提醒你所处的现实。你意识到自己只是处在这样的现实之中,而历史却已无处寻觅。

到南京来玩,最好不要冒险参加那种讲究时效的"一日游"。一日游的结果,你到处去应了一个卯,只是见到了南京风景的躯壳,根本就见不到灵魂。你只能用照片向别人证明去过南京,而事实上,你根本就没有感受到这个城市不同寻常的存在。与其在这种"一日游"上花冤枉钱,还不如去电影院看电影,还不如躲在家里看电视。

在南京,到处撒落着历史文明的碎片。南京的玩,离开不了精神世界的漫游。在郊区,你可以寻找到六朝时期遗留下来的辟邪,造型独特的辟邪大约有十五吨重,很难想象一千多年前的人,是怎么把它弄到这里来的。你可以去参观阳山碑材,阳山碑材只是一个半成品,它是当年永乐大帝为了替他的父亲树碑而用,这座碑如果真能竖起来,其总高度大约是七十三米,相当于二十四层楼的高度。这将意味着一座碑像玄武饭店或是古南都饭店那样竖在你的面前。你可以登上紫金山望远,可以登上雨花台,像《儒林外史》中的菜佣酒保一样,带着六朝烟水味地看日落。你可以走大街穿小巷,沿着秦淮河和金川河,在行家的指点下,用脑子去设想那些已经完全消失了的历史遗迹,用想象去再现历史的原貌。你甚至可以沿荒凉的江边沙滩漫步,在江边沙滩上看芦苇,获得的独特感受,也许会比逛热闹的夫子庙都好。

南京人并不在乎自己有多少东西可以进入吉尼斯世界纪录,南京的历史是静态的,需要你用心去发现,用心去感受。南京的玩,必定带有非常强烈的人文色彩。

南京的乐

一

南京人这几年感到委屈的,是江苏的足球太不行了。如果甲 A 足球十分火爆,江苏加佳队置身于甲 B 之中,赛程一半下来,加佳队看情形,似乎难逃降入乙级队的厄运。南京人冒着酷暑去五台山体育场看球,给自己的球队鼓劲加油。看该赢的球不能赢,大萝卜的本色立刻显出来了,往赛场上扔饮料罐,喝倒彩,一口一个"呆×"。电视和报纸上已经屡次报道过,指责这种不文明的举止,嫌南京人嘴太脏。"呆×"是南京人的市骂,南京人心里不痛快了,这两个字,一张嘴就出来。

作为经济大省省府的南京,江苏的足球如此不景气,实在让人窝火。不能说南京没有球迷,不能说南京球迷不够疯狂,南京球迷只要能给他们机会,一定不会输给四川成都的球迷。冲着南京人好热闹这一点,南京的铁杆球迷就注定少不了。只是要想拥有球迷,首先得有一支能拥有球迷的过硬球队,得让爱好足球的人能迷起来,得让老百姓有一个值得寄情的地方。江苏的足球如此不景气,南京的足球迷又能好到哪里去。要知道,江苏的体育一向不弱,球类活动更是有着辉煌的历史,除了足球没有好过,其他的球类都应该居于上游地位。

篮球比赛曾是南京老百姓心目中的快乐。南京人曾像今日迷恋足球一样,醉心于篮球赛事。六十年前,南京孝陵卫的中央体育场,是当时国内最大的体育场,而篮球运动则是南京的强项。那年头没什么国家队之说,当时南京最强大的两支球队,是中央军官学校篮球队和国立体专篮球队,这两支球队可以说是代表了当时全国的最高水平。由于这两支球队每年都要决赛一次,因此不失时机地观看这场比赛,便成了南京人心目中的大事。比赛尚未开始,人们已经大街小巷地议论开了。

1937年7月7日卢沟桥事变爆发,如此严重的国家大事,丝毫也没有妨碍正在南京进行的篮球比赛。7月9日至7月14日,二十九军将士在北方的卢沟桥浴血奋战,南京的京联篮球队却正和亚洲的另一支篮球劲旅菲律宾队鏖战,比赛结果一胜一负,第一场京联队力克菲律宾队,比分是44∶37,第二场菲律宾队赢,比分是40∶32。赛后,菲律宾队又邀请中国队去菲律宾访问,时间定在这一年的8月,由于战事的发展,京联队最后有没有远征菲律宾,不得而知。

南京人对篮球的嗜好,一直保持到文化大革命中。那时候的什么省队,什么国家队,并不引人注目,让人们津津乐道的是各大工厂的业余球队。人们闲着,便为哪支球队更好,争得面红耳赤。那年头电视是稀罕之物,人们无法从电视上欣赏到世界级水平的球赛,能看到那些实力相当的球队在球场上竞技,也是一乐。那时候最出风头的是南钢篮球队,南京人都记得他们队中有一个穆铁柱似的高中锋,当时大家都戏称他为"南钢大呆",此人为当年的南钢篮球队立下了汗马功劳。

南京的男女排球曾经连续称雄排坛。我上大学的时候,正是江苏男排勇夺三连冠之际,我们去赛场助威。那时候的拉拉队远没有今天这么疯狂，许多时髦的助威的招数还没有风行，我们看球时，充其量也就是拼命地喊，用劲地鼓掌。结果是把嗓子喊哑了，手拍肿了。

南京的乒乓球和羽毛球也是几度称雄。现任国家男子乒乓球队的少帅蔡振华，就是当年的江苏队主力。而以杨阳、赵剑华为首的江苏男子羽毛球队，可以说是当年的梦之队。他们既代表江苏队，也代表着国家队。

不妨假定江苏的足球队也会有辉煌的时期。职业足球正如火如荼，江苏的足球没理由会不好。南京的球迷将等待着这一天。

二

看球一乐，看戏也是一乐。有球迷，自然也得有戏迷。南京这地方不比北京，北京有京戏，地道的特产，迷京戏，是自家人喜欢自家的东西。南京没有自己地方色彩的剧种。这些年试图挖掘出传统的"南京白局"，由于传统剧目太少，新编的段子又光有一些俗气，南京人也不爱看，说话怪里怪气的，活生生地是在糟蹋南京人。南京人气量再大，也不可能会喜欢那些有损自己形象的玩意儿。南京话本来就不好听，自己说着倒不觉得，拿到舞台上当戏演，听着就刺耳了。

南京的戏迷，习惯于在别人的身上，寄托激情。不是北京人，一样可以像北京人那样，成为地道的京戏票友。南京人的胃口特别好，自己拿不出什么东西可以炫耀，便寄情于别人的东西。南京人天生信奉拿来主义。历史上的南京人，曾有过不同的嗜好，这些嗜好，促进和刺激了娱乐业的发展，因此名播四海的秦淮胜地，在中国戏剧音乐史上占有着重要地位。

历史上曾有过"吴声清乐"这一说。吴声是当年的南京话,或者说是当年的南京民歌,所谓清乐便是在此基础上发展起来的歌曲形式,这种歌曲形式在六朝时期很风行,它的最高也是最后的境界,就是陈后主的《玉树后庭花》,这首曲子结束了六朝繁华,成为著名的亡国之音。从此,南京的音乐从宫廷走向民间,秦淮河成了卖艺人的天下。南京人开始过起有什么看什么、有什么听什么的随遇而安的享乐生活。

老派的南京人会享乐,真是铁板钉钉的事。还是从《儒林外史》上引用些资料吧。据这本书上记载,当年南京秦淮河上下竟有戏班一百三十多个,而男主角之一的杜慎卿,心血来潮,挑选了六七十个旦角,集中在莫愁湖公演,设大奖奖赏夺魁的演员。类似的雅事韵事数不胜数。南京是《桃花扇》本事发生的地方,也是柳敬亭说书风靡一时的地方,南京人看戏,不弄点事出来几乎不可能。

南京人不仅爱看戏,而且会看戏。明朝末年,两个很有名的戏班,曾在秦淮河边打擂台,同时演出《鸣凤记》,当戏演到"河套"一折时,观众的注意力都集中到了李伶主演的奸相严嵩身上,另一位演严嵩的马伶自惭形秽,没等戏演完便悄然溜走了。事隔三年后,销声匿迹的马伶又一次复出江湖,又一次和李伶打擂台,还是演《鸣凤记》。这一天,南京城轰动了,万人空巷,大家都来看戏。结果马伶大获全胜,他不只是把奸相外表演出来了,而且把严嵩内心的虚伪和奸佞,都淋漓尽致地表现了出来。南京的观众大过戏瘾,大饱眼福,连作为对手的李伶戏班的人,也纷纷停下来引颈观看。李伶见状,自叹不如,不得不拜马伶为师。原来在这三年中,马伶隐姓埋名,投到当时的一位宰相家里去当奴仆。这位宰相可以说是当时的严嵩,马伶躲在他身边细心揣摩,从他身上获得了很多灵感。整整三年,马伶都在观察这位宰相的一举一动,于是终于在舞台上结出正果。

在民国时期，秦淮河一带歌女很多。读旧小说，对什么是歌女，总有些不太明白。歌女绝不是我们想象的那样。南京的歌女只是卖唱，唱什么，身不由己，得看客人的喜欢。当然歌女大都兼做舞女，陪什么人跳舞？当然是有钱的人。许多歌女都是唱京剧的好手，出身于秦淮河世家的歌女，有的就成为很有名的京剧大家，成为一时的大腕人物。歌女往往是多面手，会唱京戏，会唱地方戏，会唱大鼓，会唱小曲，更会唱流行歌。著名黄梅戏演员严凤英，就曾在秦淮河畔当过歌女，她当时的艺名叫严黛凤。她后来所以能在黄梅戏中大显身手，和她在南京时的经历分不开。据说她曾在南京学会不少京昆名剧，甚至还反串过《芦花荡》中的张飞。

三

南京人看戏听歌的口味，从来就不是一成不变的。多变，就会给人以没品位的口实。南京人改不了喜欢热闹的毛病。1949年以后，秦淮河的歌女被取缔了，开始出现国营体制的戏剧团体。到文化大革命前的这一段时间里，一些江苏的地方戏，大受南京人的欢迎。譬如锡剧，一出新戏首次公演，省委的主要领导差不多都要看。一时间，锡剧团的主要演员，颇有些像今日走红的歌星。

即使到了文化大革命快结束，锡剧在南京还很有市场。记得那时候公演《海岛女民兵》，很多人天不亮就去排队买票。此一时，彼一时，今天的很多年轻人，恐怕都不知道南京还有一个江苏省锡剧团。今天的南京人似乎已经失去了看戏的热情。所有的地方戏，都不景气。有国剧之称的京戏也没什么人看，话剧更没人看，好演员唯一的出路是走穴,是拍电视拍电影。一个演员有了影响或小有名气,不是因为演技,而是因为在电视电影上亮了相。去剧场看戏的热情大大地减退了,如今南京人最大的乐趣,是躲在家里看电视。

电视正在左右着敦厚的南京人。人们看电视上的球赛,看亚运会,看奥运会,看电视连续剧,看电视上的消息。电视给南京人提供了最大的方便,在增大信息量的同时,也使得人们的思想越来越消极,越来越平庸。电视统一了人们的口径,电视正在使有思想的人变得没思想,使无思想的人变得自以为有思想。南京人的乐,从表面上看,似乎是比过去多了,但是仔细想想,和过去相比,其实已经减少了许多许多。

据说在南京开流行音乐会一向比较成功。一个从外地来的并不怎么出色的歌手,在体育场扯足了嗓子喊,只要认真卖命,还是能受到淳朴的南京人的欢迎。南京人永远喜欢新鲜的东西,容易哄,容易骗,这始终是南京人既可笑又可爱的地方。

南京的四季

一

南京的气候让许多外地人叫苦不迭。南京的夏天是真正的夏天，只有在这待过的人，才能真正明白它的厉害。记得上大学时，快放暑假的那几天，热浪来了，一些来自北方的同学长这么大，没见过如此凶恶的酷热。到晚上，热得没办法睡觉，扛着一条凉席到处乱窜，哪里有风就在哪里躺下，身上仅仅一条大裤衩，甚至就一条三角裤，也顾不上是否有伤风化。南京的夏天真热起来，越是到晚上，越是一丝风见不到，所谓空气仿佛凝固了一样。

普及电风扇也就是这十几年的事，空调的历史更短。六年前，我偷偷地装了一台小窗式空调，完全属于不合法性质，报纸上刚刚发表了通告，私人未经用电部门批准，不允许安装空调。当时的规定，厅局级以上的干部，才可以享用空调。如今，空调正在使南京的夏天发生根本意义的变化。这些年，有一个词在南京已经不时髦了，就是问别人今年夏天准备去什么地方避暑。

在南京过夏天是一件很勇敢的事情。对于老人来说,熬过了夏天,便意味着又多活了一年。想想那些没有电风扇、没有空调的日子吧,人们身上的衣服少到了极致,那汗珠源源不断地冒出来,手上使劲地摇着芭蕉扇;夜里睡觉时,因为太热了,一次次爬起来冲凉水澡。夏夜纳凉,曾经是南京人很重要的一个活动场景,家里热得待不住,人们一起拥到门前的空场上去。南京的许多孩子,都是在纳凉活动中成长起来的,他们在凉榻上听大人们说着大人的事。夜深人静,大人完全放松了对孩子的警惕,自顾自地说着,说着那些也许不应该给孩子们听的荤故事。

国民政府定都南京的时候,南京聚集着大量的官员,这些官员因为有许多公务要办,酷暑来临,热得昏头昏脑,办不成什么正事,于是南京政府便只好逃之夭夭,迁往华东的避暑胜地庐山。远在千里之外的庐山,成为南京政府的行宫和夏都,一到日子,政府机关各部门的头面人物,在老蒋的率领下,纷纷像候鸟一样地借助不同的交通工具,从水路陆路以及空中赶往庐山。

南京夏天的最高温度,一般都保持在 36℃～37℃ 之间,最高时可以达 40℃。据记载,1959 年的 8 月份,南京的气温高达 40.7℃。人的正常体温是 37℃,高温至此,人已经很难忍受了,若是接近 40℃,甚至超过了 40℃,那就意味着这个城市正在发高烧。在高温季节里,人的身体碰到任何东西,都觉得是热的。

南京是著名的几大火炉之一,感谢南京市内还有些树,这些树好歹增添了不少阴凉。

二

南京春夏之际的梅雨季节，也是一个让人很不自在的日子。连绵不断的细雨，一下就是半个月一个月。1996年的雨季特别长，竟然持续了四十天。北方人无法想象梅雨季节。空气潮湿得几乎用手能拧出水来，最苦的是那些住在一楼的人，家里面所有的东西都是湿漉漉的，冰箱的外表上凝聚着一滴滴水珠，床褥摸上去也是潮的，到处都是霉斑，那霉味在空气中漂浮，到处都是金属的锈斑，在这样的日子里，人的骨头也好像生了锈。

漫长的梅雨季节，正好是防汛时刻。天天下雨，江河水猛涨，城市里的积水，要往长江里排，长江上游的水，又纷纷下来。于是电视上天天省长市长要亮相，作紧急指示，指导如何战胜洪涝。

雨季是树木生长的好时机，南方的树木喜欢水，喜欢潮湿，到酷热的夏天来临时，法国梧桐已吸足了水气，成为一把把撑开的巨伞，用绿阴把大街遮得严严实实。可惜这些年为了拓宽马路，许多树都被砍了，要不然，南京人夏天里出门，既不怕太阳晒，也不怕小雨淋。南京的树木旺盛，和每年有这么一个梅雨季节分不开。

雨季一结束，住平房的，住一楼二楼的人家，纷纷开始把东西拿出来晒。南京俗称晒霉。到晒霉的时候，也是人们悄悄地比较家庭实力的时候。藏在箱底值钱的好衣服、没用过的新被单、绸被面、皮大衣、羊毛衫、羽绒服，统统请出来见太阳。很多家庭主妇，在晒霉的日子里，不得不专门请了假，来完成晒霉的艰难任务。

过去有钱人家为了防潮，砌房子打地基，用空的酒坛子垫底，然后才铺上青的地砖。在南京盖房子，不仅仅要考虑到通风，以对付夏日的酷热，还要考虑到防潮，以防止梅雨季节的霉和湿。

三

想不出南京的秋天有什么特别的地方。南京是个四季分明的城市，什么样的季节和气候都有，夏天热，冬天冷，黄梅天潮湿，秋高气爽时干燥。不像海南岛那样长年是夏天，不像昆明四季如春，也不像北极村一年里有大半年要下雪。南京的秋天显得很平庸，到日子就来了，来了绝不耽搁，说走就走。

秋天是成熟的季节。可是南京并没有什么本地产的水果，北方的苹果和梨，南方的橘子，所有这些和南京都挨不上。南京人已经习惯理直气壮地吃别的地方的水果。

南京是个尴尬的地方。秋天里去栖霞看红叶，那红叶实际上并不地道。首先是不红，其次也成不了林。在南京，也许只有秋天的银杏树值得一看，秋风萧瑟，金黄的叶片纷纷坠落，掷地有声，仿佛下雪一样。在南京大学的校园里，在玄武湖的梁洲，有成片的银杏树，不过要观赏就得抓紧，满树的金色叶片，几天内会落得精光。

都说南京有帝王之气，实在是玄得很，天知道什么应该叫帝王之气。南京的秋来也匆匆，去也匆匆，在南京建都的帝王也是如此。历史上，南京是出后主的地方，陈后主李后主，都是不爱江山爱美人，命中注定要当亡国皇帝。南京时髦的女人都抱怨秋天太短了，说冷就冷，看中了一套漂亮衣服，买回来刚穿上身，就不能再穿了。南京的秋天是动态的，马不停蹄，变化万千，女人要爱美，就得准备挨冻。爱美总是要有代价的,爱美的女人,弄不好就会冻出病来变成林妹妹。

南京的秋天恰恰是以短暂取胜的。美永远短暂,正因为短暂,所以才美。只有经历过夏日酷暑的南京人,才能真正感受第一阵秋风的意义。那是一种死里逃生的庆幸,在过去连续高温的日子里,多少人把"热死了"这句话当作了口头禅。秋风迫使南京这口凶神恶煞的火炉不再咄咄逼人。同样的道理,秋天一天天往里走,冬天悄悄逼近的时候,南京人会比别的地方的同志们,更感到秋天的珍贵。南京的冬天往往比北方的冬天更难熬,北方的学生到南京来上大学,冬天里常被潮湿的冷空气冻得哇哇直叫。

四季有序,是南京的优点。只有在这样的城市里,人们才可能真正体会气候和季节的变化。春夏秋冬是大自然白白赠送给人类的珍贵礼物,少任何一部分都是一种残缺。南京的秋天,并不像想象中那么完美,而完美,向来也仅仅存在于想象之中。

四

南京的冬天也不善,一般年份的最低温度,是零下 8℃左右,在 1977 年曾到过零下 13.3℃。南京的低温和北方不一样,北方是干冷,不像南京湿漉漉的冷。南京人第一次去北方感受到北方的冬天,既喜欢北方家庭中暖洋洋的气氛,又不相信室外已经是零下十几度了。

说北方人在南京被冷空气冻得哇哇直叫,绝不是夸张。北方人形容南京的冷,只是一句话:室内室外一样冷。南京的冷,无处可躲。在北方人看来,这是不可思议的一件事情。很多南方人去北方安家落户,平时屡屡想到江南的种种好处,一肚子叶落归根的念头,可是一想到要在南京过冬天,便万念俱灰。我的祖父就是如此,他是苏州人,在北方待了几十年,有暖气的日子过惯了,回到江南要硬冻,想想也怕。

南京的冬天是真正的冬天,货真价实,冷起来一点也不含糊。我还在工厂的时候,有一年冬天,玄武湖上结了冰,我曾冒险从湖上穿过。能把那么大的玄武湖冻起来真不容易,那冰要是不厚,不可能禁得起人走过去。南方的冬天,再冷也是有温差的,因此真正能结很厚实的冰的日子,并不多。事实上,那一年就有人掉进冰窟窿里淹死了。那一年是1977年。

从南京的冬天还可以看出南京人随遇而安的性格。对南京的老房子进行一番考察以后,就会明白历史上的南京人,其实对付冬天还是有一套办法的。许多老房子都留有烟囱道,冬天来了,南京人曾经像北方人一样生炉子。一般的老百姓家里都有炭盆,那炭肯定不会太贵,老百姓承受得起。这些炭盆现在已经见不到了,大概要到民俗博物馆里才能一见。我们家过去曾有过一个,两边有把手,式样很好看,有些像养荷花的缸,可能是景德镇出产的,因为从来不烧炭,一直用来盛米。我还见过一种铜炭盆,那式样非常像民国时期的某地方军队的钢盔。

南京人放弃取暖是在五十年代。当时定了一条规定,以淮河为界,淮河以北有取暖费,淮河以南,没有取暖费。虽然只是很少的一点钱,但是淮河以南的老百姓,都不约而同地从此放弃了在冬天生炉子取暖。南京人抗寒的能力大大地提高了,虽然北方比南方冷得多,但是北方人不能不承认,真正耐冻的是南方人,是南京人。

南京人

一

南京人只是个大致的说法,是个大概,那意思就是生活在这个城市的人。

纯粹的南京人只能从理论上去探讨。对于生活在这个城市里的人来说,活生生的南京人就是你,就是你周围的人。南京人就是那些天天在你眼皮底下活动的人流。不在乎你的祖籍是否在这里,也不在乎你是否在这里出生长大,一方水土养一方人,你在这个城市里生存了若干年,充分地呼吸过了这里的空气,喝了这个城市的水,吃了在这个城市里买的米,那么,你就是南京人,南京人就是你。南京人就是那些上下班时匆匆从街上走过的男男女女,是那些站在电话亭里回拷机的小伙子,是那些站在路口吃羊肉串的年轻姑娘。南京人就是你天天耳闻目睹的那些人。

南京人从来就是一个宽泛的概念,宽泛难免挂一漏万。南京人的特点是宽容,南京从来就是一个宽容的城市。事实上,生活在这个城市里的人,很少去思索自己究竟是不是南京人。调查表明,很多被问到自己是不是南京人的人,在一怔以后,首先想到的是自己的祖籍,人们都习惯于用祖籍来回答这个问题,于是绝大多数人都会告诉你自己不是南京人。有关部门对171位南京居民进行抽样调查,结果只有一成的人,自称祖籍是南京,近一半的人认为自己不是南京人,虽然他们就出生在这座城市。

南京人对自己是不是南京人这样的话题,不太热衷,不像上海人那样,动辄说"阿拉上海人"如何如何。南京人缺少上海人那样的凝聚力,上海人口的组成,远比南京人口的组成更复杂,但是上海人天生有一种整体感,天生有一种自己是上海人的认同感。南京人从来不排外,上海人常常使用"外地人"、"乡下人"这些带有鄙视语调的词,这些排斥别人突出自己的词里面,充分体现了一种优越感。

南京人没有这种优越感。历史和现实也不经常赋予南京人这种优越感。南京人有时候也想天真地做一做抖抖自己威风的事,譬如针对"京派"、"海派",提出一个"宁派"的概念来,但这种说法更多的是像自说自话,不仅别的地方人不会这么认同,就是南京人自己也不会认同。南京人散漫惯了,结不了帮也成不了派,思想一向不统一。南京人是很难概括的,因为南京人的秉性向来让人捉摸不透。

二

就说看电视剧,肖复兴在谈到北京人看《孽债》时,曾说过由此可见上海人的小家子气,因为这里面的故事实在不至于这么折腾。自己的亲骨肉,没费什么事,由别人替你养大了,等于白白捡了个孩子,高兴还来不及，有什么必要去寻死觅活。北京人决不会让五个孩子风尘仆仆来了，结果三个孩子又回云南，留下一个是断腿的，另一个进了公安局，这种结局，在北京人眼里，说明上海人太没有人情味。而上海人看王朔的电视剧，也是莫名其妙地肝火旺，我不止一次听到过这种指责：油嘴滑舌，耍贫嘴，京油子，甚至愤愤不平地把《爱你没商量》，说成"不看你没商量"。

南京人却完全不同。南京人没什么完全一致的看法，说好的有，说不好的也有。可能今天说好，到明天就改了口。南京人口无遮拦，天生喜欢自说自话。有一次，在一家商场里，我听见两个女售货员眉飞色舞地在谈论王朔，长得很好看的那位激动地说："我太喜欢王朔了，只要是他的东西，我就爱看。"十足的南京话中，为了表达对王朔的感情，硬把舌头卷起来，带着一种很怪的京腔，南京人说普通话，真是很为难的一件事。而《孽债》播放时，满街同样都在议论，原著作者叶辛到南京来签名售书，许多热心的读者都以亲眼目睹他为荣。南京人胃口特别好，什么都能接受。南京人好发疯，什么都喜欢凑热闹。南京人没什么自以为是的固执观点，看"海派"的东西会流眼泪，看"京派"的东西也会伤心，南京人最容易骗。

"海派"和"京派"这些概念，即使上海人和北京人自己不这么说，别人也能很轻易地感觉出来。无论上海人或是北京人，他们只要是在中国的地盘上混，就永远摆脱不了那种优越感。上海人是靠经商发起来的，所以言谈屡屡离不开钱；北京人生活在天子脚下，因此动不动就会说一些未经证实的内部消息。上海人会挣钱，北京人能当官。上海人的理想是口袋有用不完的钱，北京人则希望自己能当的官越大越好。钱和官分别是上海人和北京人傲气的本钱，有了钱当了官，于是敢优越，敢自尊，敢这样敢那样。就是没钱的上海人和没做官的北京人，近朱者赤，近墨者黑，由于受了这种风气的熏陶，也都是一样的毛病。

南京人往好里说，是什么都有些不在乎。南京人不会因为自己是南京人，就像上海人或北京人那样，觉得高人半截。南京人还轮不上有这种感觉良好的毛病，确实也没什么可以感觉良好。南京人对自己不自信，也不自尊，更不自卑。典型的南京人都是悠闲懒散的，很多事都随它去，不羡慕当官的，也不嫉妒有钱的，因为大部分的南京人既不会当官，也不会挣钱。在南京当官的都是外地人，在南京挣大钱的也是外地人。眼睁睁地看着外来者做官挣钱，竟然不眼红，也不在乎，这就是南京人。

三

在全国这盘棋上，南京人的位置不南不北。在江苏省的地界上，作为省会的南京仍然不南不北。苏南人习惯上把南京人看成是江北人，尽管在地图上，南京明明白白地位于长江南岸。"江北人"的称呼和上海人动辄称"外地人"、"乡下人"一样，包含着一种鄙视。

苏南一带的老百姓，对于省会南京，历来不怎么放在眼里。有一次，在重庆开往上海的火车上，上海的作家陈村跟我开玩笑，说南京是上海的郊区，我当时就和他争了起来。结果为了检验，我们求助于不远处的一位旅客，当我们问他是什么地方人的时候，他大言不惭地说自己是上海人。我和陈村都吃了一惊，因为这个伪上海人说的显然不是上海话。仔细问下去，原来他是来自江苏的溧阳人，我顿时很气愤，无论是以距离而论，还是看属于谁的管辖，溧阳人都不应该说自己是上海人。溧阳现在属于常州市，离南京比离上海近得多，这回答让陈村感到非常得意。

整个苏南好像都忘了南京是省府的所在地，忘了在这座古老的城市里，住着他们的顶头上司。无锡市在宣传自己的旅游优势时，公开地说无锡是上海的后花园，而说这番话的时候，江苏省的旅游部门的领导人，就端坐在主席台上。这种公开地讨好上海人的态度，其中虽然包含了想赚上海人口袋里钞票的用心，但是也客观地说明了省会南京的尴尬地位，说明了南京人口袋里的钱显然不多，还不能够入精明的无锡人的法眼。

南京是江苏这个经济大省的中间质。作为省会，南京似乎并不像作为首都的北京那样得天独厚。南京永远是这样，说好，轮不上，说坏，也轮不上。苏南经济好一些，苏北弱一些，拔尖轮不上南京，扶贫也轮不上南京。南京人再有钱，想到富裕的苏南就蔫了，南京人再穷，想到苏北的贫困地区立刻宽心。南京人似乎天生甘心居于中游，不妒人有，也不笑人无。南京人不会去想自己应该在江苏起带头作用，也从来不担心自己会落到江苏的尾巴上去。南京人从来没有忧患意识，过去没有，现在没有，将来可能也不会有。

四

南京是一座没有太大压力的城市。正是因为没有压力，也就造成了南京人的特色。南京人没有太强的竞争意识，就是有，也往往比别人要慢半拍。南京人不仅宽容，而且淳朴，天生的不着急。南京大萝卜实在是一个非常形象的说法，南京人天生地从容，不知道什么叫着急，也不知道什么叫要紧。即使明天天要塌下来，南京人也仍然可以不紧不慢,仍然可以在大街上聊天,在床上睡觉,在电视机前看电视,在麻将桌上打麻将。

把南京人看得太好无疑是错的,把南京人看得太坏也不对。南京人充分体现了中庸之道。1995年11月2日凌晨,陈列在南京中华门城堡的两万多盆鲜花,遭到许多人的哄抢。此事引起不少人的义愤,觉得这是给南京人丢脸。同时引起有识之士愤愤不平的,还有市内的磁卡电话,新安装的十部磁卡电话,竟然有好几部已经被人弄坏。由此可以得出一个简单的结论,南京人的素质太差。

其实说句公道话,这两件事,真不能说明南京人素质如何差,因为这类不光彩的事情,在中国绝大多数的城市都可能发生。哄抢鲜花这样的报道,显然不是从南京人开始的,也不可能以这一次南京人的丑行而告结束,不相信我们继续注意留心报纸就行。至于磁卡电话,岂止是南京,哪个城市没有这种让人气愤的事?好一些的大概只有深圳。因此只能以磁卡电话不被人恶意损害,来评价一座城市的好,而不能反过来论证一个城市如何坏。

一年前,南京莫愁湖公园举办"大地走红"的活动,整个活动期间,几万把红伞无一被偷,这事为南京人争了些荣誉。不过也没必要高兴得太早,哄抢花盆和不顺手牵羊拿走一把伞,都充分地说明了南京人性格的某一个方面,这就是南京人没什么一定之规矩。南京人是性情中人,总是带着一种随意性,在做什么事以前,并没有太多地去想这事应不应该做。南京人就是南京人,对好对坏都不在乎。南京人似乎从来不在乎别人会怎么看他们。

南京的外地人

一

南京是外地人的天堂。南京的外地人，是个很有趣的人文景观。和国内所有的大城市一样，南京骨子里也是一个移民的城市。南京的外地人不会因为自己生活在别人的地盘上，就感觉到那种遭排斥的歧视。南京人自己对南京就没什么归属感，对于地道的南京人来说，自己是不是南京人都不重要，更不用说别人是不是南京人了。南京的外地人不会产生自己不是主人的自卑。南京这个城市里没什么主人，因此也就相应没什么客人。在南京这块风水宝地上，并不流行"客随主便"这句话。

南京的外地人，大都是江苏人，就素质来说，因为积聚了一个省的精华，都是些事业上的佼佼者。不是人物不会到南京来混，不是人物在南京也混不下去。南京的外地人同样也很难对南京有一种归属感。童年和少年的记忆永远是最重要的，无论他们在南京耽了多久，他们都不会认为自己是南京人。地道的南京人应该从外地人定居后的第二代开始算起。南京的外地人,是后来南京人的祖先。

　　苏南和苏北的外地人,对南京有着两种不同的心态。苏南富裕,在南京的苏南人,常常有一种迫不得已的感觉。他们在南京定居,在这里养儿育女,享受着南京的空气,却从骨子里压根看不起南京人。南京的苏南人常常会觉得南京人土,觉得南京人粗气,觉得南京人不会吃也不会穿。在南京的苏南人可以充分享受优越感,因为觉得别人不怎么样的潜台词,其实就是觉得自己很怎么样很了不起。南京的苏南人,从本质上来说仿佛是中国的上海人,他们既比地道的南京人聪明,也比地道的南京人能干。他们如果去上海滩混,就是彻底的受歧视的外地人,可是在南京这座宽容的城市里,他们没有被南京人看不起,反而倒过来反客为主,看不起南京人。

　　在南京的苏北人和苏南人不一样,苏北穷,很多苏北人都是靠苦读书才混到南京来的。到南京来之不易,因此他们不会像南京的苏南人那么嚣张,那么不把土著的南京人放在眼里。他们的态度要隐蔽得多,也温和得多。他们的特点是喜欢互相照应,互相帮助。虽然南京人不欺生,但是他们都小心翼翼地做好了这方面的准备。不说是拉帮结派,然而苏北人确实是心比较齐,心齐力量就大。南京的苏北人深悟团结就是力量的古训,他们吃辛吃苦地在南京混,有意无意地便织成了很巧妙的关系网。南京的苏北人和苏南人不一样的重要区别在于,苏北人并不是迫不得已才来到南京,他们并不是以一种挑剔的看不上的态度生活在这座城市里。他们不是到这座城市里来享受优越感的。南京的苏北人从整体上来说,要比南京的苏南人有出息得多。他们没有那种公子落难小姐遭殃的委屈情结,他们不声不响地来到这座城市,不仅打算在这里长住下去,而且充满了要征服这座古老的城市的野心。他们的天下是实打实地打出来的,他们对于南京的贡献要比南京的苏南人大。

二

从历史上看就这样,苏南人定居南京,很多人只是为了做生意,他们想方设法,赚了钱就想走。和苏北的贫困落后比起来,苏北人不会觉得南京如何如何不好,他们定居南京,通常是兵分两路,一路是干苦力的,在服务行业挣些钱,便待在南京不走了;另一路却野心勃勃,实实在在地干着,上下经营,为了迟早有一天能捞个一官半职。南京此地的行政长官,很少由地道的南京人来担任。省一级的领导是这样,市一级的领导也这样。民国时期就如此,现在也还是没变。在电视上听领导讲话,很少听到正宗的南京口音,不是因为南京话太难听,而是因为能在电视上说说话的领导人很少有南京人。南京不生产当官的人才,稍稍大一些的官就没什么南京人。南京人做官做到中央去的几乎没有。南京是一座在外地人领导下发展起来的城市,有朝一日,地方主义作怪,南京完全由南京人来管理,其结果一定是场笑话。历史证明南京离开不了外地人,南京这座城市能有今天,南京的外地人功不可没。

南京为外地人提供了无穷无尽的机会,对外地人向来也是特别友好。地道的南京人都乐意承认自己不是官场的料子,乐意承认自己的确有某些地方不如外地人。南京人散漫惯了,没什么一成不变的固执见解,流行什么时髦什么,都没一定。不排外的南京人总是一窝蜂地乐意接受外来的东西。北洋军阀时期,因为统治南京的都是北方的军人,于是一时间吃大葱嚼生大蒜,说话卷着舌头,成为当时南京最著名的风景。国民政府定都南京以后,因为先总理孙中山是广东人,而国民革命的根据地也是从广东过来的,因此广式风味的馆子风行一时;而抗战胜利以后,国民政府从重庆迁回,四川馆子又变得重要起来,好像在广东馆子或四川馆子大吃一顿,便有重温革命历史的意思。南京人总是难免一些十分幼稚的行为。当年许多南京人追随国民政府去了内地,这些人都是义民,抗战以后回南京,很长一段时间,说话都带着四川腔。

南京的外地人充分利用了南京人的这种天真性格。这也就是为什么南京的饮食业长久以来,很难有什么固定风格。南京不仅不排斥外地人,恰恰相反,对外地的人和物,常常会有一种人来疯的喜欢。外地人在南京可以如鱼得水,无论是洋味,诸如肯德基、加州牛肉面,还是别的什么地方土特产,不管正宗不正宗,不管做得像不像,只要是新鲜,只要是有胆子竖起一块招牌来,就能骗南京人的钱。在南京的外地人可以充分享受南京人的易哄好骗。南京人喜欢上海服装,喜欢日本电器,喜欢广告上吹得最凶的东西。南京人最不怕上当,最不怕接二连三地上当。

外地人在南京无论常住,还是暂时路过,都不会感到无所适从。南京人口袋里的钱不多却特别好客。外地的歌星影星都喜欢到南京来搞首演,南方的歌手和北方的歌手,好的和不好的,都能在南京获得意想不到的成功。电视连续剧《渴望》就是在南京一炮而红的,歌手毛阿敏是在南京唱火起来的,已经走红的歌星那英以及李玲玉,她们出版新唱片也喜欢在南京市场上搞首发式。南京不是最好的文化城市,但却无疑有着中国最好的一个文化市场。一旦在南京获得成功,潜在的市场前途便不可预料。事实上,所有经营文化的商人,都特别看重南京这块风水宝地。南方的商人,把南京看成是自己北伐的前沿阵地,而北方的势力欲想南下,也很自然地会把南京看成兵家必争之地。

三

很多人都觉得南京保守,外地人常常也持这样的错误观点。其实保守是南京的假象,因为南京骨子里永远是开放的。南京的大门永远对外地人敞开,南京欢迎北方人,也从来不拒绝南方人,南京接受一切乐意到这来寻找机会的游子。南京的外地人所以能够长久地和南京人和平共处,这和南京人的宽容分不开。

对于异乡的外地人来说,南京是一个不可多得的城市。它既有传统,又不固守陋习;既有文化,又不酸腐;既迎新,又不厌旧。南京给外地人提供了一个大显身手的场所,提供了一个充分表现自己才华的舞台。外地人在南京既可以走投无路头破血流,也可以旗开得胜大获成功,外地人在南京既能上演壮烈的悲剧,也能演轻松的喜剧。

南京的外地人,其实已经成了南京人的一个重要组成部分。不知不觉中,南京的外地人,已经被南京人所融化。南京人的历史,从某种意义上来看,甚至可以说是一部南京外地人的历史。地道的南京人考查一下前三代,很快就会发现自己原来并不是南京人。南京展开双臂接纳了外地人,它把苏南和苏北的优秀人才,用不同的手段,都吸引到了自己的土地上来。南京以它的宽容留下了无数的异乡人。南京在接纳的过程中,改造着南京的外地人,正如南京的外地人改造了南京一样。南京和南京的外地人互相交流互相融化,南京的外地人源源不断,渐渐变为新的地道的南京人。纯粹地道的南京人,最终因为不断涌入的生气勃勃的南京外地人,将不复存在。

ptgogRH3i
南京的作家

一

南京的作家成群结队。常常有人问我,你们江苏怎么有那么多作家,而且绝大多数都在南京?我对这问题起先并不在意,不识庐山真面目,只缘身在此山中。有时候掰指头算一算,南京的作家确实够多的。各个年龄层次都有,男的女的老的少的,写什么样文章的人都有,写诗的,写小说的,写散文的,写评论的,写报告文学的,还有那种什么都敢写的。难怪外地的组稿编辑,动辄到南京来狩猎,林子里鸟多了,胡乱放几枪,好歹能捞到几只猎物。

有一次回答记者的提问,问我除了写作之外,为什么不想干点别的什么事,譬如去官场混个爵位,譬如下商海挣点钱财。我开玩笑地说:"官是想当的,钱也蛮喜欢,可南京这鬼地方,像我这样念头的,满大街都是。想当官又怕不能全心全意为人民服务,想下海又怕不好意思坑别人却被别人坑。满大街都是我这种打小算盘的人,我不写作,还能干什么?"

南京写东西的人，很少有别的想头，不是不想，是知道想了也没什么用，想了也是白想。白白地浪费脑细胞毫无意义。知道没用不去想，从省心到收心，这就叫通情达理。空想不是南京人的强项。觉得自己不像、不配，便懒得去想，这就是地道的南京人。南京作家身上充分体现了南京人的这种优良品质，既不合适当官，又不善于挣钱。往好里说，是看破红尘，看淡功名。往坏里说，是本事不济，是没那份命。作家常常都是些没出息的人。

南京这地方最适合写东西。没有太强的竞争性，混好了，没太多的人羡慕你，你傲气也是白白地傲气。混得不好，别人也懒得讥笑你，你痛不欲生也好满不在乎也罢，那是你自己的事。南京这地方出真名士，是非请你选择，好坏由你自便。你写了一篇好文章，未必就有人叫好，你乱写，未必就有人骂你。有时候，偶尔有叫好的和骂人的文章登出来，谁都不会真往心里去。写的人只图一时痛快，如骨鲠在喉，不说不行，于是写了出来。看的人无意中看到了，无动于衷，看了就忘。说穿了，舞文弄墨就是这么一回事。南京的作家写了不少文章，文章自然有人看，但未必又有太多的读者在认真地看。南京作家明白了这道理，就知道应该怎么凭着自己的良心去写了。不好好写，最对不起的是你自己。读者是迎合不了的，因此也就没必要去迎合。

南京的作家最得天独厚的地方，是比别处的作家相对少受一些干扰。竞争不激烈的城市，压力也相对小一些，南京好就好在不是太现代化，又不是太落后。一个过分商业化或者过分闭塞的城市，并不适合做作家的摇篮。创作是非常个人化的工作，外界的因素永远帮不了大忙，却会不时地捣些小乱。不干扰作家的写作，就是对文学最大的理解，就是最大的支持。作家通常脆弱得很，不傲气却很娇气，从来就不是排除干扰的高人。无论好事和坏事，对作家都有或多或少的影响。评奖评职称分房子,弄不好就干扰了作家的情绪。作家骨子里还是个贪图功利的俗人。有时候领导好心关怀,作家却不知如何受抬举。把作家太当人,作家反而不知道自己应该怎么做人。

二

南京这地方盛产作家。往远处说,写《红楼梦》的曹雪芹诞生在这,再往远处说,还有写"问君能有几多愁,恰似一江春水向东流"的李后主,还有编《文选》的昭明太子。出生在南京,而文学事业并不是在南京开创的,往近处说,有路翎、有无名氏、有周而复、有张贤亮,再往近处说,还有当今走红的青年作家王安忆、王朔和方方。南京成为作家的出生地是个有趣的现象。王安忆写文章说自己是坐在一个痰盂上离开南京的,她那时还是个孩子,大概是便秘拉不出屎来,因此以这种特别的方式告别南京。很可惜南京没有把这些人才留下来,要不然今天南京的作家就更热闹。

如果我没有记错的话,湖南人张天翼也应该是出生在南京,起码他童年中最重要的时光是在南京度过的。他们家的老房子在八府塘,他的上辈肯定是湘军中的人物,剿太平天国有功,便在南京做官了。新近去世的张爱玲女士,她家的来头更大,房子也更大,她家的大宅子后来成为国民政府立法院的所在地,和张天翼家几乎是邻居。张爱玲生在上海,但南京是张爱玲的老家,这一点大家可以从她的小说里读出来。她小说中来自老家的人,都带一些南京口音。

南京最让人津津乐道的,是它展开双臂欢迎来自别的地方的作家。和留不住出生在南京的作家相比,客居南京的作家要多得多。民国时期出版的《首都志》上,大诗人李白便赫然列在客居作家的名单上,在这个名单上,还可以算上写《文心雕龙》的刘勰,算上古文八大家中的王安石,算上写《随园诗话》的袁枚,算上写《桃花扇》的孔尚任,算上同治光绪年间诗坛的盟主陈三立。历史上的南京,从来都是一个适合文化人住的地方,不相信,读一读吴敬梓的《儒林外史》就知道了。南京这地方哪朝哪代都可以写一部儒林外史。

今日的南京文坛,客居南京的作家,气势远盛于在南京出生的土产作家。当然,所谓客居,在今天就是定居的意思。在南京,从事专业创作的人中间,原版的南京人就我一个。还有一个原版的南京人,是与广东签约的韩东,其他原版的南京作家,起码目前还是业余作家。所谓原版,是指生于斯长于斯的意思。活跃在南京文坛上的作家多数是外地人,譬如苏童,是苏州的;譬如赵本夫和周梅森,是徐州的;储福金一会儿说自己是金坛人,一会儿说自己是上海人;黄蓓佳一会说自己是泰州人,一会又说自己是如皋人,反正这两人都不是南京人;来自军方的作家朱苏进是福建人;近来频频写文艺批评文章而声名大噪,从未见其穿过军服,然而确实也是军方的作家王彬彬,是安徽人;同样,搞文艺批评的王干和费振钟自然也不是南京人。

被称为新生代的几位南京作家,仍然外地的居多。除了韩东,什么鲁羊,什么毕飞宇,什么朱文,都不是原版的南京人。这些不是正宗南京人的作家,目前能活跃在南京的地盘上,在这成家立业养儿育女,真应该好好地感谢南京。一方水土养一方人,是南京的空气净化了他们,是南京的风水为他们带来了好运气。话反过来说,南京也应该很好地感谢他们,没有他们,人们所说的南京文学欣欣向荣也不存在,外地的组稿编辑也不会如此频繁地到南京来狩猎。

三

都说作家宜散不宜聚,南京的作家却经常聚会。都说文人相轻文人好妒,文人碰在一起总爱吵架,事实上,南京的作家很少有脸红脖子粗的时候。也许这是由南京宽容的大氛围决定的,南京人不爱斗,气壮如牛的小伙子都懒得在街上动手打架,手不能提肩不能挑老实巴交的作家,何苦去争凶斗狠。

南京的作家很少公开说自己的文章好,也很少说别人的文章不好。这不一定就是世故,文章好坏其实是说不清楚的事情。奇文共欣赏,疑义相与析,能做到这一步最好,做不到,大家保持一团和气,也没什么不好。吵架对写作有狗屁的帮助,不吵架,文章未必就会走到邪路上去。南京作家的团结,是外地作家非常羡慕的,常常有人给我打长途电话谈外地作家的是非,争斗的双方都向我数落对方的不是。我只好笑着敷衍,和稀泥,为反方说好话,于是对方在挂电话的时候必定说:"你们南京的作家真好,从来不吵架。"

外地同住一城市的作家,常常整年不见面。有时候去某风景地开笔会,再次遇到居住在某城市的两位作家,竟然发现大家分别之后,彼此都是第一次见面。南京的作家经常见面,不说一天不见,如隔三秋,每周见一次面却是经常的事。聚会的方式多种多样,有时是因为下棋,有时是因为去机关取信,有时是饭局,有时是名目繁多的会议。南京这地方没什么隐士,作家之间也没有什么明显的派别,谁都是熟人,谁有忙都可以帮。见面时大家客客气气,分手后立刻互相忘记。南京的作家彼此间并不做出过分的亲昵状。君子之交淡如水,作家们大可不必称兄道弟。那些喜欢说哥儿们的作家往往最喜欢吵架。说别人好的人常常最容易说别人坏。

南京的作家最大的优势是都很勤奋，虽然没写出什么大作品来，但是老老实实地都在写。文章是写出来的，对于作家来说，还有什么比写更重要。

南京的工薪阶层

一

南京的工薪阶层是很大的一群人，和别的地方的工薪阶层相比，未必就有什么两样。要想对他们进行一番描述，难免挂一漏万。工薪阶层是城市就业人口的绝大多数，往白里说，就是那些拿工资的人。大清早，骑着自行车匆匆去上班，是那些机关里大大小小的公务员——从当官的到看大门的，是那些学校里的教师——从大学教授到幼儿园老师，是那些银行的职员，是那些医院的医生和护士，是那些工厂的车间主任和工人，是那些商店里站柜台的营业员，反正对别人说自己要去上班的人，基本上都逃不脱工薪阶层。

"薪"的本义是木柴，和那些日进斗金的大款相比，工薪阶层就是那些永远不能算发财的人。薪水一词的用意不过是有碗饭吃，不过是满足温饱养家糊口。工薪是人们的饭碗，这些年来改革开放，铁饭碗一词已经跌价，而且有时候竟然有了些贬义。工薪阶层一度让人非常眼红的地位不仅动摇，而且受到了严重的挑战。现如今混得好的，都是那些敢于打破铁饭碗的人。我见过许多干临时职业的，按老派的说法，临时总有一种不安全的感觉，这种人，自己若有女儿也不能嫁给他。可社会的发展并不以老派的人的意志为转移，我们仔细考查一下，会发现那些越是干临时工作的人，花钱的派头越大，越是没有固定职业收入的人，越是大手大脚。现在有许多年轻人，都没有什么固定的职业，他们凭着自己的兴趣干事，干什么事都不长久，干一阵，觉得没意思了，便换件事干干，偏偏这样的年轻人活得潇洒。老派的人总担心这些人日后会挨饿，可是事实往往证明这些人越活越好。树挪死，人挪活，工薪阶层中最寒酸的，莫过于那些守着自己一份最低薪水，不敢考虑变化的人。

虽然受到了挑战，但和经济发达的城市相比，南京人更青睐于固定的职业。大家嘴上已经开始议论铁饭碗有种种不好，事实上，绝大多数人，仍然相信铁饭碗。我以上所说的干临时职业的，其实本来就应该属于工薪阶层，可仅仅是因为他们端的不是铁饭碗，人们有意无意地还会把他们排除在工薪阶层之外。工薪是劳动的报酬，事实上却成为固定收入的代名词。不仅老派的人，希望他们的子女能找到正式的工作，端上铁饭碗，就是那些饱尝潇洒自由甜头的年轻人，也不能免俗地甘愿有端上铁饭碗的一天。大家看不起铁饭碗，骨子里又舍弃不了，这是一种南京工薪阶层的典型心理。

二

南京人的心态最适合成为工薪阶层。工薪可以使人和人之间激烈的竞争淡化，虽然同样是拿工资，各行各业有着千变万化，但是在每一个拿薪水的人周围，都聚集着一大批收入差不多的人群。南京人不好斗,为人厚道,反应迟钝,要比较钱的多少,也只是和身边的人比。工薪阶层的最大好处就是,从工资单上来看,你和别人差不多,你不比别人好,别人也不比你坏。南京有句土话,叫"大哥看二哥,大家差不多"。这差不多三个字,是一剂平衡心态的最好安慰药。不妒人有不笑人无的古风,不是时时刻刻都能做到的,南京人要比较也就是和身边的人比,和自己差不多的人去比,比上不足,比下有余,心满意足,万事省心。

隔行如隔山,隔了行,工薪也就完全是两回事。我居住的那条街,靠近繁华的湖南路,凡是福利好的单位,中午吃饭都出来买盒饭吃。五块钱一盒的盒饭当然不能算贵,然而如果单位的效益不好,囊中羞涩,吃盒饭似乎就有些不划算了。人只能是有了钱才会图省事,省事就得多花钱。一般的单位里,买盒饭的大多是年轻人,年轻人必然想得开一些。那些效益好的单位,福利跟着水涨船高,到中午吃饭的时候,便派人出来买盒饭,一买就是十几盒几十盒。现在是越小的单位福利越好,越不是正式的企业越活,想得开这一点非常重要,想开了,有钱敢用,没钱也敢用。当然更好的还是那些效益好的单位,譬如什么公司,或者是什么银行,天生有钱,不花白不花,谱大的是天天有人乖乖地将盒饭送上门,工薪阶层中午有不花钱的盒饭吃,这就算是佼佼者。

南京人不怎么做这种横向的跨单位比较,谁所在单位效益好,那是谁的福气。好高骛远不是南京人的传统。再说皇帝是假的,福气是真的,一个人在这个单位工作,不在那个单位工作,本来没什么一定。有时候只是碰巧,碰到好的单位是福气,碰到不好的单位,也没办法。好坏多少都是比较出来的,工薪阶层收入的差距,跨单位跨行业之间尽管很大,但是和那些暴富的大款相比,也只能是五十步和一百步之差。真正决定一个城市的生活水平的因素,还是应该看工薪阶层的口袋里究竟有多少钱。

三

我认识一个北京人,不知怎么暴富起来了。有一次在金谷大厦遇到他,他向我抱怨南京人的购买能力不行。原来他受国外的一家大公司所托,在新街口的大街上,对南京人的购买热情,亲自考察了两天。他得出的结论是,虽然在街上走的人很多,但是真正拥有购买能力的客户并不多,而且越是高档的东西,越无人问津。那家外国大公司想买下东风剧场后面的那一大块地,盖一幢南京最大的商业楼,经过考察,觉得这种投资可能是冒风险。他们分别考察了上海、北京和广州,终于决定放弃这个打算。我的那位熟人很不理解地说:"你们南京人口袋里的钱,怎么都不肯掏出来的。"

说南京人吝啬真是冤枉死了。南京人口袋里的钱,的确不像外省人想象的那么多。虽然江苏的经济发达,国民生产总值很高,但是南京人在大城市里算不上有钱的主。和其他省城比是这样,和本省苏南的中小城市比,也是这样。经济基础决定上层建筑,也决定老百姓的购买能力。有钱不肯花,这不是南京人的典型心态。南京的工薪阶层,基本上都属于必须理智消费的那种,太潇洒了,温饱便会成问题。南京的工薪阶层怕请客,不想请别人,也不想别人请,因为请了客总得还情。南京人永远算不上精明,举一个小小的例子便能说明问题,譬如说肯德基和新开张的麦当劳,生意之红火,排队的人一个个都快把鞋给挤掉了。投资人看到这种踊跃的场面,不知道该怎么高兴。其实是这种投资正好吻合了南京工薪阶层的消费水平。

在国外,吃快餐是为了节省时间,可是在南京去肯德基和麦当劳,绝对是糟蹋时间。好在南京的工薪阶层，上班之余，最富裕的就是时间。南京人总是保留着一份童心，考察一下去肯德基和麦当劳的人，除了孩子，便是正在谈恋爱的年轻人。南京人并不是真喜欢吃肯德基的鸡块，喜欢吃麦当劳的面包，所有就餐者只是孩子气地喜欢那种情调。对于小学生来说，都是独生子女心肝肉，如果没有去过肯德基和麦当劳，怎么得了。我女儿从来不说肯德基的东西好吃，吃过了也不见她高兴，可是若有两个月不去一次肯德基，她就会认为我们大大地欠了她的人情。甚至我们做父母的，自己也觉得对她不起。

南京的工薪阶层还不可能动辄就上馆子大快朵颐。成天泡在馆子里的，都是那些吃公款的户头。南京的工薪阶层，大多数都停留在带孩子去吃洋快餐的水平上。这种消费水准对于投资者来说，是个很好的提醒。好高骛远结果一定是一败涂地。高档消费在南京常常走投无路，教训就在于腰缠万贯的投资者，根本没有把工薪阶层当回事。曾经屡屡被人们提到的南京香港城办不下去，人们喋喋不休地只是说那里面的东西贵。贵了就不买，钱在自己的口袋里，别人总不能来抢。这些年，南京的品牌专卖店开始多起来，多归多，其实并不热闹。在黄金地段占个门面是对的，但光有人看没人买，甚至没人看没人买的局面，毕竟尴尬。

有一年在广州，正逢佐丹奴专卖店大减价，广州人的抢购完全疯了，商店里的东西就跟不要钱一样。广州人讲究品牌，即使是工薪阶层，遇到这样的好机会，当然也不肯放过。在南京遭遇恐怕就不一样，南京人的主流，绝不会真正认真地讲究什么，南京的工薪阶层根据自己的经济实力，必定喜欢中档的消费品，太昂贵或者太便宜，都不符合南京人的胃口。有钱人喜欢摆阔，精明人贪图便宜，喜欢摆阔和贪图便宜都不是南京人的强项。南京的工薪阶层心态比较平和，他们都觉得自己的日子现在过得去，当然如果能再过好一点更好。

南京的男人

一

南京的男人,既不是大丈夫,也不是小男人。南京的男人,总有些吊儿郎当,不太在乎自己的形象。南方人,尤其是苏南的女性,印象中的南京男人,不仅土里土气,而且有些野蛮。我想这印象的缘由,可能是她们习惯了苏南男人的温柔。其实真正北方的汉子,却仍然会觉得南京的男人不够血气方刚。

哈尔滨的阿成,在谈到哈尔滨的男人时说,东北的汉子出手极快,一言不合,拳头已经飞将出去。他谈起自己的经历时说,有一次来南方出差,看见两位男人斗了半天嘴,光打雷不下雨,狠话说了不少,最终也就算了,阿成心头很是不解,想南方的男人怎么是这德性。

阿成指的南方人,我这里姑且隐去其名,反正是江南一带的某个城市。南方人中并不缺血气方刚的,譬如湖南人,不相信的话,找一个湖南人惹他一下就知道厉害了。湖南人好斗,好斗必是当兵的好料子,因此有无湘不成军之说。同样属于南方人的广西人也不省事,桂军曾是中国现代史上最能作战的部队。以江苏苏南人马为班底的军队从来没有太出色过。提到江苏的南方,人们想到的,通常是百无一用的书生。江苏南方籍的将军显然也是极少的。

从地域上看,南京自然应该属于江南,但是人们说到江南时,常常没有南京的名份。江南仿佛是长江流域镇江往东的特指,对于江苏来说,是指吴语系的苏锡常。苏锡常的人从来不承认南京人是江南人。南京的男人不像苏锡常一带的男人温柔,可也不是当将军的材料,他们有些尴尬,既不像北方汉子那样人高马大,以逞勇斗狠为能事,也不像江南人那样纤细苗条,善于用心计,能把经济搞好。

南京人并不好斗。南京的男人凡事都不愿意太计较,吃亏占便宜无所谓。目前正逐渐流行的一句话,很能概括南京男人的精神状态,就是"多大的事"。这四个字用南京话来说才能传神,若是北京人卷着舌头说,那声音往上面去,味道完全不一样。南京话的特点是往下走,因此这四个字不仅仅是反问的口气,还有自言自语的意思。

二

我每天下午都要去玄武湖公园散步,有时候能看见园林工人用围网捕鱼。玄武湖的水不算干净,鱼真不少,而且个头也不小。捕鱼是一个很漫长的过程,捕鱼的工人必须有所分工。我印象最深的是两个小伙子,别人在那里收网,他们却坐在一边石凳子上,买了些盐水鸭慢腾腾地喝酒。酒喝得差不多,那网也收得差不多,于是这两个小伙子便会很认真地跳到水里去捞鱼。值得指出的是,这两个小伙子真干起活来,绝对比当时在场的所有男人都更卖力。

问题的关键,在于这两个小伙子的闲适的心态,这种带着些稚气的心态,是南京男人最常有的。无论是不急不慢地喝酒,还是跳到冰凉的湖里去捕鱼,小伙子的表现,都是兴之所至,都有些孩子气。

南京的男人实在应该做天生的名士。《儒林外史》第二十九回里,杜慎卿和一班文人坐在那里追古抚今,有一段妙文不妨抄下来:

> 坐了半日,日色已经西斜,只见两个挑粪桶的,挑了两担空桶,歇在山上。这一个拍着那一个的肩头说:"兄弟,今日的货已经卖完了,我和你到永宁泉吃一壶水,回来再到雨花台看看落照!"杜慎卿笑道:"真乃菜佣酒保都有六朝烟水气,一点也不差。"

历史在变,南京人在变,南京的男人自然也在变。六朝的烟水气,早在明清两朝,就改变得差不多了。进了民国,更是所剩无几。人心虽然不古,但是就算是那么一点点残余,放在南京男人的身上,实在也够南京人骄傲。值得指出的是,南京人的名士气,并不表现在文人身上,文人的名士气常常是装出来的,是从书上学来的。南京男人身上的名士气,是从老祖宗身上继承下来的,与生俱来,没有酸气。正宗的南京男人都有一定的闲适之气,正是有了这股气,他们不在乎别人喊他们大萝卜。

三

南京男人的健康心态,真是许多事都能随它去。天生的不在乎,既不逞能去当大丈夫,也不怕别人讥笑为小男人。大丈夫和小男人,统统都是小事,统统都不是事。南京男人的淳朴,是南京的风土人情造成的,还是那句话,一方水土养一方人。如果用人的一生来比喻的话,南京人总的来说,更像是个孩子,南京的男人就像是大男孩。南京人骂人喜欢说别人"呆×",是"二百五",喜欢说别人"脑子里有屎",南京人的骂人都带着些孩子气。

不离开南京,真不太会想到南京男人的闲适。到了经济发达的城市,你会感觉到满大街的男人,都在瞪大着眼睛挣钱。在南京的大街上,你见到的男人慢悠悠地骑着自行车,根本就不怕上班迟到。真要害怕迟到便早一些出门,把时间算得一丝不苟,那就不是南京的男人。南京的男人绝不会成天盯着手表看,对什么事都不顶真的人,自然也不会对时间顶真。在南京遇到的那种小肚鸡肠的男人,通常都不是土生土长的南京人。斤斤计较,不是南京人的做派,更不是南京男人的做派。南京男人是性情中人,南京男人经常吃亏,吃亏也就吃亏了,占便宜的人也未必就此长生不老。

南京男人的闲适,有时候也会过头。我就遇到过一次,有一位小伙子被自行车撞了,拉住了自行车不让走。

骑车的西装笔挺,赔礼说:对不起。

被撞的不动声色,说:对不起也不能走。

骑车的说自己有急事,他显然是真的有急事,给对方看手上的公文包。

被撞的却说:有急事更不能走。

骑车的便说:你不是找架吵吗?

被撞的慢腾腾地说:现在讲究文明礼貌,不能吵架。

一来二去,耗了不少时间,一个要走,一个死活不让走。撞人的人终于火了,说:你到底想干什么,想打架陪你打一架,你说我把你撞伤了,我送你去医院,你他妈这么老耗着我算什么?

被撞的人始终不急不慢,软硬不吃。他告诉对方自己是无业人员,没有劳保,架是不敢打的,对方如果不在乎赔医药费,就试着打他几拳好了,他保证打不还手,骂不还口。许多人围着看热闹,被撞的人,等的就是这个热闹,要的就是这个效果。他腿上自然是青了一块,膝盖处还在渗血,但是这点小伤根本就不在乎,他也不想借此讹人家什么。他的目的,就是要消遣消遣撞他的人,待他玩够了,再放人走。

闲适过度,有时候就接近无赖,换了别处的男人,真不会这样浪费时间。闲着也是闲着,南京的男人过头了,就专干这种吃饱了饭没事做的事。南京的男人耍起无赖来,也仍然带着些孩子气。

南京的男人,真的要比别处的男人更多一些童心。他们好像总是不肯真正地长大。几年前,我们小学同班同学聚会,那时候大街上还没有现在这么多的出租车,到聚会结束的时候,好几个人都跑去打电话要出租车,结果出租车喊来了,都弄不清究竟是谁喊的。其实男同学平时未必就一定要坐出租车,这天也没什么急事非坐不可,用心很简单,无非是在过去的女同学面前摆回阔,露一手。成熟的男人往往不屑这么做,马齿虽长,童心犹存,这就是南京的男人。

四

南京男人娶媳妇,找外地人的很少。外地的女人在南京定居,找男人也很少找南京的男人。南京男人不是死皮赖脸追女孩子的高手,因此南京大萝卜在婚姻市场上的行情,常常不被看好。

苏南的女人，在南京工作，她们若择偶，总是首先选择在南京工作的苏南男人，找不到了，最后才会退而求其次，勉强找一个南京的男人将就。外地姑娘找南京男人，仿佛在一开始，就憋着一股气。

如果外地姑娘不肯屈就南京男人，或者淳朴的南京男人也生了气，不肯接受她的傲气的话，便只有无可奈何地做老姑娘了。在南京的老姑娘，有不少就是因为眼高、看不上南京男人而耽误了青春。南京的男人大约也是牢记一条古训，所谓"嫁女必须胜吾家，娶妇必须不若吾家"，好高骛远不是南京男人的崇高品性。姑娘不爱我，我干吗要爱姑娘，再说，姑娘的眼界过高，一点也不可爱。

与此相反的，是在南京定居的外地男人，反而有很好的择偶机会。到南京来定居的外地人都是人精。这一点足以让土生土长的南京男人叹气，他们不能顺顺当当地娶到外地的女子，娶了外地女子也得忍辱负重，仍然被她们看不起，而外地的男人却经常动他们姑娘的心思，打他们姑娘的主意，外地的男人动辄便跑到他们家的鱼塘里去钓鱼，动辄便跑到他们的后花园里去寻花问柳。

南京的女人对是否嫁给本地男人，并不特别看重，是亦可，不是亦可。于是不管苏南苏北，一旦分到省城南京来工作，那些快乐的单身汉们，便毫不犹豫马不停蹄，大胆老脸地找南京姑娘谈情说爱。不是人物，轻易也不会来省城，既然能来混，猎艳的本事也不会太差。家花不香野花香，南京的女人有时候也难免好奇心，不说嫌贫爱富，有前途更好的男人可供选择，当然放弃南京大萝卜了。

南京男人也不真的生气。

南京男人真打光棍的并不多。

南京女人(上)

一

在上一篇文章中我谈到南京男人娶媳妇,相对而言,娶外地人少。好像是为了故意挑我的毛病,文章刚写好,本地的一家晚报就以"万名外来妹嫁给南京郎"为题,登出一条消息:

> 本报讯 在南京的外来人口大军中,外来妹通过婚姻关系落户南京的人数日益增多,据统计,1993 年至 1995 年 3 年里,已有 1 万名外来妹与南京人喜结连理,比 3 年前增加了 1.4 倍,并且还有继续增多的趋势。

这条消息似乎是对我的一个观点的有力回击,因为它证明婚姻市场行情不好的南京男人,在择偶时的魅力,正在令人乐观地增加。其实,南京的男人何尝不想娶外地的女子,问题是许多外地的女子,人是到了南京了,已经注定要成为南京的女人,可对嫁给南京男人还是犹豫。到南京来的江南女人和外来妹,是两个不同的概念。外来妹肯嫁给南京的男人,和一些江南的女子在南京落户以后,仍然不希望自己的女儿嫁给南京男人,正好从两个不同的侧面,说明了南京男人的尴尬。

不过南京男人根本不用急,俗话说,皇帝是假的,福气是真的,南京的男人有足够的南京女人可以成双配对。而且南京男人最好还是去娶南京女人,南京的女人从来就不比别处的女人逊色。和南京的男人相比,南京的女人更值得很好地说一说。

南京的小伙子,在谈起身边的女孩子时,从来不觉得南京的女性如何特别漂亮。这当然也是一种不识庐山真面目,是熟视无睹。南京人并不觉得自己的这一方水土盛产美人。在大街上的感觉也是如此,南京女人扑面而来,说南京女人丑不对,说南京女人如何漂亮,也不能算实事求是。其实,无论在什么城市,都能见到漂亮的和不漂亮的女人。可是,我却经常从一些外地人的嘴里,从一些外地作家的文章里,听到或看到他们对南京女性的美色,由衷地大唱赞歌。

我想这首先是由于历史的原因。事实是,一些具有历史能量的话语,可以先入为主地左右人们的思想,混淆人们的视听,譬如说"秦淮八艳",又譬如说"金陵十二钗",别处也有佳人美女,像西施,像王昭君,像杨贵妃,但是这些历史上的美女佳人,时间上隔得太遥远,都是上千年前的事迹,空间上也显得孤零零的,东一个,西一个,都是空前绝后,独此一家,别无分店。不像南京这地方,要出美女,不仅是离今天最近的大明朝大清朝,而且就跟搞批发似的,一掰手指就是八个,一张嘴就是十二个。当然有凑数字的嫌疑,可是别的地方的人未必就不想凑,像南京这样凑得出来的,也不容易。

二

什么样的女人才算漂亮,永远是一个扯不清的话题。漂亮不应该仅仅是一张脸,是一双勾魂的眼睛,是一只挺俏的鼻子,是一张樱桃小口,是三围的尺寸,是身高,是体重,美要是有了苛刻的标准,也就不成其为美。美永远不是选美大赛上的名次。附带说一句,南京姑娘在选美比赛中的成绩并不坏,本市仅有的一次选美大赛中的第三名,去参加深圳的全国比赛,不当回事地就捧了一个冠军回来。选美不能说明问题,因为美更多的是精神上的东西。

说美人和说英雄不一样。英雄容易说,英雄通常都有铁板钉钉的事迹,说起英雄,惊天地泣鬼神,总有什么是英雄的大致标准,总有一番什么样的作为。英雄看得见摸得着,实实在在,是英雄就是英雄,不是英雄就不是英雄。说美人就很难说清楚,美人一笑一颦,一盼一睐,倾城倾国,说是这么说了,其实玄得很,说了也跟没说一样。没人说得清秦淮八艳究竟如何美丽,也没人说得清金陵十二钗怎样绝色。形容一个女子如何漂亮,说来说去,也就是那些俗透了的老套子,无非国色天香,沉鱼落雁。所谓秦淮八艳,不就是明末清初秦淮河边的八位卖笑的风尘女子吗?多少年来,享有六朝金粉之誉的南京,说到名妓,不计其数,可是人们偏偏只记住了这几位。

秦淮八艳有别于历史上的其他美人,也许在于她们不像中国历史上其他的美人那样,专门是为帝王准备的。她们不承担亡国祸水的罪名,在爱情方面,她们享有较别人更多的自由。她们有选择的权力,换句话说,一般的男人可以爱她们,她们也可以爱上一个普通的男人。秦淮八艳和西施相比,和赵飞燕相比,和武则天相比,更多一些平民百姓的人情味。当然,秦淮八艳的真正意义,关键在于她们有不做亡国奴的骨气,在于她们有很好的文化素养和不同凡响的政治见识。外在的美可遇,内在的美难求,时穷节乃现,只有到了国破家亡的最后关头,才能看得出一个人的节操。

秦淮八艳是一面镜子。桃花扇底看前朝,通过这八位不同凡响的风尘女子,人们看到的是中国文化的颓败,是中国男性知识分子的虚伪和装腔作势。像钱牧斋和侯方域,都是名重一时的大才子,这些才子都是先唱高调,最终却失节投机,走到他们平日所鼓吹的理想的反面去了,爬得太高,跌得就重。倒是秦淮河边的八位小女子,轰轰烈烈地唱了一曲正气歌,活活羞煞男子汉大丈夫。

三

我不知道林立果当年为什么要到南京来选妃子。帝王到南京来选美女,历史上就有传统。明嘉靖皇帝选妃,仅南京一地就选了六个美女,其中著名的有方氏和王氏。林立果现代选妃,这件事一度闹得南京家喻户晓,或许最初并不是林立果的意思,只是手底下的人瞎起劲,但是他最终还是在南京将就着挑选了一位。

和历史上的许多美女一样,南京的女人常常无意中便被卷入政治的漩涡,成了政治的牺牲品。林立果随着他的父亲林副主席一起摔死在蒙古以后,南京人狠狠地谈论过一番"选妃子"的遗事。我曾亲耳听一位参加初选的女子谈起当时的情景,有一个小细节至今不忘,这就是要求被选的人得瘦,既要瘦,又不能有骨头,瘦而无骨,这就是美了。我那时候只是一个刚上中学、尚未发育的男孩子,丝毫也不明白何为瘦而无骨。只记得那位参加初选的女子,伸出自己雪白的胳膊,说要这样那样,究竟应该怎么样,到目前为止,我仍然不太明白。

林立果没有当上"太子",而且"妃"虽然是选了,据说连成婚大典都没来得及进行。南京终于少了一位第一夫人,少了一位唱《玉树后庭花》的宠妃张丽华,少了一位伴随李后主写《一江春水向东流》的小周后。南京的美人注定不适合成为武则天和慈禧那样的女强人,南京的美人能成为秦淮八艳已经很了不得。

美人和将军一样,是不应该见到白头的,美人迟暮与将军老矣,说到了便有感伤的意味。美人若活了一大把年纪,人们记住的,往往已不是她们的美丽。

四

南京著名的美人,说到了都有些感伤,秦淮八艳,金陵十二钗,共同的特点都是没有好结局。

譬如张丽华和小周后吧,这两位不幸的美丽女子,历来都承担着祸水的罪名,仿佛陈后主和李后主所以不长进,所以会在南京当亡国皇帝,过错都在这两位能歌善舞的美人身上。张丽华从胭脂井里被扯了出来,被晋王杨广下令斩首,地点就在今天的朱雀路上的四象桥。美人头落,已够惨的,可小周后的遭遇,却更惨,她随着亡国皇帝李后主被宋军带到了北方,在大宋皇帝的监视下,过着"故国不堪回首月明中"的苦日子,还要被胜利者宋太宗"强幸"。元朝人曾有诗记载此事:

江南剩得李花开,

也被帝王强折来,

怪底金风冲地起,

御园红紫满龙堆。

这诗题在一张民间私下里广为流传的春宫画上。《宋人轶事汇编》上赫然写着:"宋人画《熙陵幸小周后图》,太宗戴幞头,面黔色而体肥,周后肢体纤弱,数宫人抱持着,周后作蹙额不胜之状。"

皇帝强奸妇女,说"强幸"已经是岂有此理,还要画成春宫画让人欣赏,可怜小周后何罪之有,竟然受这份羞辱。

按照民间的说法,宋太宗作了如此的孽,临了便报在他后代身上,也就是后来的靖康之耻了。女人代男人受过,为国家捐躯,长久以来,似乎是天经地义的事情。像南京这种屡经战乱的城池,妇女遭受过的污辱,远远超过别的城市。被称之为祸水的女人,不仅要承担亡国之因,还要接受亡国之果。中国历史上,南京经受的每一次战乱,同时也是南京女人的灾难。远的不说,1937年日本人打进南京城,就是一个最能说明问题的例子。

历史资料记载,在1937年的12月,日本兵攻进南京城,在这场恶梦一般的浩劫中,遇难者达三十五万人,发生两万起左右的强奸事件。

南京女人（下）

一

南京有个莫愁湖，莫愁湖因美女莫愁得名。关于这个莫愁的来路，起码有三种说法。第一种说法是河南人，梁武帝有诗为证，"河中之水向东流，洛阳女儿名莫愁"。第二种说法是南京土生土长，《唐书·乐志》记载，"石城有女子莫愁，善歌谣石城乐"。第三种说法是洪迈的《容斋随笔》，认为第二种说法中的石城，不是南京，而是竟陵之石城，所谓此竟陵非彼金陵。

莫愁究竟是什么地方的女人，本来并不重要，但是有人十分认真，一本正经地写出了《金陵莫愁考》和《莫愁非妓辩》，不仅力证莫愁是南京女子，而且强调她绝非烟花贱质。仿佛唯金陵才出好女子，好女子又必定贞洁。其实大可不必如此顶真，莫愁既然能有多种传说，恰恰说明她是许多女子的化身，并不一定要特指某一个人。莫愁就算是个歌妓，也没什么可大惊小怪的。

多少年来，为了这么一个莫愁，真不知打了多少无聊的笔墨官司。

湘人王湘绮来南京,逛莫愁湖,为传说中的莫愁写了一副对子:

莫轻他北地燕支,看画艇初来,江南儿女无颜色
尽消受六朝金粉,只青山依旧,春来桃李又芳菲

王湘绮是湖南的大名士。他在南京写了这副对子,本来只是骨头轻,想拍拍莫愁姑娘的马屁,不料却拍到了南京人的痛处。因为此时正是湘军最得意的时候,曾国藩打败太平天国,他的弟弟曾国荃率兵冲进南京城,十分潇洒地杀了一通,不知趁机糟蹋了多少金陵女子。这一来,南京人算是和湖南人结了仇了,敢怒不敢言,于是便在王湘绮的这副对子上大做文章,鸡蛋里挑骨头,不在莫愁姑娘的籍贯上理论,也不在如何消受六朝金粉上讨公道,一定要就"江南儿女无颜色"说说清楚。

这种移情的愤怒,弄得王湘绮下不了台,只好将就着改字,将上句的江南儿女"无颜色",改成"生颜色",至于如何可以"生",也不管他。下句"只青山依旧"也改了,改成"只青山无恙","无恙"两字,仿佛承认湘军的烧杀掠夺,除了青山没事,其他一概蒙难。难怪黄裳先生戏称这种改动,是"越改越反动"。

二

不管莫愁姑娘的籍贯究竟在何处,无论她是哪朝哪代的人物,反正和历史上的秦淮八艳,和小说上的金陵十二钗一样,都应该算作是南京的女人。

我不喜欢将美丽动人的莫愁姑娘,改编成一个悲剧性的人物。南

京市越剧团上演的《莫愁女》中的莫愁,可怜兮兮的样子让人难过,而且影响极大,让许多人都误以为真有过这样一段历史。历史上的莫愁实在不应该是那副模样。我一直认为莫愁可以作为南京女性的代表,所以能够代表,就是因为莫愁这两个字。莫愁莫愁,不知忧愁。古代美女取名莫愁,望文生义,便知道一定是个天真活泼的女孩子。历史上的南京女人的确经历过许多不幸,但是不幸本身并不能改变南京女人天真活泼的天性。

还是从历史回到现实中来,谈一谈现实中南京的女人。仅仅是美丽是不够的,三人行,必有我师,三个女人在前在走,其中必有一个,看上去姿色尚可。因为外表的美,通常是比较出来的,况且只要是有女人的地方,就有美。说到南京女人的美,应该还有一些特别的东西,应该有一些和别的城市不一样的素质。

譬如说"莫愁",也就是说不知忧愁这一点,便可以大说特说。南京的女人心坎上并没有什么太多的历史沧桑感,这种感伤似乎注定是男人们的事情。南京女人常常是大大咧咧的,南京人有一形容叫"木古",是不是这两个字说不清,反正意思就是什么都不在乎,就是没感觉,放得开。

南京的女人,骨子里比南京的男人更潇洒。

三

南京最漂亮的女孩子,她们的魅力,有时候也就体现在"木古"这两个字上面。

过去常用"清水出芙蓉"来形容女孩子的自然。美似乎是不用刻意打扮的,而刻意修饰动辄走向反面。不能说南京的女人不爱打扮,恰恰相反,南京的女人若打扮,常常以大胆取胜,我不止一次听别人说起过,说南京的女人真敢打扮,一个"敢",把南京女人的神态活脱脱地给说出来了。南京的女人应该是金陵十二钗中的史湘云。

　　敢就是大胆,就是傻大胆。没有什么地方的女人,比南京的女人更敢乱穿衣服的。南京最动人的女人,取胜的法宝也就是敢乱穿,大胆得让别人眼花缭乱,大胆得让人目瞪口呆。有关服饰清规戒律的教科书,对南京的许多女孩子,根本不起作用。她们的引人注目,不是因为穿了高档的名牌,也不是因为奇装异服,有时候仅仅是因为敢乱穿,敢乱搭配。不要小看了一个乱字,在武术中,乱棍可以打死师傅。乱穿衣服是无招胜有招,无章法胜有章法。

　　南京女人没有不敢穿的衣服,对于她们来说,敢字当头,仿佛永远没有什么禁忌,而且越是不适合穿的,越是要穿着试一试。姑娘长得俏,有模有样,有美的本钱,一试就试出绝妙的打扮来。当然也有绝不妙的,美的本钱弱了一些,瘦的人偏要穿深颜色的衣服,肥胖的偏要穿浅色的衣服,在健美裤风行的日子里,常常可以看到极肥极短的腿,像裹粽子似的硬塞在裤腿里。成也萧何败也萧何,南京女人的美与不美,都是因为太大胆,太敢。

　　南京女人衣着的大大咧咧,真可以称之为一绝。许多外地的女人到南京来定居,说起土生土长的南京女人的打扮,常感叹得都不知说什么好。南京女人似乎天生就准备惊世骇俗,天生就喜欢花枝招展,长的裙可以在地上拖,短的裙近乎有伤风化,天热了还穿着皮夹克,天冷了偏把脖子放在外面冻。趿着彩色的塑料拖鞋,堂而皇之地便上了大街。大红大绿全凭自己的兴趣,就是要刻意地打扮,就是要涂脂抹粉,嘴唇涂红了,手指甲涂红了,甚至脚指甲也涂红了,大大咧咧地在街上走,根本不管别人会怎么想。坐在街头的馄饨担旁边,跷起了二郎腿,用调羹慢吞吞地吃着;到"旺"鸡蛋上市的日子,就蹲在热气腾腾的锅边上,纤细的手指在锅里翻来翻去,一口气吃它十个八个。

这就是南京的女人。南京女人的可爱之处,就在于这种不在乎。别人会怎么想,对她们来说并不重要。士为知己者死,女为悦己者容,南京女人有时候却只顾让自己高兴,想怎么就怎么,老娘天下第一。平心而论,随心所欲的做派,屡屡会有一种出奇制胜的特殊效果。随心所欲,常常会达到一种特殊的境界。不像别处的姑娘,条条框框太多,为了表示自己的白领身份,为了表示自己不甘落后,从头到脚穿的都是差不多的行头,说的都是差不多的话。南京女人才不会这么委屈自己。

四

我在台湾一家酒店的厕所里,曾看见一条忠告男士的小标语,这就是提醒那些准备和女人打交道的男士们注意,女人的心理年龄永远不会超过四十岁。

对于南京女人来说,这种提醒还是略显保守。因为说老实话,南京女人的心理年龄,常常不会超过十八岁。往好里说,南京女人永远有一种青春活泼的健康心态,往坏里说,南京女人老是长不大。

经常可以在大街上看见南京的女人和男士吵架。这是南京街头的一绝。南京女人不省事,不像南京男人那么怕事,吃了些亏,一定要把是非说清楚。南京女人不喜欢掩盖自己的感情。和南京女人在大街上吵架的,那是一些非常二百五的男人,因为在南京人的心目中,在大街上咿里哇啦地吵架,已经很不像话,何况又是和女人。南京女人尤其喜欢和那些与女人斤斤计较的男人抬杠。

南京女人在表达自己的情感时,习惯直截了当,高兴就是高兴,不高兴决不掩饰。外在的工作环境,往往决定了她们的工作态度,决定了她们的心情。譬如说,在宾馆里的小姐大都和蔼可亲,又譬如航空公司在全国范围内招空姐,据说选择的结果,最满意的就是南京姑娘,理由是南京姑娘既勤快又温柔。在南京,你见到的女人,往往会给你留下不同的印象。银行里的小姐常常笑容满面,学校里的女大学生总是生机勃勃,原因大概就是因为没有什么生活压力。而在菜场上卖肉的女摊主,弄不好就成了孙二娘,说话嗓门大,一言不合,粗话脏话脱口而出。南京国营小商店里的女服务员、公共汽车的女售票员以及急诊室的值班护士,都是惹不起躲得起的人物,这些女人的心情总是不好,一开口,就是准备和别人吵架的样子。

不同的环境,造成了南京女人截然不同的性格,许多外地人都是错误地用这两种性格中的某一种来代表南京女人。结果是,有的外地人觉得南京姑娘特别温柔,有的外地人却觉得南京姑娘特别凶。

大大咧咧的南京女人,不仅可以成为好妻子,成为好母亲,而且可以成为好朋友。南京的女人实在,没什么心眼,想坏也坏不到哪里去。南京女人随心所欲,年龄越大,对自己越没克制,越不在乎,越"木古"。年龄不断地长,她们身上的优点和缺点,便不断地放大和发展。南京女人从总体上来说,缺少的就是含蓄,也没什么太多的幽默。南京女人不会因为丈夫不能挣大钱,就看不起他,也不会逼着自己的丈夫去做官。南京女人就是成了女大款或官太太,本性也未必就改了多少。

有关南京人的几个补充

一

我的女儿参加了今年的小学升初中考试,不考不知道,一考吓一跳。竞争的激烈程度,让我这个一向以为南京人平和的人,大吃一惊。

女儿班上的一个小男孩写作文,在谈到理想的时候,说自己要学习希特勒,发明一种最厉害的新式武器,统一全世界,为国争光。老师把这篇作文在课堂上念了,同学们哄堂大笑。老师说,你这样的作文,怎么去考好中学。

这小男孩也真够糊涂的。像他这样的作文,看来只好去差的中学就读了。女儿没有到毕业的时候,我从来没有想过好中学和差中学这样的问题。差中学这个词,是在女儿即将小学毕业之际,一下子窜到我的脑海里的。各个小学毕业班开家长会,开过了,家长们交流,说到差中学谈虎色变。一个家长说,他小孩子的班主任在家长会上庄严宣布,如果你们不好好地管教小孩,那就让小孩去某某差中学吧,不过请大家做好思想准备,这就是你们的孩子在初中期间,你们弄不好就会当上爷爷奶奶。

这种话听起来很好笑,但是做家长的,不可能不紧张起来。有一次我路过一所差中学,就是那种所谓由差生垫底的学校,这样的学校照例是不设高中的。正好是放学期间,两个十四五岁的女孩,穿着黑色紧身衣,气势汹汹地站在门口,打扮得惊世骇俗,浓妆艳抹,涂着血红的嘴唇,一个把头发染成了金色,一个把头发染成了棕色,骂骂咧咧地站在那儿,好像是在等什么人,要找什么人算账。有许多人出于好奇,远远地在看她们,她们肆无忌惮,似乎也很愿意这么被别人欣赏。

看电影或电视,看到要表现那些坏女孩,一个个便打扮得都像麦当娜,总觉得导演缺少想象力,见了这两个女孩,证明我的观点也许是错的。可怜天下父母心,自从见了这两个女孩以后,我发誓不能让自己的小孩读这样的中学。虽然做爷爷奶奶不是什么坏事,可是我的女儿要去读的是中学,这话题提前得也太过分了。

为了让小孩不至于进入差中学,学校的老师和我们做家长的,对小孩的要求,几乎有些不人道。竞争是残酷的,其激烈程度,一点也不比考大学逊色。应考期间,各方面都抓得极紧,请了家教,先只是数学,然后是语文和外语。我女儿的成绩在班上一向名列前茅,为了怕考试时出现意外,多花些本钱反正没什么错。

能考进一类好学校的,每个班上只能有几个尖子。孩子争来争去,就争这么几个名额。我的女儿终于争到了这样的名额,但是在应考的一年中,实在是吃足了苦头。举一个小例子,我们每个月要给小孩五块零花钱,这是小钱,小孩子却很放在眼里,过去每到发钱的日子,女儿就惦记着。可是因为要考中学,女儿有一天突然叹气说:"你们已经有多少时候没给我钱了?"

我们都把五块钱这事给忘了。考不好就进差中学,成了我们吓唬女儿的尚方宝剑，在吓唬女儿的同时，我们也在吓唬自己。也许未来的南京人，从我们的下一代开始，会变得勇于竞争，然而竞争的结果，不可能消灭差的中学，只能造成差中学更差。差中学事实上已成了家长和孩子的末日，小孩子一到了这一步，再要想好，真是不容易。

我在玄武湖公园散步的时候，经常见到那些逃学的初中生，男男女女成双结队，男的学着抽烟，女的掏出小镜子抹口红。前途既然看上去没什么指望，干脆早一些谈情说爱。有一次，我甚至看见一条长凳上坐着两对，女的都坐在男的腿上，口无遮拦地说着下流话。

一位在差中学念书的女孩子告诉我女儿，她们班选班干部，一个流里流气的孩子王，用皮带事先警告班上每一位同学，谁要是敢不选他，他就要用皮带抽谁。

二

南京的出租车司机，很难给外地的乘客留下好印象。外地人来南京，下了飞机，出了火车站，遇上出租车司机，必定会有一点不愉快。都说机场和火车站，是一个城市的窗口，好坏关系到这个城市的形象，但是在南京窗口地段的出租车司机，这个坏毛病，就是难以根除。

一个月前，我去火车站接出门旅游的妻子和女儿，所以要去接，因为知道火车站的出租车司机难纠缠。果然遇到了麻烦，正好是严肃整顿出租车拒载期间，有很多管理人员虎视眈眈地在那盯着，上车前，向每位乘客发一张表，要我们对司机的服务情况给予监督评价。可是当我们刚跨进出租车，司机听说我们只是去湖南路，仅仅是一个起步价的路程，就在监督人员的眼皮底下，立刻拒载，气焰之嚣张，真让人哭笑不得。最后没办法,我只好明码标价地加钞票。

这就是南京的出租车司机,这就是那些在车站码头机场拉客的邪头。在市内坐出租车,很少会碰到这样的情况。我曾经求教过那些在市内跑的出租车司机,他们和在车站码头机场的出租车司机,似乎是两种人,两种不同性质的人。在车站码头机场混的出租车司机,没有一点邪劲不行。一些老老实实的司机,从来不去他们的地盘上抢生意。

我在新加坡曾和出租车司机聊过天,在台湾也聊过。这些所谓经济发达地区的出租车司机,个人收入并不高,只是一般工薪阶层水平。拿他们和南京的出租车司机对比,就会发现其心态完全不一样。南京的出租车司机,辛苦固然辛苦,但是收入远远地高于南京的工薪阶层,和他们聊天,会发现那种情不自禁的优越感。能坐出租车的人中间,许多是有钱的主,几乎所有的司机,都有那种比上不足、比下有余的感觉。出租车司机当然不能和大款相比,但是由于南京人普遍地收入不高,这又使他们飘飘然。

有一次,就在我住的家门口,一位司机嫌一位骑车的老人拦了他的路,摇下玻璃窗破口大骂,老人被骂晕了,推着自行车发怔,突然对还在喋喋不休的出租车司机嚷着:

"你神气什么,在解放前,你不就是一个破拉车的吗!"

我没想到老人竟然会冒出这么一句话来。老人看上去文绉绉的,像是在机关工作的职员。很多看热闹的,听了都笑,出租车司机也哭笑不得,他再厉害,还不至于要跳出车来,与一个老人动手。光天化日之下,那么多人看着,自然会有勇者站出来打抱不平。

通过这件小事,可以看出南京人心态上的对立。毫无疑问,看热闹的,绝大多数站在老人一边,理由很简单,你不过是一个出租车司机,那么横行干什么。出租车司机的心情也很容易理解,所有开车的人,对路上嘈杂的行人,都有一种不耐烦,因为中国的交通秩序实在够呛。这对立还表现为个人收入差异引起的不平衡,出租车司机的收入,远远地高于大学的教授副教授,高于医院的主任和副主任医师,普通老百姓心里不可能没有看法。

南京的出租车司机现在都在抱怨生意不好做,都在抱怨今天的收入已经不能和过去相比。开出租的正在走下坡路,这是一个不用回避的事实。目前南京的马路上,随眼望出去,一定会见到红颜色的夏利车,这么多的出租车,都在算计老百姓口袋里的钱,哪有那么多的钱可以赚。

不妨在夜深的时候,走上大街观察一下出租车。夜深人静,很多出租车都歇在大街上,司机就在车子里睡觉。我不知道别的城市的出租车是否这样,南京的出租车一般都是两人合开,晚上开的那一位,没生意可做,只好将就着睡大街。看到大街上一辆辆出租车,这么凄凉地停在那里,你会觉得在南京开出租车也真不容易。

三

我有几位医生朋友,知道我要写一本关于南京人的书,一再要求我别忘了也写写他们,别忘了反映他们的处境。

南京并不缺乏全国一流的好医生,但是南京的医生普遍有个感觉,这就是他们和别的城市的医生比较起来,有许多不如意的地方。譬如他们的待遇之低,唤不起作为一名医生的职业崇高感。从大学毕业以后,他们虽然作为佼佼者,留在南京这样的大城市里,但是处境似乎并不比他们的大学同学好。他们的同学分布在江苏的各个城市里,有的城市虽然小,可是由于经济腾飞,医生的待遇一天比一天好起来。就算是在经济比较落后的苏北,人生了病总要看,偷偷地塞红包也在情理之中。

南京医院的规章制度显然要严格得多。在南京,医生收红包要冒很大的风险,而且很多优秀的医生,相信收受红包很不光彩。一个有事业心的医生,不屑于收那种名不正言不顺的钞票。他们的技术比别人好,他们不应该像那些小城市或者乡镇医院的医生看齐。他们毕业于名牌的医学院,现在所处的医院,又是全省最好的医院,当他们感到不称心的时候,也就靠这些聊以自慰了。

和发达国家相比,中国的医生普遍待遇偏低,而南京的医生,似乎又在全国的大医院中略处下风。作为省城医院的医生,他们面对的大部分病人,都是公费医疗,那些生病的机关干部,小病时跑来拿药,指名道姓地要什么什么,大病时赖在医院不走,反正是公家花钱,而且工资奖金一分都不会少。常常会碰到那些做官的太太,没完没了地提条件,不懂得治疗,偏偏一定要干涉治疗。

一位熟悉的医生朋友,在和我谈起他的想法时,感受最深的有两点。第一点,是南京人目前的保健意识很差,有很多来看病的,只是因为看病吃药,不用花自己的钱。南京人往往分不清什么是大病和小病。残酷的事实是,南京人并不太看重自己的身体,这种态度的直接后果就是,他也不可能看重医生。

这位医生感受最深的第二点,是医生的进取心不大。待遇问题,似乎伤害了年轻医生们的进取心。培养一名合格的医生很不容易,同样是大学本科,医学院的学生,通常要比一般的本科多一年。多一年,当然可以多学不少东西,但是到评职称的时候,就比念别的大学的学生活生生迟了一年,迟一年,有时候就是迟一班车。由于国外不承认中国学医的文凭，中国的西医出国淘金的可能性并不大，除非你下死功夫，硬考到国外的医学院去。

许多年轻的医生，他们只是变得越来越熟练。他们被安排在某张桌子前，每天都在和差不多的病人打交道。他们不是在争取，而是在等待。他们有一天终于会成为副主任医师和主任医师，这一天更多的是熬年头熬来的，不仅他们是这样，各个大学、各科研单位都差不多。

好在这样的尴尬局面，迟早会改变，当人们意识到问题的存在时，问题的解决便露出了端倪。今年高考引人注目地出现一个热点，这就是大量的考生，踊跃报考医学院。这个热点不是盲目的，人们已经预感到在未来发展中，医生的行情将会被看好。在一个文明的国家里，在一个文明的城市里，人的身体注定会越来越被看重，人们只有看重了自己，才会看重医生，而医生的重要性被发现，必将刺激年轻医生们的进取心。

四

最后说一下南京书家的一个侧面，聊聊南京的书家们写的市招。中国是地方都出书家，南京这地方人文荟萃，自然会有写一手好字的人。历史上，南京曾是二王活动的重要场所。

在明清之际，以及民国时代，南京有许多书家在这里活动，留下了许多轶事。《儒林外史》最后一回"添四客述往思来，弹一曲高山流水"，说南京市井中的四个奇人，头一个就是一个会写字的。这人有一个特点，那就是向他求字，得看他高兴，他若是不情愿，任你是帝王将相，大捧的银子送他，他都懒得看上一眼。

进入近代以后,写市招是书家成名以后,难以拒绝的一件事。市招既为店家的商品做广告,也为书家自己做广告。年纪大一些的南京人,至今还能记得"江东周琪"写的招牌。半个世纪前,周琪写的市招在南京随处可见。就字论字,周琪写的市招,有肉无骨,胖乎乎,充满富贵气,很合商家和气生财的口味。据说他润笔的规格,是一字一块银元,这在当时已经很了不得。抗战时期,周琪曾为某汉奸写过字,名声大受影响。

在周琪之前,南京还有一位擅写招牌的陈艾。这陈艾最绝的一招,是他那支不同寻常的笔。陈艾出身贫寒,练大字买不起斗笔,便将就着用抹桌布代替。成名之后,这习惯也改不了,于是自成一体,不管写什么招牌,都用抹桌布写。他的字其实远胜于周琪的字。

南京的商家请名人写字,已是惯例。如今,有不少先人当过大老板的,手头都会有几幅名人的字,尤其是那些开馆子老板的后代。可惜很多市招现在已经见不到了,要不然,仅仅是为这些流行过的市招举办一个展览,便可以看出历史上南京人的喜好。在八十年代初,武中奇先生曾写了不少市招,他的字有很深的魏碑底子,因此看上去十分有力。这时候,正是"下海"之风乍起,人人都想在商海里有一番作为,武中奇刚劲有力的字,正适合于表现商家的心态。不过武中奇的字,更适合于写墓碑,我曾在菊花台的将军墓见过他写的碑,印象很深。

南京定居着不少现当代大名鼎鼎的书家,早已过世或刚过世的,譬如胡小石,譬如高二适,又譬如林散之。胡小石先生善吃,因此他似乎只肯为餐馆题字,像他这种既是名教授,又是大书家的高人,如今再也见不到了。高二适的市招我没见过。林散之可能也不太愿意写市招,南京能见到的并不多,能见到的两处却是好字,一是"南京工人文化宫",一是"文渊阁",这些字都应该一字千金。

萧娴老人是康有为的女弟子,她是中国当代硕果仅存的老派的女书家,因为名气太大,自然会有人千方百计地求她的字。萧娴老人的字没有烟火气,只适合于写那些需要有些书卷气的市招,如文具店、庙寺,如果是为餐馆题字,就应该是素菜馆,像"绿柳居"之类,或者是那种"百年老店"老字号,她的字和快餐店以及百货商场、超市,似乎连不到一起去。

南京现在有许多年轻人的字,非常不错。就整体实力而言,南京年轻一代的书画家,绝对不比南京的作家逊色。不过年轻画家们的运气,似乎要比书家们更好一些,他们已经找到了卖画的机会,价钱很不错,在要价方面已很熟练。书家相比之下,卖字就困难一些。他们中间的佼佼者,偶尔也会有机会替老板写一块市招,拿钱多少,得看老板的实力和品位。精明的老板更喜欢离休老干部的字。

南京的市招从来也没有像今天这么多过。很多商店今天开,明天关,也无所谓找什么大书家替他们写招牌。

南京人·续

一百年前的南京

一

一百年前的南京，鲁迅和周作人兄弟来描述最合适，他们的青少年时代，有很长一段是在南京度过。鲁迅在这儿接连上过两个学校，分别是江南水师学堂和矿务铁路学堂，他自己对这段学习生活不是很喜欢，但这并不妨碍他的成绩优秀，而且最后被保送到日本留学。江南水师学堂在辛亥革命以后，曾改名为"雷电学堂"，鲁迅觉得这很像是《封神榜》上的名字，后来写文章，专门有过一段议论。周作人在南京待的时间更长，一共有五年，所以他文章中，对于当时的描写就更多，更细致。

一百年前的南京，自然是破烂不堪。中国的城市和西方的相比，早在一百年前，已经无法比拟。落后从来就不是一天造成，俄国的彼得堡富丽堂皇，许多建筑都是一百多年前竣工，当时就那个模样，经过一百年风风雨雨，岿然不动，风采依旧。在南京找不到什么百年老屋，我们把这些归结为战争，譬如内战，譬如外患。彼得堡也曾遭受德军的狂轰滥炸，从化学和物理的角度来谈，这座城市受到的伤害要远远超过南京,但是俄国人硬是挺住了,很多厚实的老房子保留完好。石结构的房子经过岁月的考验,其优越性便能充分体现出来。我们的建筑大都是木结构,虽然有看上去很花哨的防火墙,一场大火往往还是烧掉一大片。

一百年前的南京,相对于北方来说,要平静许多。戊戌变法半途而废,北方正在闹义和团,紧接着八国联军入侵,大清帝国风雨飘摇。南京此时不在矛盾的旋涡之中,有一种置身于外的平安无事。三十年河东,四十年河西,此时的北方社会,正好和前些年南方的战乱相仿佛。太平天国给六朝古都南京带来了一系列不太平,南京人在动乱中饱受惊吓。太平军来,攻城,定都,以后清军来,围剿,你攻我守,反反复复,打来打去。有一个问题我始终不太明白,太平军定都南京以后,很长的时间里,清军都驻扎在南京郊区,江南大营和江北大营像把钳子,一直对着太平天国的喉咙。这是一种很荒唐的对峙状态,遭罪的是老百姓,太平天国时期,南京的市民根本谈不上太平,小战天天有,大战三六九。曾国藩的湘军最后打下南京,猛杀了一批人,此后几十年里,民间提到"长毛"之乱仍然心寒。

一百年前的南京,太平天国已成往事,毕竟三十多年过去,市民们正从惊惶中醒过来。随着新世纪的钟声敲响,战乱的创伤成了往事,南京悄悄地发生着变化。一切都在恢复之中,此时的两江总督是一代名臣张之洞。张是洋务派的头面人物,在清末的"新政"中起过重要作用。在帝国主义列强的压力下,上海虽然崛起,东南大城市的首席位置还暂时轮不到它。南京仍然是东南第一重镇,坐镇在此的两江总督,是一个十分显赫的要员,和别的封疆大吏相比,两江总督不仅是大军区的司令员,还相当于大清帝国的后勤部长,必须源源不断地为清政府提供财政支援。富庶的东南一直是中国政府的经济支柱,俗谚有"苏常熟,天下足"之说,两江总督的首要任务,就是确保辖区的稳定繁荣。稳定是繁荣的基础,疲惫不堪的中国经济想得到复苏,最重要的还是先得稳定。

一百年前的张之洞已经老态龙钟,老并不意味着一定糊涂。张之洞是历任两江总督中,为南京做实事最多的一个官员,南京最早的铁路公路,最大的工厂,第一所大学,都和他分不开。

二

南京的生机,说出来有些尴尬,那就是先繁荣秦淮河。作为明白事理的地方长官,都知道要想让南京这座城市有活气,两大举措不可避免。一是迅速恢复科举,为国举士,给读书人一个出人头地的机会,有了这样的机会,读书人就不会闹事,因为读书产生的荷尔蒙,得有地方发泄才行。秀才造反,十年不成,这是看轻了读书人。事实上,造反能成气候者,还非得是知识分子。太平军在南京定都的第二年,就开科招试,固执的洪秀全在这一点上,倒不糊涂,历史的经验值得注意,清政府入关之后,除了军事上的胜利之外,有个重要的原因,是不失时机地恢复科举,用高官厚禄,收买了汉族的读书人。万般皆下品,唯有读书高,有骨气的终究是少数,读书人再清高,一到科举制度面前,什么脾气也没有了。

恢复南京繁荣的另一举措,是"效管仲设女闾",开放被禁止的妓院,有了红灯区,商业以及一切和妓院配套的行当,顿时蓬勃发展。洪秀全犯了个不大不小的错误,他显然是个禁欲主义者,不仅自己的军队设男营女营,不允许有自由的性生活,而且把活跃在秦淮河两岸的娼妓统统取缔。这么做的直接后果,是把娼妓和嫖客都撵到上海的租界去了,于是立竿见影,租界立刻繁荣,秦淮河立刻萧条。不能说洪秀全的失败和禁娼有必然关系,太平天国灰飞烟灭之后,从被誉为一代完人的曾国藩开始,到后来的各任两江总督,无一例外,对秦淮河的娼妓,采取的都是纵容态度。

秦淮河的开禁确有速效之功。上海租界的妓女有很多又回来了,身揣万贯的富翁也闻风而来,白舫红帘日益繁盛,士女欢声,商贾麇集。据史料记载,秦淮河开禁直接影响了上海的经济,租界人口骤减,工商业随之萧条。但是,"娼盛"不可能带来什么真正的繁荣。六朝金粉,秦淮风月,那些已经远逝的繁华景象,一去不返。封建社会不可能起死回生,昔日的辉煌永远不会重来。一百年前的南京,破烂不堪,乌烟瘴气。这个古老的城市,和同样是古老的中国一样,早就病入膏肓,无灵丹妙药可治。

科举制度和秦淮粉黛,挽救不了古城南京,秦淮河藏污纳垢,桨声灯影醉生死梦。陈独秀在自传中曾写到世纪之交参加科举的一段经历。1897年8月,陈独秀从安徽来南京参加乡试,在考场上,他的注意力无论如何也集中不了,原因是过去的两个小时,他一直在望呆。一个考生的怪模样老让陈独秀走神,这个考生头上盘着一条大辫子,一身肥肉,或许是天气太热,8月的南京酷暑难熬,他竟然在考试的小号舍里赤条条地来回走,一边走,一边呓语:"好,好,今科必中!"陈独秀因此联想到所有考生的怪现状,想到这帮"动物"如果得了志,国家和人民将如何遭殃。

陈独秀把众考生参加科举,比喻为一场"动物展览会",所谓乡试,无非隔几年,便把这些猴子狗熊搬出来出一回洋相。科举制度的优越性不复存在,"明经取士","为国求贤",都成了蒙人的鬼话。封建社会终于走到尽头,末日气氛笼罩南京城头。一百年前的南京死气沉沉,一百年前的南京成了旧时代的挽歌。旧南京寿终正寝,过不了几年,科举制度将彻底废除,同盟会将成立,清王朝将被推翻,这是一个地道的新旧交替时代,随着新世纪的到来,南京不得不变,不得不脱胎换骨。

三

周作人谈起在南京读书的情景,说了一个笑话。当时所谓新式学堂里,一位教汉文的老夫子讲地理,说地球有两个,一个自动,一个被动,一个叫东半球,一个叫西半球。这样的笑话在一百年前多如牛毛,由此也可见当时的社会风气。鲁迅和周作人兄弟在南京读新式学堂,刚开始颇有些被人看不起,譬如鲁迅的本名是周樟寿,鲁迅的叔祖认为本族后辈进学堂当兵是不体面的,不宜拿出家谱上的名字,所以就帮鲁迅改名为"树人",后来很多文章,把周树人当作鲁迅的本名,应该说不准确,同样的道理,周作人的本名是周櫆寿。一百年前,新派和旧派尖锐对立,互相看不起。旧派看不起新派,这只是暂时的,新派看不起旧派,却是永久的,而且有一种大获全胜的得意。阅读周氏兄弟笔下一百年前的南京,这种印象尤其深刻。

自曾国藩以后,两江总督的位置,经常由汉人来担当。从表面看,当时的民族矛盾已经不怎么激烈,汉人奴化,满人汉化。男人脑袋后面拖着一条猪尾巴,这是满人给定的规矩,久而久之成了习惯。女人是一双小脚,所谓三寸金莲,这是老祖宗传下来的遗产,满人女子并不裹脚。男人辫子女人小脚,这是双方让步妥协的结果,在一百年前,还没有人敢向脑袋后面的辫子挑战,因为割辫子要掉脑袋,要割必须躲到国外去割,在国内,新派人物要想有所作为,只好大张旗鼓地反对裹小脚,于是有了"天足会"一类的组织。

民族矛盾并没有完全消失,民间的反满情绪偷偷地酝酿。当时南京的东郊驻扎着清政府的旗营,这些由八旗子弟组成的大兵,作威作福,常常欺负南京居民,一见到有人到兵营附近便吆喝,并且气势汹汹地投石子。这种做法有些荒唐,南京人因此很生气,胆大的偏偏骑了马去兜风示威,鲁迅和他的同学就不止一次这么干过。这么干的目的很简单,就是表示汉人并不害怕他们满人。谁都知道,到了一百年前,八旗子弟组成的绿营兵,除吃喝嫖赌精通之外,早没有战斗力,十年以后,辛亥革命爆发,以民团和起义新军组成的江浙联军,不费什么事就拿下了南京。

随着帝国主义洋枪大炮一起来华的传教士,成了新派人物可利用的对象,有时候干脆成为有力后盾。教会势力成为一种不可忽视的存在,义和团运动很快不成气候,南京的传教士和教民,度过了一段惶惶不可终日的日子,气焰与过去相比,没有任何收敛,反而由于八国联军的武装干涉,变得比过去更加嚣张和有恃无恐。洋人的特权显而易见,做官的和当老百姓的都得让上三分,在南京街头,见到蓝眼睛黄头发的外国人,再也不是什么新鲜事情,不同教派的传教士到处活动,见缝插针。今天我们如果想重温当时的情景,传教士留下的照片和文字便成了最好的证据。

教民的数字显然是被夸大了。为了降服古老的中国人,西方传教士在传教的过程中,使用了糖衣药丸,办了各式各样的救济所、难民营、医疗所,小学中学以至大学。西式洋房成了南京市内最重要的建筑物,这类洋房有的至今保存完好。人们在饥饿的时候,生病的时候,包括打算接受教育的时候,毫不犹豫地利用了传教士们的善心。他们中的一些人,也许会跟着祈祷,甚至入教,但是真正信教的人,仍然是少数或极少数。大多数教民都是实用主义,只是在吮吸糖衣药丸上的那层糖皮,一旦甜味没有了,便把药丸吐了完事。

现代化的雏形已经开始在南京出现,洋务运动初见成效,金陵机器制造局成为南京最大的工厂,这里生产的枪炮,"以剿内寇尚属可用,以御外患实未敢信"。国产货让人不敢放心,一百年前就这样。比较有实效的是修路,修铁路和公路,这些都是从无到有的创举。多少年来,水上交通一直占据着主要位置,像鲁迅和周作人来南京读书,就不得不坐船,然后在下关码头上岸。陆路交通的良好前景已初露端倪,沪宁铁路成了一块大肥肉,英国人以极其苛刻的条件,与清政府签订了《沪宁铁路借款合同》。这是一条黄金通道,等到它修好,当年的客运量就达到三百多万人。在今天,这样的客运量不当回事,在一百年前,可了不得。

四

一百年前的南京,像个已到了预产期的孕妇,挺着晃悠悠的肚子躺在那儿,等待着阵痛的到来。一百年前的南京,又像一个徘徊在十字路口的弃儿,无援地东张西望,不知道该往哪儿走才好,夜茫茫,野茫茫,路在何方。未来的一百年里,这座城市天翻地覆,注定要面临许多大事。孙中山将在这儿担任第一任的民国临时大总统,并由此掀开中国现代史的一页。旧南京将以此为一个重要了断。新的一页和新世纪的到来并不同步,和中国其他方面的发展一样,中国革命的进程,总有晚一步慢半拍的遗憾,然而,然而慢半拍也好,晚一步也好,历史终究阻挡不住。光阴似箭,一百年算什么,弹指一挥间,事实上,蓦然回首,我们还是为这座城市的巨大变化吓了一跳。

1999 年 9 月 17 日,河西

南京,历史和人文

一

南京这城市得细细琢磨品味。不识庐山真面目,只缘身在此山中,本地人不知福,常惊呼没地方可玩。我有个朋友,总说有了钱,要去哪里旅游,又喜欢掰手指头,卖弄自己已去过哪些省份,到过哪些城市。行万里路是人生一大乐趣,不过乐趣有时候会简单成一种应卯,仿佛上班报到,考勤的小机器用卡刷一下,对别人对自己便算是个交代。

世界太大,大得不可能什么地方都去。口袋里钱毕竟有限,旅游越热,费用也越高。1986年汪曾祺先生来南京,我与父亲陪他去尚未修缮的中华门城堡,站在最高处,汪半天不说话,最后感叹说:"真是好地方,到南京就玩这么一个地方,已经足够了。"我们以为他表示客气,没想到他接下来大夸特夸,说这城堡丝毫不比山海关逊色,不只是不逊色,甚至更好。周围的游客无不受其影响,一个个都回过头来,重新打量。人们对身边的景物会熟视无睹,有时候非要高人提醒才行。我不想说中华门城堡比山海关更好,这种比较照例会引起争议。不过,对于一个有历史知识的人来说,登高望远,有些感慨是免不了的。愁看京口三军溃,痛说扬州十日围,山海关是国家的大门,中华门城堡是城市的屏障,一旦失守,便难逃倾国倾城的厄运。清兵入关,敲响了汉人政权的丧钟,日军的坦克冲进中华门城堡,南京大屠杀也就拉开了序幕。

我认识一位当年的老兵,南京保卫战时,他的炮兵阵地就在这附近,曾几次去设在中华门城堡的指挥部,向孙元良汇报军情。激战前夕,一切显得肃穆庄重,秋风萧瑟残阳如血,中华门城堡巍然屹立。那时的孙元良很精神,少年气盛,手里掌握着中央军的一支嫡系部队,是防守南京城最精锐的一个师。如今,年轻一代很少知道孙元良,介绍他,最好的办法是告诉别人他是台湾影星秦汉的父亲,就是那个总是和林青霞一起演爱情片的秦汉。流行是忘却历史的最好药方,或许再过些时候,秦汉是谁,大家也不知道了。据说孙元良兵败后躲到秦淮河边的妓院中,在爱国娼妓的保护下才安然脱险。我无心为这种事做出考证,脑子里挥之不去的,是大战爆发前的那道风景。有时候,撇开结果不谈,只截取故事开始的某个片断,反而可以引发更多的想象。在我看来,一场恶战前的短暂平静,或许比血淋淋的激战场面更扣人心弦。

中华门城堡世界上能排名第几,不得而知,在中国位居老大,应该没什么问题。它的总面积达一万五千多平方米,整个瓮城筑有藏兵洞二十七个,最大的一个可以藏兵千人。南京保卫战中,中华门城堡是战事最激烈的地方,敌我双方你来我去狂轰滥炸,尸堆成山血流成河。日军进入南京以后的残暴,与进攻南京时遇到的顽强抵抗分不开,他们做梦也没有想到,一座已经完全失去防御意义的围城,垂死挣扎的时候,竟然表现出了那么旺盛的生命力。

二

如果说万里长城担负着保护国家的重任,号称天下第一的南京古城墙,其作用便是为了捍卫一座城市。从某种意义上来说,一个城市也可以是一个国家的缩影。朱元璋自以为建造了世界上最大的一个城市,其中有山有水,有大片的良田,"东尽钟山之麓,西阻石头之固,南临长干而秦淮贯其中,北依狮子、覆舟之山而控后湖",就可以保自家江山千秋万代的险,结果却应了堡垒最容易从内部攻破的那句俗话。明太祖死了没多久,他的四子朱棣便从北京跑来篡位,将大明的江山据为己有。

南京这座城市差不多逢战必败,虎踞龙蟠帮不上忙,正如长城挡不住北方少数民族的铁骑。诗人陆游曾力主南宋迁都南京,结果宋高宗以"修德性而不在择险要之地"为托辞,硬是赖在暖风熏得游人醉的杭州不肯走。自古王业不偏安,宋高宗的想法一直被指责为投降路线,可是南宋在杭州建都的时间,比十朝之都的南京任何一个朝代都长,长得多。熟悉历史的人常会发出这样的疑问,"三百年来同晓梦","一片降幡出石头",尽管有那么好的地形,都说金陵有王气,为什么南京一而再被攻陷,接二连三出亡国皇帝。

南京出了太多的后主,吴后主孙皓抬着棺材去西晋军门前报到,陈后主搂着爱妃跳井,李后主"挥泪对宫娥"。人有时候难免迷信,抗战胜利,一些国民党元老力主迁都北京,理由是南京位居东南,民风太萎靡,在此地发号施令,不足以威震天下。南京这座城市有着太多的亡国阴影,宋濂在《阅江楼记》为明太祖歌功颂德,开篇说:

> 金陵为帝王之州，自六朝迄于南唐，类皆偏据一方，无以应山川之王气。逮我皇帝定鼎于兹，始足以当之。

宋濂的意思，是说自从有了朱元璋，南京的亡国气息已不复存在。但是充满智慧的明太祖，远不是那种拍拍马屁就头晕的皇帝，在晚年的《祀灶文》中，他哀叹自己曾想迁都，可惜人已经老了，力不从心，只好放弃作罢。他意识到南京作为一国之都的种种不合适，虽然在建造这座城市上大动干戈，可是朱元璋知道远离动辄刀光剑影的中原，将潜伏着很大的危机。是明成祖完成了他父亲的心愿，通常的说法，朱棣是封在北京的燕王，他从北京过来，随手就把大明的江山带到北京去了。事实却是，明成祖在南京做了十八年的皇帝，这时候，二万二千多卷的第一部大百科全书《永乐大典》已编出来，而三宝太监郑和也七下西洋，朱棣的地位已经十分巩固。迁都显然不是出于个人的小算盘，在治国方面，朱棣要比其父更出色，为此他被誉为永乐大帝，另一位可以齐名的则是清朝的康熙大帝。

明成祖迁都是明朝维持近三百年江山很重要的一步棋，以管理一个大一统的国家而言，南京确实不如北京，这就好比美国的首都只适合华盛顿，不适合作为金融中心的纽约，不适合有好莱坞的洛杉矶。过去只强调定都北京，有利于防止北方少数民族入侵，其实，远离东南萎靡的民风，同样是一个朝廷稳定的法宝。康有为戊戌变法中，力主迁都上海，理由是北京实在太保守和腐朽，"旗人环拥，旧党弥塞，下至市侩吏胥，中则琐例繁札，种种皆亡国之具"，"非迁都避之无易种新邑，不能维新也"，因此光绪皇帝只要带些人，逃到上海去，很多问题就可以迎刃而解。这是一个非常天真的想法，却从另一个侧面，说明"修德性而不在择险要之地"。北京并没有什么天险可守,与南京一样,这座古老的城市一旦被围,它的悲剧命运便不可逆转。作为国都,一道坚固的城墙保不了任何险,堡垒通常都从内部攻破。

"地势不须说天堑,共和战胜在民情"。改朝换代是一种历史必然,亡国有外因,更重要的还是内因。

三

说到南京免不了怀古,唐诗宋词元曲中,可以找到一大堆关于这个城市的感叹。历史上的南京和亡国分不开。亡国时总想到繁华,繁华时便忘了亡国。商女不知亡国恨,隔江犹唱后庭花,这是活生生的写照。辛亥革命前夕,一位年轻的南国诗人周实,在读了《桃花扇》之后,情绪激烈地写了一首诗:

> 千年勾栏仅见之,楼头慷慨却奁时,
> 中原万里无生气,侠骨刚肠剩女儿。

写完这首诗不久,周实因为策划起义被杀,年仅二十七岁。南京的繁华似乎总和秦淮河的醉生梦死连在一起,"侠骨刚肠剩女儿"可以看作是个让步句,否则,国家真惨到这份上,亡了也罢。事实上,南京的历史上,不仅出亡国皇帝,出秦淮八艳,也出舍生忘死取义成仁的豪杰。"纵死侠骨香,不惭世上英",仁人义士的存在,为软绵绵的南京增添了几分刚烈和亮丽。

出中华门城堡不远,是著名的雨花台,一千四百多年前,相传云光法师在此讲经说法,感动佛祖,顷刻间落花为雨,雨花台因此得名。提到雨花台,就不能不想到方孝孺。想当年,燕王朱棣靖难起兵,朝廷讨伐诏檄,均出自当时最负文名的方孝孺之手,燕王攻入南京后,不记前仇,命方起草诏书,说:"诏天下,非先生草不可。"

方披麻戴孝,掷笔于地,且哭且骂,说:"死即死耳,诏不可草。"

朱棣恼羞成怒,说"此吾家事,与你何干",又威胁如果不从,要灭方的九族,方大义凛然,说即使灭十族亦无妨。朱棣于是将方氏家人绑来,当着方孝孺的面,一个接一个砍头,灭九族之后,为了凑满"十",竟骇人听闻地"夷师友一族",共杀了八百七十余人。

方孝孺之死,虽然出于不贰臣的忠君思想,虽然牵累太多无辜性命,但这种以生命维护信念的精神必须肯定。应该指责的是明成祖朱棣的残暴,是非不容混淆,黑白不能颠倒。这就好比日军攻入南京以后,已经放弃抵抗的中国军队被屠杀,不去谴责日军的暴行,反过来怪罪中国军队不拼命。根据结果去假设过程往往会失之偏颇。方孝孺为文化人争了一口气,他的遗骸被埋在了雨花台,人们在那儿建了一座祠堂纪念他。青山有幸埋忠骨,其实早在方孝孺之前,雨花台还埋葬过北宋的溧阳县知府杨邦义,金兵攻下南京,建康留守杜充投降,杨宁死不屈,大骂金帅完颜宗弼,于雨花台下被剖心而死。

风花雪月只是南京的一个侧面,桨声灯影也仅仅是个表象,人们不该忘记的是它的血腥。东南萎靡的民风,是胜利者的残暴造成的。这个城市的醉生梦死,既是亡国的原因,也是亡国的结果。"一国兴来一国亡,六朝兴废太匆忙",郑板桥咏南京,很伤感地写了这么两句。每一次城池失守都意味着一场大灾难,隋军攻入南京城,隋文帝采取的最极端措施,是将这个美丽的城市夷为平地。南京的平民百姓对屠城这样的字眼,一定不会陌生,记忆犹新,过去一百多年里,太平天国来,太平天国灭亡,二次革命时辫帅张勋的复辟,日军侵入南京后的大屠杀,无论改朝换代,还是异族入侵,都让南京人心惊肉跳噩梦缠身。

越是用血写成的历史,越容易让人记忆深刻。彼得堡和莫斯科郊外的名人公墓,是俄罗斯人的骄傲。名人公墓有时候是最有说服力的说明书,导游会喋喋不休地告诉你,普希金埋在那儿,陀斯妥耶夫斯基埋在那儿,还有柴可夫斯基也埋在那儿。把玩南京某种意义上来说,也和名人的墓分不开,在东郊,有明孝陵,有中山陵,有邓寅达墓、廖仲恺墓、谭延闿墓;在南郊,除了以上提到的方孝孺和杨邦义,还有郑和墓、刘智墓,浡泥国王墓。

南京的名人墓密切联系着城市兴亡这个主题,带给人们的不只是骄傲,还有感伤和思索。

四

南京是一本最好的历史教科书,阅读这个城市,就是在回忆中国的历史。南京的每一处古迹,均带有浓厚的人文色彩,凭吊任何一个遗址,都意味着与沉重的历史对话。以风景论,南京有山有水,足以和国内任何一个城市媲美,然而这座城市的长处,还在于它的历史,在于它独特的人文。

没有一个城市能像南京那样清晰地展现近现代史的轮廓和框架。位于东郊的国民革命军阵亡将士公墓,和南郊的雨花台革命烈士陵园,显然代表着国共两个对立的阵营。两处公墓的规模之大,建筑之宏伟,在国内也是绝无仅有。度尽劫波兄弟在,相逢一笑泯恩仇。不管怎么说,南京这个城市是宽容的,它珍惜历史留下的每一个细节,保护历史留下的每一处遗产。走在南京的大街上,仿佛走在历史浓密的树阴下,到处都是故事,到处都是遗迹。历史留给南京的遗产实在太丰厚。温故而知新,怀旧是人本能的一部分,无论生活是否称心,环境是否如意,人们总是免不了谈论过去,免不了回首遥望历史,不妨用我曾写过的一段话来做文章结尾:

  中国古老的都市,也并不就只有南京这一座,但是真正像南京城那样历经沧桑,发生过那样强烈的变化,那样值得后人怀旧的城市却不多。想明白也好,想不明白也好,南京人没办法回避怀旧的情结。对于一个文化人来说,南京这个城市,是一扇我们回首历史的窗户。

2001年9月5日,河西

关于秦淮河

关于秦淮河，民国时有人写过一本专著，叫《秦淮志》。很多事都在书上写着，真想了解秦淮河，不妨找来看一下。对于大多数人而言，秦淮河知道个大概就行，有时候，知道得太多，反而更糊涂。

秦淮河很长，有里秦淮外秦淮之分。往模糊里说，秦淮河是母亲河，南京的生生死死，都离不了它，它的演变代表着这个城市的发展。烟笼寒水月笼沙，夜泊秦淮近酒家，杜牧诗中的"秦淮"，究竟是内秦淮还是外秦淮，自古就有争论。一般人印象中，秦淮河可以简单地看作夫子庙最热闹的那一段，桨声灯影，它最光彩也最不光彩的一页，便是"户户是花，家家是玉"。一个外地人来到南京，找一地方歇下脚，到处闲逛，只要是条河，哪怕是个小臭水沟，也会情不自禁，联想这会不会是当年李香君出没的地方，迎面过来一个美眉，会猜这是不是金陵十二钗的后人。

历史上的南京是水陆大码头，河道交错水巷纵横，划着小船，南来北往东逛西走，可以去任何地方。长江下游的城市都有这特点，江南江北都一样，都是在河道上做文章。可是唯有南京，成了整个东南的重镇，想想上海今天在全国这盘棋上的重要性，就不难明白南京当年在华夏版图上的威风。想当年，也就是开埠之前，上海能算什么，不就是个小渔村吗？有人开玩笑说，自从美帝国主义厉害了，大英帝国也就日薄西山，可怜南京就是衰败的大英帝国，如今只能眼睁睁地看着大上海的崛起，看着人家成为东方明珠国际化大都市。

今日大上海的繁华，与秦淮河的历史渊源，已很少有人去想到。都说旧上海是十里洋场，它的繁荣与洋人的租界分不开。很多人也许不知道，租界里的第一桶金，却是从南京秦淮河淌过去的。想当年，太平军一路从广西杀过来，江南的富户纷纷逃往上海租界，而此前这些有钱的阔佬，最喜欢流连的风流场所，就是销金烁银的秦淮河。长毛来了，客户们跑了，洪秀全坐地为天王，又提出了全面禁娼，这一禁，娼妓们干脆也跑了，跑到上海去了。事实的真相就是，嫖客和娼妓携手把上海滩的经济搞活了。

曾国藩率领湘军打败太平天国，为重新繁荣深受战乱之害的南京，被后人誉为道德上的完人曾文正公，采取的最简便办法，是对秦淮河再次开禁，重新恢复六家妓院。为什么只允许恢复六家妓院，历史学家说不清道不明。所谓六家，是官家允许的挂牌执照，开门营业后，每家妓院有多少妓女，并没有硬性规定。史料记载只说明这一招十分管用，经济迅速复苏，恰如一剂强心针，几乎立竿见影。南京顿时娼盛繁荣，而上海租界也就人口骤减，工商业随之萧条，"阛阓遽为减色，掷缠头非复如前之慷慨矣"。

历史上的南京，一直是江南的中心。江南曾经是个很大的概念，它的范围越来越小，现在的通常理解都是狭义。上有天堂下有苏杭，江南已成了江浙沪富庶之地的代名词，只局限在长江下游南岸这一段。其实江南可以分为东西两大块，北宋王朝的中国版图，很像一个大城市的地图说明书，它把省这一级的区域称之为路，譬如长江的中下游便分成了江南西路和江南东路。历史上的大江西与今天的江西省,并不完全是一回事,但是有很重要的继承关系。与江西相对的是江东,这个江东,就是我们今天要说的江南。

南京又被称之为吴头楚尾,或许长江天堑的缘故,江南的最初碰撞,应该是东和西之间的较量,而南京的秦淮河,恰巧就是这么一个衔接点。追溯到吴王夫差和越王勾践时代,卧薪尝胆的越国胜利了,接管吴国地盘,为了与更强大的楚国对抗,把秦淮河畔的冶城扩建成越城。冶城与越城是南京城的雏形,很快,强大的楚国灭了越,越城改名为金陵邑。关于金陵二字有很多说法,最流行的是楚王觉得此地有"王者"之气,必须要改造它,于是在周围埋了一些金,以图镇住王气。到了秦始皇南巡,风水先生认定金陵的王气仍然存在,为保子孙永世为帝,秦始皇下令凿断了此地的龙脉,并改金陵为秣陵。这一改,再次体现汉字的趣味,金木水火土,金乃五行之首,太贵,秣是牲口的饲料,差不多就是最贱了。

成也王气,败也王气。金陵帝王州,秦淮佳丽地,南京的繁华不是胜利带来的,恰恰相反,它的欣欣向荣是因为失败。失败的江南有着太多不堪的记忆,只要想想南下和北伐这两个不同的词组,就知道南人和北人内心深处的强弱。南方要想打回北方去,风萧萧兮易水寒,不知道要费多大的力气,要闻鸡起舞,要卧薪尝胆,要悬梁刺股;而北方要想打过来,却如严冬的寒流一样,想杀过来,立刻势不可挡,转眼就是百万雄师过大江。

当年的项羽何等英雄,率了八千子弟渡江,所向披靡,到最后四面楚歌,仓皇别姬。历史证明,谁能在中原称雄,谁就可以控制中华。逐鹿中原的潜台词,是角逐对大一统中国的最终控制权。说到底,一个国家只能有一个中心,如果说真存在着什么黄河文化和长江文化,那么处在中心位置的,从来就是黄河流域。谁占有了中原,谁就可以君临天下,雄视江南。黄河既是我们的母亲,也是我们的爹。胜败兵家事不期,包羞忍耻是男儿,江东子弟多才俊,卷土重来未可知。事实上,在南方和北方的对峙中,南方根本就不是对手,一直处在失败的境地,企图卷土重来,多数是书生之见,不过是纸上谈兵,说着玩玩而已。

江南的偏安先天注定,生来缺钙,一点不像顶天立地的堂堂男子汉。长期以来,作为江南文化中心的秦淮河,它的常态似乎只能是醉生梦死。以生存之道而言,偏安就是最大的安全,稳定才能够压倒一切。商女不知亡国恨,隔江犹唱后庭花,江南女人不仅红颜薄命,要繁荣文化振兴经济,而且是祸国殃民的祸水,要背堕落亡国的黑锅和恶名。

北极朝廷终不改,当汉族在中原地区称王的时候,以秦淮河为代表的江南,只能是华夏文明的一个副中心,负责收税纳贡搞活经济,往北方源源不断地输送黄金白银。除了经济的繁荣之外,北方不太能够容忍江南的过分强大。换句话说,江南可以拥有经济地位,但是不能拥有政治地位。当汉族在中原地区受挫,黄河流域遭到了异族入侵,随着北方士族的纷纷南逃,华夏文化的中心才会被动地移到江南。这时候,以秦淮河为代表的江南,就有可能一跃为汉文化的中心,成为了维护中华文明的最后堡垒。南京历史上最能引以为自豪的黄金时代,是六朝时期,为什么?因为恰恰是在这个时期,中原汉文化的基地转移到南京来了。

说到底,秦淮河边发生的故事,是了解中国大历史的最好教材。江南并不是天生软弱,秦淮河也不是自古堕落,它的各种毛病,从某种意义上来说,都还是失败的北方带来的。西晋东迁,北宋南渡,这不是江南的过错,账都不应该算在江南人头上。东迁和南渡带来了很多问题,桃花扇底看南朝,秦淮河上的灯红酒绿,从来就不仅仅属于江南。秦淮河只不过是宽宏大量地接受了中原王朝的失败,无可奈何地囤积了耻辱。多少年来,失败和耻辱的阴影始终笼罩着秦淮河,这里是出后主的地方,是亡国之都的代名词。秦淮河水源源不断,奔流不息,透着江南文化中的一缕缕重要气息,说不完的柔情和感伤,道不尽的颓败和绝望。1945年抗战胜利,一批国民党元老力主国民政府迁都北京,理由就是这里的亡国气息太重,太腐败太堕落,虽然是被先总理孙中山看中,可是它实在不适合作为一国之都的所在地。

  历史选择向来有它的合理性,事实上,在江南的大板块上,秦淮河的老大地位越来越不重要,早就是明日黄花。如今江南盟主是不可一世的大上海,在很多年轻的上海人眼里,以拥有秦淮河为荣的老南京,还能不能属于江南,都已经有些可疑了。

2007年2月8日,河西

天下文枢

上 篇

说到南京,不能不说秦淮河。说到秦淮河,不能不说夫子庙。

世界古城罗马不是一天建成的,夫子庙也不是一天建成。夫子庙慢慢地演变,终于成了今天这个模样。夫子庙慢慢地发展,像秦淮河一样缓缓流淌。夫子庙一直在变,今后还得变。

夫子庙的中心是一座文庙。

文庙并没什么了不起,在古代中国,只要是个城市,只要是个有读书人的地方,要拜孔子他老人家,就得有文庙。南京的文庙搬过好几次家,一会儿在城南,一会儿又到了城北。老文庙并不挨着这飘荡六朝金粉气的秦淮河,它应该是在今天的南京市政府大院里,你现在要是愿意去,还能多多少少看到一些遗迹。

对于今天的南京人来说,那是太古老的历史,那是太繁琐的考证,懒得去弄清楚。

总之一句话,文庙搬到了秦淮河边,在老百姓的心目中立刻变了味道。不再叫"文庙",也不叫"孔庙",大大咧咧地就叫夫子庙。

很严肃的称呼,到老百姓嘴里,立刻就世俗化了。

夫子庙门前有个大牌坊,那上面四个字是用来吓人的:

  天下文枢

既然是天下文枢,在显眼的地方,"德配天地"和"道冠古今"的牌坊横额便不能少。这题词,由号称封建社会完人的曾国藩来书写,最合适最般配。

别处,也有文庙,也会题"天下文枢"四个字,可是只有南京的夫子庙,才担当得起这样的大话。只有南京的夫子庙,才开得起这样的玩笑。

南京的夫子庙不仅仅以庙闻名。这里的繁华热闹,种种一切,都和科举分不开。换句话说,尊孔子为圣人是假,捞科举功名的稻草才是真。夫子庙的建筑布局,说白了就是借尊孔之名,行科举之实。这里一切的一切,都是跟着科举的感觉在走。在科举的指挥棒下,所有的建筑理念,都离不开学以致用的主旋律。

夫子庙的主建筑可以分为三组。

第一组是庙,祭孔子的庙,以及与庙相关的建筑设计。最抢眼的是大成殿,六楹五间,供奉大成至圣先师孔子之位,以及配享的颜回、曾参、孟子、孔汲四位亚圣。大成殿两侧是耳房,供奉着孔门七十二贤人。古时候的读书人,到这里都得三叩九拜,一个接着一个地行大礼。

穿过大成殿,有一个小门,通往后面的学宫。学宫已是三大建筑群中的第二组了,号称"东南第一学",原先是儒学的所在地。大约当年的读书人,祭完了孔老二以后,就到这后面来喘口气,歇歇脚,喝一杯茶。

此地洋溢着浓厚的书卷气,到处都是酸酸的。明德堂,尊经阁,青云楼,崇圣祠,可以授课,也可以听课,只要是个亭台楼阁,都有四书五经的味道。书斋的命名也一概文绉绉的,分别叫什么"志道"、"据德"、"依仁"、"游艺"。

不过千万不要误会,南京的夫子庙大名鼎鼎,是因为这里的孔庙有名,是因为这里的学宫天下第一。事实上,夫子庙的"庙",在大家心目中从来都不重要。夫子庙是科举制度的产物,是科举的样板,它的"庙"只是个幌子,它的学宫只是个摆设,无论是孔庙还是学宫,都只是收藏宝物的漂亮盒子,而作为科举考场的江南贡院,才是藏在宝盒里的灿烂明珠。

所以你来到夫子庙,可以不去拜谒孔庙,可以不去学宫品茶,但是对于江南贡院旧地,一定要去看上一眼。

江南贡院在夫子庙三大建筑群中,虽然排在最后一组,却是最值得光顾的地方。

江南贡院和北京的顺天贡院齐名,分别以"南闱"和"北闱"著称。"闱"字,和"贡院"一样,都是考场的别称。在中国古代社会,万般皆下品,唯有读书高。读书再高,科举不能出头,毕竟还是白搭。

十年寒窗苦,一举成名天下扬,读书人盼的就是能够冲过考场这一关。

江南贡院是决定考生生死的战场,是通往仕途的必经之路,是一条性命攸关的羊肠小道,是一条路走到黑的独木桥。

这里的一切都和科举考试紧密联系,一道道门坎,一道道关,道道门槛都是"鬼门关"。

好在吃了苦中苦,便会苦尽甘来,便会"天开文运"。在"明经取士"和"为国求贤"的招牌下面,闯过了鬼门关,便是"搏鹏",便是"振鹭",便是"起凤",便是"和鸾",便是金榜高悬,便是一跃"龙门"。

鲤鱼跳过了龙门,再往前走,是"明远楼"。

明远楼是江南贡院的最高处。"明远"一词,有些文化的来头,是从"慎终追远,明德归厚"中挑了两个字。楼建于明朝永乐年间,到了清道光年间又重新修建。当年的明远楼建在整个贡院的中心位置,方方正正,高高在上。高瞻则远瞩,负责监考的官员站在这里看风景,看正在做八股文的考生是否作弊,看正在执勤的衙役是否称职,看东边月亮缓缓升起,看西边落日慢慢坠下。

科举是一件天大的事情,"白天摇旗示警,夜间举灯求援"。在这里,真要出点什么事,那就是掉脑袋的罪名。那阵势,那场面,和金戈铁马的沙场相比,丝毫也不逊色。这里决定着读书人的生死,决定着读书人的未来。参加考试的学子必须毕其功于一役,必须决胜败于号舍。

考场的号舍密密麻麻,一排就是一百来间,一排一排又一排,一共是 20644 间。

就这么点点大的一个地方,就这么小小的一个空间。数以万计的考生学子,吃喝拉撒睡,都在这里面了。考期九天八夜,一场接着一场。初出茅庐的小秀才,白发苍苍的老贡生,上天堂入地狱,成功成仁,在此一搏。

下　篇

夫子庙的繁荣来源于科举,淫靡风气也来源于科举。

成也科举,败也科举。

在陈独秀的自传中,有一段十分生动的文字,记载了科举没落时的考试情景。时间是1897年,这一年,南京的秋老虎十分厉害,十八岁的陈独秀第一次参加乡试,号舍正好紧挨着厕所,臭气熏天,结果头脑发胀,根本静不下心来。他偶尔一抬头,看见一名徐州籍的考生,一条大辫子盘在头上,胖得像一篓子油,全身一丝不挂,脚踏一双破鞋,手捧试卷,高声朗诵,念到得意处,便大叫:

"好,好,今科必中,今科必中。"

从江南贡院中,走出过许多优秀人才。

江南贡院昂然走出去的状元,是一个惊人的数字。

毫无疑问,科举不失为一个很好而且卓有成效的用人选材制度,但是,随着封建社会的走向没落,科举也就不得不走到了尽头。

夫子庙是文化搭台,经济唱戏。夫子庙的文化是科举,经济便是吃喝玩乐。

夫子庙的主要建筑都是官样文章,是政府拿银子打造的,花的是国库的钱。文化搭台的建筑是官方的,经济唱戏的建筑是民间的。没有官方支持,民间便没戏可唱,没有民间合作,官方的台搭了也是白搭。夫子庙建筑群的最大特色,就是民间建筑和官方建筑有机结合,你中有我,我中有你,缺谁也不行。

夫子庙的故事就是《儒林外史》的故事,就是《桃花扇》的故事。很显然,没有科举制度,夫子庙的很多故事都无从说起。没有了科举,就没有那份热闹。没有了科举,就没有那份悲欢离合。科举决定了夫子庙的文化氛围,提高了夫子庙商业区域的文化含金量,对夫子庙的繁华起着推波助澜的作用。

不妨先从开始科举的那几天说起。随着三年一次的秋闱临近,桅杆上高悬"奉旨江南乡试"的帆船,一艘接着一艘开过来了。夫子庙的狂欢节拉开了序幕,考生来了,考官也来了,一大群蹭科举饭的人都跟着来了。夫子庙一带的旅馆生意立刻兴旺起来,有钱的少爷,没钱的穷秀才,都得找地方住下,都得有地方吃饭。有钱的住有钱的地方,没钱的住没钱的地方,各种档次的旅馆应运而生,老板们一个个笑歪了嘴,恨不得一年三次乡试,恨不得天天都是科举。

做生意的个个喜笑颜开,卖文房四宝的,卖古书的,卖字画的,卖杂货的,看相算命的,经营典当行的,经营成衣铺的,包括人口贩子和媒婆,都迫不及待地打起考生的主意。科举养活了一大批人,一大堆的配套服务产业,雨后春笋似的冒出来。

石板小街,店招迎风,科举使得夫子庙的商业气氛,像春天里的阳光一样暖洋洋的。

夫子庙,因为读书人的到来,终于成了商家的天下。

青砖小瓦马头墙,庙堂挂落花格窗,夫子庙附近的民居,在科举的指挥棒下,千姿百态地发生着变化。

乡试三年一次,许多考生早在一年前,已经在夫子庙周围住下来。还有更长期的,干脆就是这次秋闱落第,索性在秦淮河边上找个落脚的好地方,好好预习功课,准备三年后再考。三年考不上,再住三年,再考,再落第。

秦淮河边的读书人越多,商家的生意越好做。赖着不走的落第秀才越多,商家越高兴。一家挨一家的店铺老板非常高兴,妓家林立,比屋而居的妓院老鸨也非常高兴。

读书人住在秦淮河边,天长日久,便生出了一些风花雪月的故事。有才子,自然就有佳人。才子和佳人碰到一起,没有故事,也会生出一些故事。桃花扇底看前朝,夫子庙周围是李香君的故居,是柳如是和马湘兰的活动场所。夫子庙一带的妓院,是落第秀才们最好的去处,红粉佳人慰藉着他们失落的心,让他们意志消沉,让他们醉生梦死,让他们深陷在秦淮河边的灯红酒绿中不能自拔。

天下文枢的夫子庙被誉为"欲界之仙都,升平之乐国"。有了这样的荣誉头衔,夫子庙斯文扫地,文化品味大打折扣。科举完蛋了,科举这个大舞台已不复存在,夫子庙的繁华依旧。江南贡院没落了,与贡院一河之隔的"旧院",依然欣欣向荣,风光无限。

遥想当年,门卷珠帘,河泊画舫,秦淮河边到处都是玉软香温的旖旎风光。站在文德桥上,人约黄昏后,但见两岸河房灯火通明,粉白黛绿者出入其间,征歌选色,通宵达旦。远远的一条画舫驶了过来,雕栏画槛,绮窗丝障,美不胜收。风吹过,一阵阵的酒肉香,一阵阵的莺歌燕舞。

说到纸醉金迷的夫子庙,说到秦淮河,自然就有"商女不知亡国恨"的联想,自然就有"隔江犹唱后庭花"的惆怅。

但是,说到夫子庙的建筑,周围的民居绝对不能忽视。夫子庙的民居,是整体建筑中一个重要组成部分,是江南文化中一份宝贵的遗产。夫子庙的民间建筑,除了大大小小的店铺,最具秦淮特色的便是河房和画舫。

河房和画舫是夫子庙最有活力的象征,是追随着秦淮河缓缓流淌的一道风景线。

河房和画舫因为科举而产生,因为科举而发展和壮大,却没有与科举一起灭亡。

正是因为有了河房,有了画舫,科举被废除了,夫子庙依然生气勃勃,经久不衰。

古往今来,夫子庙屡遭破坏,屡毁屡建。

夫子庙的不断重建,反映了南京人的一种不屈不挠。

毕竟这地方是南京历史的最好见证。

毕竟品味夫子庙,意味着你在品味南京的过去,意味着你已把握住了历史的脉搏,意味着你正在重温昔日的繁华。

2003年8月3日,河西

骑毛驴郊游

1907年秋天，有一名四品京官到南京来，当时两江总督端方隆重款待。两江总督是清政府的封疆大吏，按说完全有理由不把一个四品官放在眼里。然而京官是天子脚下的人，地方官必须好生侍候。这京官是个有玩心的人，来了南京，突然想到要去看明孝陵，这边于是立刻屁颠颠地安排，总督大人亲自陪同，骑着高头大马，一路溜达过去，还拍了照片留念。

我见过许多游览东郊风景区的历史照片，有趣的是，和官员出访骑马不一样，照片上的主人大都是骑着毛驴，有带着瓜皮帽的中国人，也有戴着瓜皮帽的外国人。当然是洋人居多，因为最初只有洋人才有照相机。有的外国人个子太大，骑在小毛驴上显得十分滑稽，照片上的中国人十有八九是导游，有时候，还能看到驴子的主人呆呆地站在一边，是不小心被摄入镜头的。骑毛驴郊游一直延续到什么时候，现在已说不清楚，反正二十世纪三十年代肯定还有，张恨水的文章中常常提到。

把旅游和文化相提并论，是这几年的事情，过去人不讲什么文化，要玩就是玩，闲情逸致，玩了也就玩了。不像今天，好端端的一件事，一穿上文化的外衣，反而变得俗不可耐。想想当时的乡民也淳朴，养几头毛驴，守株待兔，有游客来，好歹赚几个小钱也就心满意足。不像今天动不动搞开发，投资多少多少，然后一定要凶神恶煞地加倍赚回来。赚钱也就算了，最可怕的是为赚钱，把原来好端端的风景破坏了，这样的例子很多，用不着我来说。

《儒林外史》中的南京人，要玩通常去南郊，原因很简单，小说虽然是清朝人写的，背景却是明朝。东郊因为有明太祖的寝陵，是禁地，擅自闯进去属于杀头之罪，老百姓不会没事找不自在。明灭亡后，清政府对明陵的态度很暧昧，从历史老照片看，清末的东郊已十分破败，有身份的人，通常不太敢去谒明陵，否则一个刁状告上去，说你心存汉室，弄不好就会掉乌纱帽。只有仁人志士，譬如顾炎武，才会去吊明陵以表明对清朝的不满。孙中山当选临时大总统，很隆重的一件事，就是跑到东郊去祭明太祖陵。

鲁迅在南京读书期间，喜欢跑到明故宫遗址去骑马。他当时是愤怒青年，没有心情骑毛驴郊游。当时的小营附近驻扎着清兵，看见学生并不友好，不仅要骂，而且会投石子。据说鲁迅一点都不害怕，很大胆地挑逗清兵，甚至要和清兵比骑马。鲁迅最初读的是江南水师学堂，用今天的话说，那就是海军学院，这所学校毕业的高材生，有很多人后来都成为海军中的栋梁。附带说一句，当年南京的郊外，并不是出城门才算，南京城太大，居民区之外，有着太多的菜地、荒地，像明故宫就在中山门内，当时却荒芜得很。

2000 年 8 月 25 日，河西

鲁迅走过的路

章品镇先生曾说过,他要写一篇文章,谈当年鲁迅在南京读书时走过的路。这应该是一篇很有趣的文章,希望他能很快地写出来,以飨读者。很显然,考证鲁迅当年在南京的事迹并不容易,从已见到的文字看,鲁迅对这座城市,对自己所读的新式学堂,没有什么好印象。但是,文字的东西不能完全相信,鲁迅流露出的不满,其实也是对当时社会的不满。他后来让弟弟周作人步自己的后尘,也来南京读书,从这点看,起码认为是条出路。

倒是在周作人的文字中,可以读到许多当时的记载。在1901年,从浙江来南京,第一步是去上海,然后坐船,沿长江逆行,从吴淞口开始,经过一天半的颠簸,到达下关码头。沪宁铁路1908年才竣工,周氏兄弟来南京,只能慢悠悠地坐船。在当时,这已经是高速度,因为是进口的大洋轮。

鲁迅在南京待了四年,周作人待了五年,恰巧是人生中最关键的青年时代。他们都是在南京毕业以后,成绩优秀,被保送出国留学。附带说一句,巴金先生也是在南京读的中学。鲁迅在江南水师学堂的时间并不长,他被分在了管轮班,想想以后老是待在船肚子里,连个上甲板的机会都没有,就改读了矿务铁路学堂。周作人比鲁迅老实,实实在在地读了五年水师管轮班,到了日本以后才转向。周氏兄弟都没有学什么干什么,按说国家花了那么大的力量栽培他们,免费在国内读书,临了还送出国深造,应该努力报效培养他们的清政府才是,然而事实却证明不是这样。

南京最初的新式学堂大都在城北,这是因为当时那里比较荒凉。在今天,说到鼓楼,便有市中心的意思,在二十世纪初,这里已是人迹罕至的北郊。周作人的文章中,老是提到读书时,如何进城玩。由于学校在今天的挹江门一带,学生必须步行到鼓楼,才能雇到人力车,然后兴冲冲地去夫子庙,吃茶,吃小吃,听小曲,反正是痛痛快快地消磨大半日,才往回走,走到北门桥,买点油鸡或者盐水鸭,再叫辆车回学校。那时的车夫不在乎城北荒凉,没有回头客也无所谓,只要有一笔生意做就行。

周作人走过的路线,其实就是鲁迅走过的路。那时候的学生,新生喜欢穿操衣,也就是今天的校服,多少"有点夸示的意思",老生却恰恰相反,要出门,一定是长衫,因为校服暴露了身份,会有种种不方便之处,特别是去夫子庙这样的花花世界。学生代表着未来,年轻人意味着希望,如果认为年轻人都胸怀大志,就大错特错,事实上,真正有出息的学生,更多的时候都是占少数。周氏兄弟后来有些成就,与当时对很多事情看不惯有关,他们是愤怒的青年,从来都不随波逐流。

2000 年 8 月 27 日,河西

朱偰先生

1932年夏季，朱自清先生在英国当了一年访问学者后，坐船回国。归途遥远，好在无聊中可以一路玩，譬如在法国和德国各转一圈，然后去威尼斯，去埃及，去孟买，去新加坡。那年头的海轮也时髦旅游项目，凡路过景点，只要值得一看，便会做合理安排。正是在此次归国途中，朱自清结识了刚获得博士头衔的朱偰先生，两人都喜欢旧体诗，于是以美丽的威尼斯为题，共赋长诗，一时传为佳谈。朱偰先生年仅二十五，旧诗造诣十分了得，少年气盛，朱自清谈起这次合作时说："朱得句敏于我，诗成，皆出彼手。"

朱偰回国后，立刻成为中央大学经济系的教授，这很让人眼红，因为教授的薪水高。钱多，日子自然过得潇洒，不难想象当时的情景，洋博士名教授，年轻有为，而且是最热门的经济系，要多气派有多气派。抗战爆发前的那段时间，是南京市政建设的黄金年代，整个城市成了一个大工地，推土机横冲直撞，是地方就大兴土木。随着新南京的日新月异，文物古迹的破坏毁灭也越演越烈，在建设"新首都"的旗帜下，很多人都不把这种破坏毁灭当回事，不破不立，旧的不去，新的不来。

朱偰虽然是留洋的新派人物，又是学经济出身，骨子里却还有点陈旧，除了喜欢写旧体诗，对南京历史遗迹遭遇的野蛮毁坏，心痛不已哭喊无门。有些事情是阻挡不住的,考虑到后人很可能再也见不到这些遗迹,朱偰只好背着一架德国的照相机,到处乱跑,一一实地考察,拍照留念。在短短的三年时间里共拍摄了两千多张照片,今天我们所能见到的老南京照片,有许多都是从这些照片中选出来的。

现在知道朱偰先生的人已经很少,随着老照片升温,人们也许会对某些图片感到惊奇,发出感叹,一般不会去想这些照片由谁拍摄,如何拍摄。通常这都是洋人的专利,好像只有外国人才喜欢管闲事,才明白文物古迹保留的意义。老派的中国人里,有意识地为某个城市拍这么多照片,在我的印象中,朱先生好像是第一个。有关他的文字记载相当少,印象中,朱先生一直在南京当教授,当过系主任,所学的经济似乎没派上什么大用场。自从抗战开始,经济建设在相当长的历史时期,根本没有用武之地。

朱偰是浙江海盐人,他为南京拍摄的照片,曾编成书出版,其中最有名的一本,是《金陵古迹名胜影集》,民国二十五年出版,也就是抗战爆发的前一年,共选了317张照片,配有中英文说明。附带说一句,这些照片构图都很不错,颇有些古诗中的意境,丝毫不比专门的摄影师逊色。

2000年12月18日,河西

怀念老虎桥监狱

有教无类，人有机会去监狱看看，不是什么坏事。记得在圣彼得堡的某地方参观，有一间关过高尔基的牢房，就有着非常高的知名度，游客经过，必定要去看一眼，瞻仰和朝拜一番。

不由得想起南京的老虎桥监狱。几年前，报纸上发了一条消息，说老虎桥监狱拆了，拆了就拆了，等到大伙知道，已经是一片废墟。你觉得可惜，可惜也就是可惜了，这年头，可惜的事情太多，千年古墓说挖就挖，说毁就毁，老虎桥监狱不过九十多年历史，实在没什么大不了。往白里说，这地方也就是关关犯人，文物的招牌不能随便挂它脖子上。

老虎桥监狱关过很多历史名人。从这个意义上来说，把它留着教育后人，没有什么坏处。女儿的大学搞社会活动，参观新式监狱，回来感慨颇多，立马有些深沉。如今的大学生，一个个还是小孩，采访的是位正在服刑的局级干部，罪行不外乎贪污腐败，但是听他谈话的口气，仍然像做报告。我因此更加坚定应该去监狱看看的想法，监狱这玩意，不仅可以改造犯人，也可以或多或少地改变我们。

老虎桥监狱是晚清的产物，一度被称为江南模范监狱。有文章说它是中国近代最早的监狱，是清政府接受西方司法理念、逐步推行狱制改革的产物。后来，它又是国民政府司法行政部直辖的"首都监狱"。

说到南京,最奢侈的就是历史文化,随你挑个玩意,说起来都是历史都是文化。老虎桥关过各式各样的名人,关过无数的革命党和共产党。譬如共产党的第一任总书记陈独秀,文化大革命中学政治,说起路线斗争,中学生没有不知道陈独秀的,可他究竟是怎么回事,不要说学生,就连教政治的老师,也是稀里糊涂。1937年日本人轰炸南京,老虎桥监狱是目标之一,陈独秀被埋在了废墟里,差点把命送掉。

周作人因为汉奸罪,曾关在这里服刑。最初判十四年,他觉得太长,等刑期满,一把老骨头差不多也朽了。后来减刑到十年,共产党百万雄师要过江,代总统李宗仁便签字将他放了。周作人的文章很让人喜欢,偏偏气量不怎么样。当汉奸是铁板钉钉,却为了自己坐牢,痛恨国民政府,称蒋介石为蒋二秃子。我见到这样的文字,就忍不住要笑。我们小时候看电影,见了蒋介石都只叫他蒋光头,现在想想,倒真是蒋二秃子更传神。

我不赞成把老虎桥监狱拆毁。南京的历史足迹很多,再多,毕竟拆一处少一处。假设它还在,女儿学校的社会活动,追古抚今,反腐倡廉,就可以在那里进行。有人说,监狱不适合在市中心,可是在香港的最繁华地段,就有一大片坟地,别忘了,坟地也是一种历史。

2005年9月1日,河西

春节轶事

1933年1月26日,刚下了一场雪,一位官场上混得不错的雅人隔着玻璃窗,欣赏外面的景色,突然有位做学问的朋友推门进来,说今天出鬼了,外面的店铺全不开业,想买包烟都不行。这做官的烟瘾也不小,口袋里一包美丽牌香烟已到了最后关头,顿时有些紧张,他首先想到民众的觉悟,说会不会因为山海关失陷,南京市民自发休业一天,纪念国难。做学问的朋友说绝不可能,如果这样,街上必有人游行,贴标语,散传单,要多热闹有多热闹。

于是两人一同上街买烟,从大行宫走到杨公井,是门面就打烊,到处冷冷清清。一家酒馆门口赫然贴着告示,"修理锅炉,休业三天"。类似的告示随处可见,"整理内部,休业三天","清理账目,休业五天",好像是统一的口径。这两人没想到买包烟会成为大问题,远远看见一名警察,用警棍正敲打店铺紧锁的大门,便打算过去问个究竟。开口之前先看热闹,那警察敲门已有一会儿,里面的人越是不理,他越是恼火,越是不达目的誓不罢休。终于有人开了门出来,一副怒气冲冲的样子。警察问为什么今天不营业,那人说我自己开的店,想盘点,关你鸟事。警察说,平时可以,今天就不可以。那人怒不可遏,说别仗着你是警察,老子才不在乎你呢,快给我滚,要不然什么难听的话,都能骂出来。警察一向欺软怕硬，见到这种刁民也无可奈何，扭头要走。这时候，对门出来一群小孩，点着了一个爆竹，朝警察扔过来，警察吓了一跳，回头便要捉那些小孩，嘴里还在嚷嚷：

"老子马上把你逮派出所去，说好不许过年，你们他妈的竟然还过。"

在一旁看热闹的两个人恍然大悟，他们竟然把日子给过忘记了，原来今天正月初一。这故事不是小说中的虚构，是当时很有影响的杂志《论语》上的纪实报道。国民政府定都南京，提倡新文化运动，用行政命令的手段废除旧历，不让过春节。到这一天，机关里不公开放假，所有店面必须照常营业。好在上面有政策，下面就有对策，千年形成的顽固传统，不是一纸红头文件立刻能取消的，春节不让明目张胆过，便悄悄过，关起门来过。

提倡新文化运动的那些年头，不过春节，过元旦。南京作为中华民国的首都，元旦很隆重。首先要谒陵，向先总理表示敬意。然后去中央党部，再赶国民政府礼堂，听要人说冠冕堂皇的话。有点头衔的人奔来赶去，忙得不成样子。最有趣的是1934年，南京特别市政府决议，公务人员月薪在八十元以上者，须添制京缎漳绒或建绒马褂一件，结果春节那天，机关大院里全是崭新的马褂，大家这身打扮见面，老派鞠躬作揖不合适，按新派时髦方式与人握手，又实在太滑稽。

2000年12月17日，河西

遥望卢沟桥

对于1937年的南京人来说，发生在华北的卢沟桥事变，有些说不清道不白。那年头没有电视直播，消息来得很慢，所有新闻都是隔夜的。漫长的夏天已经开始了，在没有空调的日子里，老百姓对付酷热的办法，就是睡到大街上去。夜晚降临了，人们在门口洒上一些水，将门板卸下来，架在长凳子上当作纳凉的床。蚊子在空中飞扬，手中蒲扇不停地拍打，报纸上的小道消息不胫而飞，到处流传。

为了写《一九三七年的爱情》，我曾泡在档案馆里翻阅过当年的旧报。纸张已经很破旧了，过去的灰尘让人窒息。不管怎么说，读旧书看旧报，不失为一种触摸历史的好办法。要说1937年是民国的盛世，丝毫不算夸张。年初西安事变的和平解决，把蒋介石的地位，抬到了前所未有的高度。报纸上常常出现"领袖"这个词，作为民国的首都，南京的报纸上有很多无聊的东西。某某要人抵京离京，小恙病足甚至割疝气，都会成为花边新闻。

7月7日这天到来以前，完全看不出有什么战争的迹象。六年前的"九一八"事变，极大地伤害了国人的自尊心，从此以后，抗日激情始终高涨。但是，国民政府出于外交上的考虑，在媒体上，和抗日有关的话题，或多或少有所限制。南京的老百姓似乎已习惯了抗日高调，他们习惯了骂几声小日本，然后沉浸在琐碎的世俗生活中，醉生梦死。在7月7日的一张报纸上，用大半版的广告，为一种叫"生殖素"的药物作宣传，其声势远远地超过今日对"伟哥"的炒作。

同样是在7月7日的报纸上，"卫生常识"的系列讲座预告正在进行，英国医学博士吴国泰要为大家演讲"衰弱丈夫的急救法"，德国医学博士张君宝的题目是"手淫与遗精的弊害"，美国医学博士姚崇培大谈"发育不全的科学挽救"。还有很长的"少女的一封信"，内容是"怎样做一个健美的女性"。副刊里有一篇文章的标题，竟然是"夏季里的诗的肉感气息"。

7月8日的报纸仅仅是标题，就足以吸引眼球。大字标题是"秦淮河上的夏季风光"，小标题则是"画舫灯彩辉煌，歌声与笑语齐飞"，更有一行注解让人哭笑不得，"她像一个风流寡妇会使你沉醉"。当时蒋委员长的新生活运动已经提倡了好几年，可是夫子庙的繁荣娼盛，到了令人发指的地步。就在第五版上，有一篇报道说，"市府路一带，有私娼集团拉客举动"，而这篇报道的题目就是"集团拉客"。

直到7月9日，卢沟桥事变才见诸南京的报端，标题触目惊心，更有些轻描淡写：

日军前晚在卢沟桥演习突向我驻军轰击！

2005年9月4日，河西

金风萧瑟走千官

聂绀弩的一篇散文中,说到一件趣事。抗战前一年,他们去某省的一个偏僻乡下,老乡听说是从南京来的,立刻就问:"你们是官吧?"绀弩他们回答:"不是,我们是做小生意的。"老乡很吃惊,说:"什么,南京也有做小生意的?人家说那里全是官!"

真是一段很精彩的对话,寥寥数语,当年老百姓心目中的民国首都,全活脱活现地表现出来了。在中国的大历史上,说起南京,大多数情况下,都是惨兮兮的。这里产生了太多的亡国皇帝,有点名气的后主,差不多都出在这儿。问君能有几多愁,恰似一江春水向东流。偏偏是上个世纪的二三十年代,南京突然成了中华民国的首都,成了一个巨大的官场,繁荣得让人不敢相信。

这时期的南京,作为首善之地,并不适合文化人。那年头,大多数文化人,都生活在离南京不远的上海。在南京更容易获得机会的是仕途,进京求官,已成为一种广泛的现象。绀弩先生以自己的亲眼所见,说明当时为文和为官,有着两种截然不同的结果。五年前,他与一名相识的年轻人,一起到南京来打拼,大家都是刚离开学校,都想做些不同寻常的事情,都想把自己的生活改造得好一些。这所谓好一些,无非是有稳定的收入,有漂亮的太太,而最高境界,当然是能有自己的房子自己的车。

绀弩认识的这位年轻人,是学法学的,开始的时候脾气有些倔,像医生一样有双挑剔的眼睛,看社会上的种种现象,都有些不合乎卫生。后来不再书呆子气了,索性进一家机关谋事,当公务员,按部就班,人云亦云,不久就混到了司长。万般皆下品,唯有读书高,读书的最佳结果,莫过于学而优则仕。这人呢,一坐到司长的位置上,飘飘乎如遗世独立,前途立刻飞黄腾达,羽化而登仙。稳定的收入漂亮的太太,有了,自己的房子自己的车,也有了,反正该有的,都有了,不该有的,也有了。

今日颐和路一带的民国官邸,都是在那特定期间,雨后春笋一般地冒出来的。金风萧瑟走千官,这是鲁迅的诗句,矛头所指,直接针对了当时的南京政府。绀弩把抗战初期的首都沦陷,归结为国民党政府的腐败,这似乎有些文人之见,难免是吃不到葡萄嫌酸。南京的沦陷,确实与国民党统治失误有关,但是也从另一个侧面,说明了南京的昔日繁华和热闹。鲁迅对官场总是不无讽刺,这是文化人的毛病,是一种做不到官的人的普遍心态,其实鲁迅自己就当过官,官虽不大,好处却是显而易见。

干什么都不如当官,这不仅仅是民国的一个现实。

2005 年 9 月 5 日,河西

南京民谣

小时候看电影,见到的蒋委员长,不是凶相,就是丑态。凶相是喜欢骂娘希匹,丑态是屡屡被老对手共产党戏弄。后来书读多了,又添了一些滑稽,譬如他动不动就要下野。

南京自从成了民国的首都,市民隔一段日子,就能看到国民党要员下野的闹剧。如果说当年的国民党政府,还能多少见到一点民主,长官大人三天两头玩下野,应该算一个。那年头报纸上最热闹的,是发条激昂的通电,慷慨陈词,遍布全国。照例很有文采,锦心绣口骈四骊六,上台通电,下台也通电。以进为退最好的招数,就是堂而皇之地称病,"展堂同志血压高,精卫先生糖尿病",这些个事,都是托辞和借口,都能成为老百姓闲聊时的极好话题。

蒋委员长的下野最有戏剧性,因为官做得大,已到权力的最高峰,动一动就会轰然地震,震惊朝野。1927年定都南京,屁股还没有坐热,蒋便含恨下了野。好在这次引退有个美好的结局,这就是娶到了才貌双全的宋美龄。他的每次下野时间都不长,过去形容写散文有个俗语,叫作形散神不散,蒋的引咎辞职,基本上就是这个路子,组织上是下了,思想上却还没有下,过不了多久,就跟玩儿似的还乡团复辟,胡汉三又杀了回来。一去一回,一下一上,以前的种种矛盾,仍然没有解决,不但没解决,有时甚至更趋严重。

1931年的"九一八"事变,是南京政府遭遇到的最大难题。这边民国的盛世刚刚开始,那边渔阳鼙鼓动地来了,害得蒋委员长进也不是,退也不是,眼睁睁丢了东三省。张学良逝世,他的口述自传已经解密,据说并没有密令不许抵抗这回事,但是以蒋为首的中央政权失了地,丧权辱国,成为众矢之的,还是在所难免。"九一八"引起了满朝文武大员的一片嚷嚷,结果便是恶狠狠地吵起架来。当时可真是够乱的,你骂我来我骂他,四届一中全会成了吵架大会,会场按理应该是个斯文的场所,放屁放屁放狗屁这样的话,也冒了出来。"文的笑道岳飞假,武的却云秦桧奸",蒋委员长当时以岳武穆自居,他自己觉得是,别人看着怎么都不像。当不了岳飞,蒋便让手下骂汪精卫也是汉奸,汪的亲日形象早就众所周知,骂他是秦桧也没什么错。

蒋委员长被骂得鼻青脸肿,于是又玩了一回下野,向全国人民谢罪。他的下野,当然是假的,还是老一套,军政大权仍然遥控,过不了多久,便又再次皇袍加身,重新登上权力宝座。南京的老百姓一向喜欢看热闹,这一次大开眼界。目睹这场闹剧,鲁迅写了一首题为《南京民谣》的五言诗,直讽其事:

大家去谒陵,强盗装正经,静默十分钟,各自想拳经。

2005年9月14日,河西

全运会的花絮

好几年前,我突然被拉去出谋划策,为了申办全运会。以往的全运会,只在三个城市轮流坐庄,分别是北京、上海和广州。老规矩必须改,其他城市均有意见。于是六朝古城终于有机会,那时候最有力的竞争对手,是薄熙来当市长的大连。说老实话,大家都觉得大连更有戏,因为人家有一句很牛的口号,"我们已经准备好了"。正是足球最火爆的年头,万达队如日中天,大连的体育场馆在国内绝对一流。看硬件看软件,别人都比不了,可南京临了还是虎口拔牙,活生生将申办权夺了过来。

运动会给城市建设带来的巨变不言而喻。对一个城市来说,全运会不仅仅是一些比赛。不由得想到1933年南京的第五届全运会,这是不是历史上的唯一一次,我说不准,说它最有意义,却毫无疑问。这次运动会想做成功两件事,一是表达全国人民的抗战决心。东北已沦亡了,可是还"有东三省的选手在,有热河的选手在,有哈尔滨的选手在",正如汪精卫的演说,"诸位选手的使命,不在锦标,而在振起全民族的精神"。有一句话为老百姓所津津乐道,"我们要使中国,由一个绵羊,变成一只老虎"。

这次全运会的另一目的,是展示首都南京发生的巨大变化。1927

年国民政府定都南京，这个城市开始翻天覆地。变化是巨大的，史无前例。谁也没有想到，世界范围内的经济危机，偏偏给中国的经济增长送来了好机会。原材料从来也没有这么便宜过，西方第一流的城市设计师，花很低廉的价格，就足以让他们乖乖地为我们打工。南京转眼之间，成了一个最美丽的都市，它的突变甚至让一向轻视中国的西方人目瞪口呆。在外国记者的笔下，南京已经可以和世界上许多著名的都市媲美。

我见到过一些老照片，穿军服的军人和穿长衫的市民在排队购票，票价是三角一张。以当时的物价，不便宜。会期十天，两千余名男女选手，将近二十万观众，在1933年10月，已很热烈很隆重。此次运动会，最露脸的是一男一女，男的是短跑健将刘长春，女的是美人鱼杨秀琼，都是拿冠军创纪录。刘长春的百米成绩是十秒九，在当年算是不错了，他是东北人，能来比赛就不同寻常。他又是代表中国参加奥运会的第一人，也是唯一的一个人，因为我国的体育水平实在太低，其他项目不够资格。

杨秀琼大出风头，她的游泳成绩，在今天自然不值一提。或许长相符合当时的美女标准，比赛之外话题不断。追求的男人多，段子也多，可惜最终还是红颜薄命的老套，成了某军阀的小老婆，据说颇有一些辛酸。

2005年9月17日

昔日的篮球热

朋友们一起聊天，不约而同说起篮球。或许姚明去 NBA 的缘故，国内球迷的兴趣，正悄悄地从足球转向篮球。回忆过去，二十世纪八十年代女排称霸，开始了前所未有的排球热，那时候上体育课，班上的男男女女，几乎全部选择排球。这以后，有了世界杯欧洲杯冠军杯，有了意甲德甲英超，逢精彩比赛必定实况转播，大家又成足球迷，每人能报出一堆自己喜欢的球星。这些年，球迷对中国足球失望透顶，开始集体厌倦，都叛逃到 NBA 的阵营去了。

说起南京人喜欢篮球，可以追溯到抗战前。当时南京有两支很厉害的球队，一是中央军校队，一是国立体专队。《金陵野史》上有篇文章专门介绍过，将他们称为"篮球两霸"。两霸之间的比赛，曾是南京球迷的大事。高手对决，每年也就一两次，在老百姓心目中，这种德比大战充满悬念。地点不是在通济门外的省立公共体育场，就是在黄浦路的励志社。那时候的决赛票两角钱一张，一旦开赛，看台一定挤满，"万头攒动，盛况空前"。

中央军校的篮球队，容易让人想起后来称霸篮坛多年的八一队。军队养球队，养文艺团体，显然已有历史。据说当年开战时，体专的校长张之江，军校的教务长张治中，都要亲临督阵，以示隆重。体专有同学自己组成拉拉队，呐喊助威，很是热闹。相比之下，中央军校队更受南京市民的爱戴，队员白背心白裤，清一色的光头。军校的中锋叫王玉增，绰号"大姑娘"，身长玉立，打起球来，"静如处女，动如脱兔"，他受欢迎的程度，差不多就要赶上乔丹了。

1937年的南京人，充分享受着民国的盛世。这一年，国立体专队输给了中央军校队，正摩拳擦掌，希望夺回冠军宝座。中央军校队一时间成了国内的梦之队，远征上海，击败了由美国侨民组织的"海贼"队。据说这支球队赫赫有名，执上海篮球之牛耳已经多年。七七卢沟桥事变后的半个月里，谈论北方战事和篮球，是南京市民的主要话题。那时候的菲律宾篮球队很厉害，来华挑战，大有打遍天下无敌手的气概。南京因此组成了京联队仓促应战，各有输赢，比分都是四十几比三十几，是谁先输后赢，我已经记不清了，只记得报纸上宣布，拟组成京沪联队，到上海去招募高人加入，然后远征菲律宾。说好要赛九场，8月初去，9月初回。

这九场比赛的结果如何，大家似乎都不关心。此时抗战已全面爆发，教科书上的日期，从7月7日开始，对于南京的老百姓，却要拖延到8月13日，或者8月15日。淞沪激战两天以后，日本人的轰炸机开始光顾南京。

2005年9月19日

作为见证的广告

八一三淞沪抗战的第三天，十六架日本人的轰炸机，开始轰炸南京。在8月19日的报纸上，我看到一条消息，用大字刊登，不由觉得暗暗好笑。"蒋委员长严令申儆"，"禁止非防空人员枪击敌机"。电影《巴顿将军》中，很经典的一场戏，是敌机前来袭击，别人吓得钻到了桌子底下，唯有巴顿拔出手枪，冲到大街上，向俯冲过来的敌机射击。在1937年的南京，竟然也会有这种完全艺术化的镜头。

我已经说过，中日全面开战，对于南京人来说，应该是在"八一三"以后。在这之前，大家并没有想到形势会变得那么严重，更没有想到，几个月以后，日本军队就要打到南京来，制造了震惊中外的南京大屠杀。那时候，多米诺骨牌已经排山倒海一般开始过来了，可是这里面还有一个时间差。

一家名为"瘦西湖食堂"的馆子开业一周年，举行大优惠活动。广告上是这么写的，"在本食堂周年纪念期内，特备（五元纪念席）以酬各界惠顾雅意，日期自七月十五日至七月二十日止，共计五天，每席五元，每天十桌，售完为度，恕不外送"。我感兴趣的是登出来的菜单，四冷盘四热炒五大件，三竺鱼翅、锅烧鸡、清蒸白鱼、瓤冬瓜、元闷子鸡，点心一道，外加瘦西湖锅面。

号称京粤港十大酒家之"首都大三元",也在广告上登出自己的菜价,"著名红烧鲍翅二元五角","原盅陈皮鸭掌八角","正式黄浦炒蛋三角"。

首都大戏院《看王先生去》的广告,显得很不正经。"这边无敌大减价老派滑稽,那边流血大牺牲新式噱头",更有一行小注,"噱天噱地全部幽默滑稽巨片"。

报丧的广告,"敬启者,首都军训会专任委员董觉悟先生于本月十五日晨巳时疾终于中央医院,经移厝于莫愁路仁孝殡仪馆,择于本月十六日正午十二时大殓,另行择期开吊,谨此讣闻",落款是"董委员觉悟先生治丧委员会谨启"。

8月31日,在报纸的头版上,登了一条结婚广告,很有意味。

梁章棣、张文卿结婚启事:我俩已于民国二十六年八月三十日在南京中正路三三四号举行结婚,时值国难时期,一切从简,所有亲朋诸希谅宥。

给我留下深刻印象的是,整整一版,就这么一条广告,其他已全是战况报道。这时候,平津已经失陷,上海抗战正如火如荼,中国军队正以巨大的牺牲,对抗着武器精良的日本军队。也就是在这一天,国民政府明令征集国民兵,我至今都不明白什么叫国民兵,反正是战时总动员之类。仗越打越大,报纸上的火药味越来越浓,广告也就越来越少。

2005年9月20日,河西

五万条毛巾运动

1937年,是南京历史上最值得谈论的一年。在年初《申报》上,蓝萍主演的话剧广告很是醒目,明确无误地告诉观众,这部戏是反映"性的苦闷,肉的烦恼,心的寂寞,灵的追求","描写少妇思春,如火如荼;刻划专制暴虐,可歌可泣"。这一年的发展方向,在一开始并不明朗,一方面,它是民国的盛世,大家享受着世俗生活,醉生梦死,另一方面,战争的机器正悄悄开进,中日双方的敌对已经不可调和。

在2月2日的《申报》上,一位埃及预言家预测世界政情,认定"一九三八年大战将爆发"。媒体评论这个预测,不屑多说,只轻描淡写地说了一句:"是否准确,尚待事实证明。"

4月初召开了中央第四十次常委会,就"蒋委员中正电请再给假两月,以资调养案"做出决议:"蒋同志久膺国重,备极忧勤,所请再给病假两月,并以王同志宠惠代理行政院长职务,自应照准,尚望为国摄卫,早复康健。"蒋因此返回老家溪口休养,不过这休养也是打了折扣,因为"应酬频繁,有害健康","医生等劝告务必绝对节劳"。

蒋委员长称病,汪精卫也跟着说自己不舒服。6月里,报纸上有了这样的消息:"汪精卫病已痊疴,脉搏仍有间歇。"一时间,称病做秀成了风气,仿佛只有如此,才能说明自己辛劳,才能鞠躬尽瘁。直到卢沟桥事变爆发,党国要员们才一个个打起了精神。7月15日,报载"于右任患腹泻,精神尚佳,稍留及返京"。在同一版上,又有以"阎锡山已恢复办公"为题的"太原十四日电","阎锡山病已渐恢复健康,兹以世局日趋紧张,已开始批阅公文,擘划一切"。

不识庐山真面目,只缘身在此山中。七七事变,不仅南京的老百姓不太相信仗是真打起来了,就连党国的要员,也有点稀里糊涂。7月29日,报纸上发了这么一条消息:"自卢沟桥事件发生以来,局势一张一弛,后以和平空气笼罩,各地劳军运动之热烈情绪,顿形减低,以至南京几个中学生所发起之五万条毛巾运动,仅收到四十九条,离指定数目相差甚远,现在甚望全市同胞踊跃捐送毛巾,交《新民报》社会版收,以便转送前方将士应用。"

就在上述消息发表的前一天,日军猛攻北平,二十九军佟麟阁、赵登禹率部顽强抵抗,不幸阵亡。而发表消息的同一天,北平沦陷,再过一天,天津沦陷。到第三天,1937年的7月31日,蒋介石发表《告抗战全军将士书》,宣布"和平既然绝望,只有抗战到底"。

2005年9月21日,河西

征婚救难

卢沟桥事变的直接后果,是北平和天津的沦陷,这是国人绝对不能接受的现实。"九一八"以后,中国抗日情绪一直都很激昂,大家想不到东北还没有收复,华北也完了。此时不全面奋起抗日,不跟日寇拼个你死我活,更待何时。

蒋委员长宣称的最后关头,显然已经到了。"战端一开,那就地无分南北,人无分老幼,无论何人皆有守土抗战之责任。"汪精卫也就最后关头发表演说,他一贯能说会道,说出来的话,照例都有很好的煽动性。他解释最后关头的意义,是"未至的时候要忍耐,已至的时候要牺牲,必使人地俱成灰烬,不留一个傀儡种子"!

于是8月的南京城,抗日热情高涨。演艺工作者上演了大型话剧《卢沟桥》,此时离事变发生,刚过一个月。这是一次文艺界精英的合作,写剧本的主笔是田汉,演员都是名角。中央大员云集,一个个都从避暑胜地庐山飞了回来,各地的封疆大吏也纷纷赴京共商国是。在要员中,最有感慨的是白崇禧,从广西飞过来,一下飞机就在城里转了一圈,然后对记者说,他感受最深的,是首都这些年的巨大变化,真可以说是日新月异。共产党的代表朱德和周恩来也到了南京,共同抗日的大是大非,终于让国共这一对老冤家,又一次携起手来。

南京的基督教徒，发起了"为国祈祷会"，分五处轮流举行。娱乐场所开始在票价上做文章，增收"附加慰劳金"。暑假中留在南京的学生，纷纷上街募款，"乞丐，车夫，女佣亦踊跃捐输"。如果说，卢沟桥事变引发了一波抗日激情，北平天津的沦陷又掀起新一波怒潮。

8月12日，南京的报纸上以"征婚救难"发表了一篇文章，全文如下：

> 昨阅上海某报，看见有一位女士发起"征婚救难"的消息，这真是一条崭新而有趣味的新闻，亟为转录事实，以告读者。
>
> 这位女士是河北新河县人，年在二十岁左右，芳名郭余名，现任上海新民小学教员，近因鉴于平津被敌蹂躏，为救济遭难同乡，特自动的来发起这"征婚救难"的办法，应征者须缴纳费五元，而且要能真爱国，真能为国牺牲者为标准。将来就用这笔应征费专以收养这次遭难而流亡的同乡。昨天上海有一位记者去采访过她，曾向她要一张照片，结果没有成功，据她说一切办法，俟河北旅沪同乡会决定后，即在各报刊上登广告，那时她的照片当然也要附刊着。读者不妨暂时等着，过几天留心在上海的广告栏里瞻仰她的芳容。

国难当头，发生什么样的事情，都是可能的。

2005年9月21日，河西

报纸上的某方

看田汉回忆录,说起1937年8月初在南京公演的《卢沟桥》,国民党宣传部竟然准备禁演这部戏,可是真禁了,又怕老百姓不乐意,便促使特务闹退票。我对这回忆颇持怀疑态度,当时的日本大使馆还在南京,平津虽然已经丢了,毕竟还只是发生在"北方的战事",国民政府并没有正式对日宣战,因此正确的解释应该是,国民党只是想表个态,说明《卢沟桥》表达的只是民意,并不是政府精心策划。田汉的这个回忆录,写于文革初期,当时的革命群众对历史已经不了解了。

国民政府在对日的态度上,一直小心翼翼,用如履薄冰来形容一点都不夸张。杜重远因为《闲话皇帝》一文,得罪了"友邦",侮辱了天皇大人,日本人因此抓住这点死死不放,结果国民政府不得不判杜重远徒刑。我看当年的旧报纸,常常为报纸上经过仔细斟酌的措辞,感到无奈和可笑。譬如在1月31日,就淡淡地用标题文字这么写着:"津日军举行实弹演习"。4月2日的第三版上,又赫然写着:"日驻沪陆战队,昨天又举行大演习。田代在丰台检阅日驻军,日联合舰队今日离青岛。"

熟悉历史的人,都明白这些标题下掩盖着的深刻含义。类似的标题文章屡屡可见,到了4月12日,又有"沪日陆战队习巷战"的报道,然后又是"传田代回国,日司令改大将,津日军又习野战"。这些文字往往都只是标题,具体的内容故意省略了,理由很简单,话多必失,不愿意给日本人在外交上留下把柄。想想中国政府真是够窝囊的,日本人不仅在你的家门口捣蛋,他们已经大摇大摆登堂入室,就在你的家里撒野玩演习,你却还不得不想到"外交"。

"平津之大,已放不下一张平静的课桌",这是任何一个有点血性的中国人都忍受不了的现实,忍不了,还得忍。尤其是政府必须忍受,忍辱负重,既不敢得罪日本人,又不能惹怒老百姓。到了七七卢沟桥事变的前几天,报纸上还有这样的标题,"日驻军在沪大演习,丰台日军亦在卢沟桥演战斗"。战争的阴影正在一天天逼近,穿过历史,以今天的眼光去看,一切都很清晰,已经铁板钉钉,在当时,反而有些模糊不清。"狼来了"的呼声喊多了,似乎已让人感到很麻木。

当时报纸上,常见的还有"某方"这个词,这是典型的外交字眼。譬如"华北某驻军,五日又将增兵","某方在察北建筑兵营学校","某方雇汉奸多名组'华北反共协会'制造口舌,实籍以增强华北驻军",这"某方"是谁,自然不言而喻。

2005年9月23日,河西

敌乎，友乎

抗战之前的报纸很多，国民党政府对抗日的舆论，控制很严格，却难免疏漏。当然，说是故意睁只眼，闭只眼，也不会有什么大错，毕竟对日同仇敌忾，这一点已不用怀疑。南京的《朝报》就当时日军连续不断的演习，发表了一篇署名"习铎"的文章：

> 日本兵舰七十多艘，前天起集中在青岛海面，据说是演习。
>
> 什么演习！不过是叫我们看看颜色而已。到中国的海面上演习，就好像在一个人的面前揎拳勒袖做把式一样，是示威，挑战？进攻的准备？
>
> 他们演习给我们看了，地点是中国海面，炮口正朝着中国的海岸。"敌乎"，"友乎"？还用问吗？

《朝报》是南京本地的报纸，就在国民政府的眼皮底下，面对"友邦"动不动抗议，说话不能不有所顾忌，但是该说的话，该放的炮，还是说了放了。民间对日敌对情绪，无论政府怎么掩盖，也捂不住。不过民间情绪，向来是来的快，去的也快。就在同一天的报纸上，说起一件往事，说九一八事变后,新加坡曾开会纪念,做出决议,凡属中国人一律臂缠黑纱,以志国哀,并宣誓言:"东北一日不收复,我们一日不脱黑纱。"当时,凡真爱国热诚者,无不遵守,然而也有不缠者,引起爱国热情过烈之人强烈不满,于是提着修马路的柏油,在交通要道守候,如有不缠者,立刻涂之。

1937年7月20日,蒋介石从庐山飞回南京,"精神焕发态度安闲,中枢要人相继晋谒",此时的高层领导,已下了抗战的决心。如何对待民间情绪,始终让国民政府感到棘手。头脑清醒的官僚,对抗日与否,做出了这样的判断,"战必败,和必亡"。所谓败,就是说仗真打起来,一定会败给日本人,在军事上,我们不是对手。所谓亡,则是亡于老百姓,亡于共产党,因为对日一味退让,一个劲儿忍辱负重,结果必是民心尽失。国民党失掉,意味着共产党得到。

报纸上对政府的决心并不完全相信,竟然用党和国家领导人来做广告。一份"急电"煞有介事地写道:"蒋委员长在庐山第二次谈话会中,曾作郑重表示:'临到最后关头,只有拼全民族的生命,以求国家的生存。'全国民众闻风兴起。有一青年吴一清者,原为爱国之士,在一二八淞沪抗战期间,身先士卒,中弹断了一条腿,从此郁郁家居。恨东北收复无日,怨政府丧权辱国,更让他难以忍受的是,随着世局越来越趋紧张,而其父母及其弱妹,却醉生梦死,沉湎酒色,愤慨之余,状若疯癫。其事悲壮曲折,动人心魄。"

仔细研究,原来只是华安电影公司的噱头,自称根据真人真事拍的电影预告。具体片名及导演主演,要等第二天的广告才能看到。

2005年9月25日,南山

死难者纪念

南京自古多灾多难,历史上毁城和杀戮,有很多起。1937年12月的大屠杀惨案,最震惊中外。每年12月13日,这个城市都会拉响警报,纪念死难者。

1937年成为国民政府的灾难之年,绝大多数老百姓做梦也不会想到。这一年,国民党政权定都南京整整十年,中国人向来喜欢整数,市府大张旗鼓庆祝,举办各式各样的展览。在4月29日,户口统计处发表公告,宣布"京人口精密统计,计九十四万五千五百四十四人"。为了这个数据,有关人员"历时三个月零五日始整理完",而一个月前的"京人力车行调查"也显示,南京的人力车行"总计有二千余家,车夫有万二余人"。

一个城市有近百万人口,在二十世纪的三十年代,是很壮观的。国难当头,一派盛世景象,这就是当年南京的真实写照。春天到了,市卫生所警告市民,"脑膜炎已到南京,赶快注射防疫针"。蒋委员长不惜放下架子,亲自"手谕马市长",要设法"整饬京市容",于是"工务局拟订详细办法,切实执行",清查总队立刻上街,"禁倒垃圾于大小池塘"。

七七卢沟桥事变,南京人并不觉得它比此前的其他事件更为严重,自"九一八"以后,经过一二八淞沪抗战,经过长城抗战,经过签订的何梅协定,作为首善之都的南京人,激动、愤怒、游行、抗议,最后都习惯了,或者说是麻痹了。即使日本人的飞机来轰炸了,南京人也没有把问题想得很严重。9月29日,《新民报》发了一条《刘向之夫人王香兰女士鉴》的启事:

向之先生于二十五敌机来袭时受伤,现住中央医院,伤势甚微,盼即来社,以便同往探视。

十分惊叹《启事》中透露出来的平静和从容,这是地道的南京人风格。南京人并不知道巨大的灾难,即将接踵而来,其实就算是知道了,也躲不了。老百姓永远是老百姓。我无法准确说出在这一年12月,遇难的准确人数是多少,纠缠于数据的辩论,最好留给专家。有一点不容置疑,很多生命被无情地剥夺了,而日本侵略者,必须为所做的这种反人类行为埋单。

我无法接受死难者面对屠杀不反抗的指责。这是变着法子在为杀人者辩护,是对死难者的不敬。白骨成丘山,苍生竟何罪。我们有幸生在今天,但是绝不能因为自己幸运,忘了过去。南京正在大修地铁,市政府已经做出决定,如果在挖掘时,遇到当年大屠杀遗址,譬如万人坑,地铁通道将改线。这显然是个英明的决定,因为只有对死者的尊重,才能让我们很好地反思过去,反思生命的意义。

2005年9月27日,河西

失去的老房子

北方的四合院和江南老房子似乎有明显区别，四合院更能体现中国传统文化中的古老，江南殷实人家的老房子，多多少少都有些近代城市的味道。我曾去过茅盾的故乡，也参观过徐志摩和郁达夫的老房子。茅盾的故居是一个典型的南方商家，有门面房和库房，同时又有文化氛围，是个既做生意又能读书的地方。徐志摩的家后来是县银行的所在地，一看那豪华气派，就知道他们家一定比茅盾家更有钱。郁达夫故居有两处，一在富阳城中，地方不大，是一栋很有书卷气的小楼，另一处在杭州，也就是著名的"风雨茅庐"，这地方长期被一个派出所占用着。

文化人居住过的老房子，就算我们没有亲眼目睹，也可以从文化人自己或别人写的文章中略知一二。文化人的名气越大，他们居住的老房子越会被当作文物保留下来。老房子诞生了一代文化名人，而文化名人们的声誉又使得老房子得以保存。上个世纪末出生的文化名人，绝大多数都有比较好的经济环境，虽然不一定大富大贵，但是真正出生于穷人家庭的，事实上很少。文化人很容易哭穷，喜欢痛说革命家史，只要我们有机会参观了他们的故居，就可以明白他们有时候并不全是说的真话。譬如郁达夫的"风雨茅庐"，千万不能仅仅从字面上去理解，那实际上是一栋非常美丽的房子,有那么点日本式风格,丝毫不比今天省长的房子差。

随着旧城区的改造,老房子正在迅速变为历史。往日老掉牙的故事,也随着老房子的消逝,越来越模糊。除了当作文物的老房子,大片旧城区都将夷为平地,一栋栋火柴盒似的新楼房拔地而起,硕果仅存的老房子,都将成为记录过去岁月的活化石。要想知道一个人的历史,要想重温逝去的时代,只要我们有机会走进他所居住过的老房子,我们便会很直观地走向从前回到过去。可惜大多数的老房子不可能保存下来,也没有必要保存。我们毕竟是生活在现实之中,我们不能没有历史,现实和历史放在同一架天平上,自然是现实更重要。当我们缅怀老房子的时候,谁又不是渴望着住进新房子呢。

南京的老房子,由于地理位置的特殊,说南不南,说北不北。虽然也是地处江南,和江浙交界之地的江南,却完全两回事。南京的老房子几乎没有自己固定的风格,很多人发了财出了名,就到这儿来定居。历史上的南京名人,没几个是土生土长的南京人。南京长期以来一直是个遭受入侵的城市,外来文化很容易便在这块土地上扎了根。我认识的一个朋友,是回民,他的家族几百年前就在南京定居了,就定居在我们称之为老南京人集居的城南。在我认识的朋友中,好像没有资格比他更老的南京人了。

在过去的一百多年里,南京人经受过不少灾难。先是太平军入城,然后又是曾国藩攻进南京,曾文正公被认为是封建社会的完人,可是他当时却得到了"曾剃头"的封号。二次革命时,被革命军撵出南京的张勋,气势汹汹卷土重来,三日不封刀。还有日本人制造的震惊中外的南京大屠杀。屠城这样的惨剧对于地道的南京人来说,一点儿也不陌生。南京的老房子们,能在战火中幸存下来,实在是一件不容易的事。著名的洪秀全的天王府,毁灭于火海之中。大火同样不止一次烧毁了夫子庙。繁华一时的太平路,也是由于日本人的放火,直到这十几年来才重新变得繁荣。

有一个叫江驴子的人,据说是太平天国时期专门替天朝养驴子的。太平天国灭亡以后,江驴子不知靠什么办法,谋得一小笔横财,使他不仅躲过了杀身之祸,而且在风头过去之后,替自己盖了一片很漂亮的房子。这房子之大,今天的人提到,总是免不了连声感叹。和做过官的人比起来,江驴子算个什么东西,但是多少年过去了,他的旧宅却成了一家省级剧团的所在地,一百多号人连同家属都住在这里。

我最初的记忆,就产生在这一片老房子之中。多少年来,我一直不明白,为什么一百多年前一个养驴子的人,他盖的房子会那么大,大得简直就是座庄园。大大小小的房间之多,根本没办法计算。我在江驴子的老房子只住过很短的一段时间,当我的记忆变得越来越清晰的时候,我们家搬到了附近的一栋洋楼去住。我在那里开始上小学,开始经历轰轰烈烈的文化大革命,开始上中学,然而江驴子的老房子,一直是我玩的地方。我儿时的小朋友几乎全住在那里,我们在一起打游击,讲故事,干一切孩子们所热衷于的事。

在这座一百多年前建造的老房子里,仅仅和我同年的小男孩,就不下十名。大大小小的孩子加起来有几十个。在我读书的年代,由于学习从来就不是件重要的事,老房子里能有这么多的孩子在一起玩,实在是一件快乐无比的事。孩子们太多了,多了就要闹别扭,常常你不理我,我不理他,一会儿和好,一会儿打架,吵个没完。弟弟挨揍了,便回家搬救兵,把哥哥请出来。记忆中,大人似乎很少出来过问小孩子的事,原因大约是都在同一个单位,大家熟悉,不值得为小孩子的事红脸。

老房子里没厕所,家家都用马桶,新新旧旧的马桶,青天白日之下,就搁在大门口。记得过年炸爆竹,调皮的孩子把一串鞭炮拆散了,点着了,往搁在外面晒太阳的马桶里扔,然后盖上马桶盖。这种游戏照例是从大笑开始,到挨骂结束。还是因为没有厕所,孩子们玩着玩着,难免是地方就撒尿,结果老房子凡是个角落,就臭烘烘一股臊味。

老房子有一个很大的园子,在那儿盖了一个剧场,还留下一块不小的草地。孩子们经常在草地上打滚。珍宝岛事件以后,盖防空洞成了一件大事,草地上建起了一个最简易的防空洞。防空洞成了孩子们游戏的好场所,大家想方设法溜进去玩。直到在坑道里捡到了一枚充满臭鸡蛋味的避孕套,才不敢再去。

老房子里没有什么太多的秘密,邻居之间拌嘴,夫妻之间吵架,几乎全是公开的。老房子全是平房,窗户很矮,墙也不厚,声音稍稍大一些,外面都听得见。有一次派出所来抓人,径直往里面走,大家都跑出来看,就看见一个老太太被抓走了,说是现行反革命。

老房子里死了人也是件恐怖的事,哭声很轻易地就传得很远,孩子们忍不住要去看热闹,看的时候不怕,看过了后怕,到晚上睡觉便做噩梦。

老房子里长大的孩子们,彼此之间,好像没有产生过什么爱情故事。我的童年和少年时代,男女之间,都有一种近乎仇恨的敌意。在学校里,男孩女孩不说话,在一个院里住着,也都跟不认识一样。不知不觉都长大了,女孩子首先发育,开始懂得打扮。男孩子却躲在一起说下流话,说谁的奶子鼓了起来。

终于有一个不争气的男孩子出了丑,他在公用的厨房里,突然鬼迷心窍,抱住了邻居的一个女孩子,不分青红皂白,就在人家腮帮上啃了一下。女孩子要比男孩子大两岁,而且也不太漂亮。这事可真有些了不得,那年头还没有电视,许多人都把接吻的"吻"念成"勿"。女孩子像触电般怔了半天,猛然如丧考妣大哭起来。结局自然是那个不争气的男孩子被父母像揍贼一样,痛打一顿。这事一时间成了老房子里最大的新闻。男孩子们都觉得这挺好玩,也都明白这事最丢脸。和女孩子说话都不对,这么干,不是已经接近流氓了吗?真没出息!

唱情歌的季节

有一位台湾来的老作家，谈起现在的港台情歌，说歌词的意思，不外乎是爱你爱到骨头里。老作家的话语里并没有太多的贬义，他只是好像不喜欢这种夸张的口吻。老派的情歌通常喊几声阿妹阿哥也就完了，不像现在，要爱就爱得轰轰烈烈，爱得你死我活，爱得让人气都喘不过来。

我对卡拉OK有一种天生的敌意，尤其讨厌有人在吃饭桌上唱。无论是餐厅里的专职歌手，还是那些有些能耐或根本就没有能耐的噪音制造者，不管三七二十一，拿起话筒就大展歌喉，这情景真让人受不了。吃饭就吃饭，干吗弄得那么花哨。记得有一次在海南，吃饭时，有人频频抛钱出去点歌，一位男歌手像女孩子一样哼着，摇首弄姿嗲声嗲气，唱一会儿还要说一会儿。很多人都觉得忍无可忍，在场的汪曾祺老先生说了一句很有趣味的话，那就是能不能花点钱，让那歌手别唱。

其实就算是唱得好，也真不应该在饭桌前唱。有人认为这是一种享受，是一种规格，可以产生一种接近大款的感觉。现在已是没有一首歌不带情的，很好听的歌，很有力的山盟海誓，因为时间地点有些问题，味道完全被改变，好像只是有人在调情。有些很漂亮的女孩子站在餐厅里唱情歌，她可能是为了几个钱，这年头，谁都可能为钱做一些迫不得已的事,但是我总是情不自禁地感到心痛。人们通常自顾自地吃着,因为自己是花了钱的,可以完全把唱歌的女孩子的存在忽视掉,或者是色迷迷地盯着她,摆阔地胡乱点歌,做出潇洒的样子献上一捧鲜花。我常常想到这些女孩子的父母,他们会怎么想呢。女儿大了,没人能干涉她们的选择。我想所有卖唱的女孩子,女孩子们的父母,都会有一种说不出的苦衷。要是你走进机器轰鸣的纺织厂,看见那些几乎被噪声吞没了的女工,要是你在冬日街头上,看见赤裸着手背脸色冻得发青的卖菜姑娘,也许会觉得能在豪华的餐厅里卖唱就是好的选择了。

情歌的泛滥,使我们对它们已经麻木了。都市生活的枯燥,平空添加了许多无聊的娱乐。情意绵绵的歌声不绝于耳,唱的人无动于衷,听的人也无动于衷。爱是一个轻易就能说出口的词,没有掩饰,用不到过渡,人们不用为它付出任何代价,它好像永远就在手边,但是当我们真伸出手去的时候,才发现货真价实的爱根本不存在。爱成了一场游戏,成了潇洒,成了玩弄嘴皮,成了爱的对立面。我拿青春赌明天,你拿真情换此生,这些美好的词句,如今已像文化大革命时的政治豪言壮语一样空洞。

在过去的年代里,所有的情歌都曾被形容成靡靡之音。字典上对"靡靡"二字的权威解释是:"颓废淫荡,低级趣味。"二十年前的故事,对于今天的年轻人来说,整个就是天方夜谭。我读中学的时候,情歌一概被称之为黄歌,那个时代的年轻人,刚开始不但不会哼唱情歌,就是会唱的老一辈,也鸦雀无声噤若寒蝉。唱情歌等于唱黄歌,等于是流氓,这种最简单的推理,让所有的人都觉得想到爱就是罪过。我的同龄人都是在同一种性禁锢的压抑下成长起来的,不少是通过偷看小说《苦菜花》,通过上面描述的日本兵对中国妇女的强暴,最初了解到性的。随着年龄的增长,班上的男孩子开始说下流话,当然只有那些被称之为坏学生的人才敢说。

记得那时候公演的外国电影,只有苏联的《列宁在十月》和《列宁在一九一八》,以及阿尔巴尼亚的几部电影。有一部阿尔巴尼亚的儿童片叫《勇敢的米哈依》,其中有个镜头是一群小孩去河里游泳,一个少女只穿着胸罩和三角裤,这个一闪而过的镜头在当时很激动人心。黑暗中不知谁喊了一声,于是一片叽叽喳喳。《列宁在一九一八》中有一小段《天鹅湖》舞,有些人买了票,反复看,只要那半分钟的《天鹅湖》一结束,就立刻堂而皇之地退场。在文化大革命的后期,唱黄歌已经成为坏孩子的专利,所谓黄歌,也就是五十年代青年人传唱的一些情歌,譬如那首著名的《莫斯科郊外的晚上》。

在高中毕业的那一年,我们在乡下劳动。几乎所有的男孩子都在有声无声地哼唱这首曲子。我们有个同学会吹口琴,老师不在的时候,便反复地吹奏。据说现在的中学生早恋已很普遍,可是在我们念中学的时候,男女同学都仇人似的不讲话,谁要是无意中提到了一个女孩子的名字,立刻就会被大家瞧不起。看女孩子一眼也是无耻的,男孩子大都用一种蔑视的姿态,来表示自己对异性天生的爱意。那次在乡下劳动,也许是毕业在即,两位很好看的女同学从我们面前走过时,我们班的一个大胆而且有几分恶名声的男孩子,遥指着其中的一位,忍不住说:"乖乖,为了她,让我去死,也是愿意的。"

这是我们第一次听到有人如此公开地表达对女孩子的爱意,我们都很吃惊,以至于没人敢插一句话。大家已习惯表达对女孩子的仇恨,我们为女孩子起绰号,传播那种并不存在的流言蜚语。我们把穿得好看一些的女孩子,戏称之为女流氓,并用想象中的男孩子为她们配对。把男孩和女孩相提并论,在当时可以说是奇耻大辱,因此,有一个人如此赤裸裸地表达他的爱意时,在场的所有人反而不做声了。也许所有的男孩子都暗恋着这个女孩子,也许是因为这个女孩子想起了别的女孩子。中学生应该不应该早恋这是需要另外讨论的话题,但是所有的男孩子心目中会有一位女孩子,这是抵赖不掉的。每个人心里都有一首情歌要唱,就是没人真敢唱出来。

还有两个月,我们就要毕业,大家似乎一下子成熟了。许多人都去镇上买了最廉价的香烟来抽,一边抽,一边望着天空想心事。一个男孩子竟然忘情地在女教师的面前,唱起了《莫斯科郊外的晚上》。

我的心上人,坐在我身旁,
默默看着我,不声响。
我想对他讲,但又不敢讲。

女老师听了生气了,说你唱什么歌。男孩子说,我唱的是革命歌曲。女老师说,什么革命歌曲,是黄歌。男孩子不承认,说自己唱的不是黄歌。女老师不容他抵赖,男孩子急了,狡辩说,你怎么知道是黄歌?除非你也会唱。女老师说,我的确会唱,但是我没唱。女老师当然会唱这首歌,她是文化大革命前的大学生,体育和唱歌都好,性格就像男孩子一样活泼,时间地点身份不一样了,她只能板起脸来训斥自己的学生。

我们同班的同学,有许多人前后在一起念了十年书,竟没有一对男女成为夫妻。高中毕业后,虽然还都在一个城市里住着,见了面,仍然和路人一样陌生。如今到处能听见如泣如诉的情歌,可真正属于我们一代人应该唱情歌的季节,已经无可挽回地结束了。浪漫的岁月,不当一回事地就过去,想起来不能不觉得感伤。一年前,我们的小学同学声势浩大地聚集在一起,搞了一个小小的活动。男男女女坐在一起,匆匆谈起了过去和现状。童年少年时的痕迹在我们的脸上已经成了残余,大家都不再年轻,想到那时候不说话的情景,谁心里都在觉得暗暗好笑。

有一年在神农架开笔会,池莉女士的一位热心读者感叹地说:"哟,你变多了,十年前你不是这样的。"池莉立刻有些哭笑不得,不知道如何回答才好。这种感叹也引起了当时在场的另一位女作家范小青的感叹,说一个女人怎么禁得起十年的岁月。十年对于一块石头,也许没什么变化,对于金属,也只是厚薄不同的一层锈,可对于人来说,尤其对女人来说,实在太可怕。还是让话题再回到我们那次同学的聚会上,时间自然不是十年,而是二十多年。如花似玉的女孩子现在都成了十足的妇人,虽然成熟也是一种美,然而岁月的洗刷,毕竟谁也阻挡不了。都说美丽的女人经受不起时间的考验,事实上,不算漂亮的女人,也一样难逃厄运。让男孩子们朝思暮想的女孩子们已经远去,唱情歌的季节也已经一去不返。

二十多年前的求偶

写下了这不伦不类的题目,暗自好笑。二十多年前正是我上中学的时候,文化大革命已到了后期,那年头,中学生的男女都跟有仇似的,绝对不会打招呼。那年头的本人即使是有求偶之心,也没什么可记的。我要说的是一个熟人的故事,一个弹古琴的人的求偶。

这个人叫郭晓,在区文化馆工作,就住在我们那条街上。人长得很一般,不是什么英俊小生,也不丑,更没什么残疾。那时候大约三十出头,很多熟悉的人都热情地帮他介绍对象。我从来没见过会有那么多的人如此关心一个人的婚事,我记得当年,几乎所有提到郭晓的人,都要谈论他的婚事。

郭晓的婚事非常艰难。他给大家留下了迫不及待的印象。我母亲,我父亲,周围的邻居,包括我们家的保姆,都不止一次为他做过红娘。可是他的事总是老大难,女人和他见了一次面,无一例外不想和他继续来往。他显然是个书呆子似的人物,应该叫琴呆子,因为他也不看什么书。他玩的古琴是一个不怎么吃香的乐器,弹的曲子更是没人要听。

我们家的保姆去粮店买米,看见一个姑娘似乎还顺眼,付了钱,不把米扛回来,却叫郭晓去帮她扛。郭晓把米替她扛回来了,保姆问他,称米的那个姑娘怎么样。郭晓说他没注意,又说粮店里有好多女人,他不知道说的是谁。保姆说,当然是年轻的,没结过婚的那位。郭晓立刻缠着要她替自己介绍,保姆就说:"你这人真呆,我要不是这意思,让你去扛米干什么?"

郭晓给我们这些即将毕业的中学生留下了一个花痴的印象。至今回想起来,我仍然不明白,他当时的婚事为什么会那么困难,为什么女人偏偏就是不喜欢他。我们常常看见他在大街上追逐女人,不是那种小流氓似的追逐,而是一种莫名其妙的盯梢。他总是无望地跟踪那些已经拒绝他的姑娘,远远地跟在后面,想打招呼,又不敢打招呼。那段时间里,求偶成了郭晓的首要任务和唯一的中心思想,他仿佛就担心自己找不到老婆。郭晓的故事成为整条街上的笑柄。他身上的荷尔蒙可能多了一些,欲速则不达,越急越没戏。那时候,无论让郭晓做什么事情,只要说为他介绍对象,他肯定会俯首帖耳。这状况持续了整整三年,他终于找到了一个女人做老婆,这女人是离我们一站路外的布店营业员,长得不漂亮,人很白,表情十分严肃。郭晓找老婆太难了,因此他的婚礼几乎成了我们那条街上的大事。

认识没多久就结婚,结婚没多久就吵架,郭晓的老婆很快就和他闹开了。郭晓脾气出奇的好,由她去闹。大家不明白的只是那个长得白净但并不漂亮的女人为什么老要闹。终于有一天,郭晓受不了,跑到我们家来诉苦。这也许是他仅有的一次诉苦。他说他是找了个外国女人。这说法很荒唐,后来才明白,所谓外国女人,是指老婆太浪漫,结婚没多少时候,就让郭晓发现她过去有过情人。郭晓的老婆结婚以后再也没和情人有过来往,但是有个坏毛病,总拿郭晓和她的旧情人相比。她永远都觉得郭晓不如她的旧情人。

郭晓总是让着老婆,因此落了个怕老婆的名声。郭晓的老婆有一种自以为是的清高，她永远觉得一条街上的人都俗气，都欠她什么。郭晓忍气吞声，终于让她怀了孕，做了母亲。孩子出世以后，照顾小孩的工作几乎落到了郭晓一个人身上，他老婆打扮得漂漂亮亮，有时甚至花里胡哨，目中无人地从大街上走过，郭晓越是迁就她，她越是看不起郭晓。

多少年来，我们那条大街上的人，都觉得郭晓的婚姻不美满。很多人都从内心里为他打抱不平。二十多年过去了，郭晓没想到过离婚，也很少对妻子有过高声。他已经习惯了忍受，忍受成了他生活的一部分。有过许多传说，有人说郭晓的老婆并不像她表现得那么正经，并且举例说明。有人看见她在布店里和男同事调情，她似乎是主动的，说下流话比男人还厉害。郭晓的儿子跟父亲学过几天古琴。他母亲不让他再学，也就没有继续学下去。这孩子后来考上了名牌大学，是我们那条街上最出色的小孩，有这出息当然和郭晓的含辛茹苦分不开。我们偶尔谈起郭晓，都觉得他这人生来就是准备爱一个女人的，他准备了许许多多的可以给女人的爱，然后把爱奉献给他偶然遇上的女人。是哪一个女人并不重要，无论是谁都一样，谁遇上了是谁的运气。女人通常傻得很，她们最容易忽视这种爱。女人往往和男人一样，忽视的都是些最重要的东西。

爱是单纯的，无所谓目的，无所谓回报，也无所谓崇高。爱本身就是一种荷尔蒙，人们通常都以为只有被爱才幸福，都希望别人能爱自己，事实上，能主动地爱别人才是真正的乐趣。爱不可能越俎代庖，郭晓充满了太多的爱心，一个女人能让他释放爱的能量，这就足够了。别人怎么想，没任何意义。一个有爱心的人，用不着去思考别人会怎么想。

1995年9月30日，高云岭

青春的传说

我上小学的时候,有几个比我大的女孩子报名去新疆,给我留下了深刻的印象。我忘不了当时她们喜气洋洋的神态,很显然,在她们的面前,展现出了一个全新的世界。对于年轻人来说,尤其对那些美丽的女孩子,全新的世界,永远是诱惑人的。

青春就是一种冲动。青春是无价的,然而青春又最不值钱。不值钱的原因很简单,青春只是在我们还没有意识到的时候,短暂地存在着,当我们意识到的那一刻,青春已经消失了。所谓认识青春,往往意味着我们失去了青春。青春也许永远只存在于别人的眼睛里。

那些正盛开的花朵一样的女孩子,如愿以偿去了新疆,生气勃勃,带着清脆的笑声。我记得自己当时最美好的愿望,就是赶快长大,然后像那些比我大几岁的女孩子一样,报名去新疆。我想象自己在新疆时会拥有的情景,想象着许多美丽的维吾尔姑娘跳着舞,带着新疆式瓜皮帽的老大爷弹奏着冬不拉,新疆的大草原,新疆的葡萄,新疆的一切都和传说中没有区别。

没过多少年,那些去新疆的女孩子,就像花儿那样枯萎了。青春转眼消失。在她们的心目中,新疆再也不是好地方。她们很快就结了婚,而且几乎都是立刻就有了小孩。充满诗意的青春年华已远离了她们,她们走进了现实,因此变得俗气,由于囊中羞涩,显得斤斤计较。她们以为自己是去改变新疆的,可是改变的仅仅是她们自己.她们并没有读多少书,甚至谈不上有任何一技之长。她们以为自己会有一番大作为,可事实上,她们的贡献微乎其微。除了青春,她们在新疆这块神奇的土地上,什么也没有留下。多少年以后,她们带着在新疆出生的孩子,永远离开了那陌生的土地,又一次回到南京。一次辉煌的进军,便这么以失败而告结束。

我听说过许多关于她们在新疆的故事。当我成为一个作家以后,她们和我谈话时,不止一次流露出这层意思,那就是可惜她们不是作家,否则将有多少值得写的事情,可以写下来。

我曾为一个故事深深地打动。一位怀孕的女青年难产,血流了一天一夜,最后不得不找一辆板车,将孕妇送往县城。农场的人都出来送行,因为所有的人都相信那孕妇再也回不来了。这样的事不是第一次,也不是最后一次。她们似乎回到了原始社会里,然而并不会为了生小孩有危险,就轻易放弃做母亲的权利。在这里,所有的孩子都是自己接生的,由丈夫抱着腰,煮一大铁锅水,准备了大量的草纸和洗干净的旧布,任何生过孩子的人都可以当产婆。卫生员从来就是农场的一个摆设,难产这种事不应该发生,也很难发生,真发生了,就只有听天由命。

天下着雪,大家站在路口,脸上毫无表情,仿佛是在为一个人送葬,为一个活着的即将要死的人送葬,这情景真令人难忘。有时候,我觉得自己就站在送葬的队伍中,孕妇脸色苍白,用大红被面的棉被紧裹着,缓缓地推出去,男人们脸色阴沉,女人们小声抽泣。有时候,我觉得自己就是那位难产的孕妇,众目睽睽之下,接受着大家的检阅。我躺在板车上,望着那向我致以最后告别的人流。

接着究竟会有什么样的结局呢,天知道。

这个故事的结尾,并不重要。孕妇或死或活,意义都差不多。生死在宇宙中,实在算不了什么。一个新生命的诞生,将伴随着死亡,这是自然规律中的游戏规则。我们没办法拒绝这样的游戏规则,因为人类正是在这样的游戏规则中产生,壮大,发展。死永远是最后的结局,逃得了这一次,躲不过下一回。有趣的是,死永远是真正体现生命意义的东西,这一点,正和体现青春,恰恰是以丧失青春为代价一样,青春也许只有在传说中才存在。

1994年1月30,高云岭

怀念柳树

我所居住的地方,如今很难得看到杨柳。附近的市民广场,在花岗岩和草地之间,移植了一株不大不小的杨柳树,每次看到风前柳态,都有一种久违的亲切。一树春风千万枝,嫩于金色软于丝。可惜太形影孤单,与周围的环境不协调,起码是不够传统,因为水性杨花,柳树更适合长在水边。

历史上的南京有很多柳树,甚至我童年的记忆中,杨柳也像在唐诗宋词中一样随处可见。无情最是台城柳,这个城市无论如何变,无论遭受什么样的挫折,柳树还是柳树。秦淮河畔,各式各样的水塘边,无人的荒野,是地方就会添出几树垂杨。柳树天生适合用来表现沧桑,一旦发生战乱,战后萧条,只有一样东西会不经意间又生气勃勃成长起来,那就是苍凉的柳树。柳树目睹人间的悲欢离合,是历史的最好见证。我觉得柳树的性格,代表了这个城市的传统,虽然历经磨难,怎么样都能活下去。

一个画画的朋友曾用"古典"来形容柳树,它比较了法国梧桐和柳树的姿态,指出它们枝条的生长方向是相反的,一个垂下来,一个向上。一百年前,南京还见不到今天已反客为主的法国梧桐。今天所见到的这些学名为"悬铃木"的梧桐,确确实实来自法国,是二十年代末修建中山陵,从上海法租界花巨资购买的树苗。法国梧桐改变了南京的品味,在传统的伤感中,它增加了一些民国的华贵气。这个古老的城市有了枝条向上的梧桐,顿时发生了根本的变化,用时髦的话来说,也是一种断裂,在今天,梧桐比杨柳更能代表这个城市。

城市中的绿色十分重要。树木的洋化不一定是坏事,从造福市民的角度来看,法国梧桐代替杨柳,显然是很好的进步。烈日炎炎,骑车族从巨大的梧桐树阴下走过,会少几分火气,多一丝凉意。不管怎么说,还是非常怀念杨柳,它不仅能让我回忆童年,更能让我幻想自己并不曾经历过的历史。现在,这个城市正在流行草地,和柳树梧桐相比,碧绿的草地更富贵气,是不是真好,就很难说。草地太像摆设,容不得我们亲近,常常只能作为摄影时的背景,而且老得有人在那儿把守,在那儿除杂草,在那儿浇水。也许我们人多,可以不珍惜人力,不过,草地多少还是有些华而不实。

柳树是丰子恺漫画中重要的元素,没有柳树,或许就没有丰子恺。记忆中,他的住处就好像用"小杨柳屋"命名。杨柳不是南京才有,更不是江南才有,只要有水气的地方,杨柳便能顽强地生存下来。中国传统树木中,常见的是杨柳、松柏、翠竹,还有桃树、李树。刘禹锡《杨柳枝》中有这么一句:"城中桃李须臾尽,争似垂杨无限时。"桃红李白,春意盎然,都是风头一出也就完了。好花不常开,柳树反倒更值得咀嚼玩味。

2000年8月15日,河西

烟添柳色看犹浅

八十年前,国民政府定都南京,那时候,长江以北还是北洋军阀的天下。谁也没想到革命形势发展得那么快,根本不用打持久战,历史上南蛮常常不是北侉的对手,可是这一次北伐军打过长江,势如破竹,不到一年功夫,就把四分五裂的国家统一了。

新成立的南京政府开始忙乱,开始精心打造"首都",召集了一批国内外高人,忙了差不多一年,弄出一本《首都计划》。这计划有个基本思路,宏观上采纳欧美城市规划模式,微观上采用中国传统风格。既然只是"计划",免不了纸上谈兵,因为当时真正能全力以赴的年头并没有多少,计划完成不久,就是九一八事变,然后是上海的一二八淞沪抗战,中日战争日益迫近,南京的建设只能缩手缩脚。接下来又是八年抗战,紧接着解放战争,对于雄心勃勃的城市建设者来说,很多事根本没来得及做。

然而仅仅这样,已经蔚为大观。《首都计划》让南京吃足了老本,此后多少年,游人来到南京,吃惊于变化的日新月异,除了一幢幢让人刮目相看的民国官邸,几乎所有的人都会盛赞这里的绿化,盛赞宽阔的林阴大道,对矗立在马路两旁的梧桐竖大拇指。法国梧桐是最好的民国遗产,它彻底颠覆了南京原有的历史形象。

历史上的南京，更多的应该是杨柳。唐诗中，"无情最是台城柳，依旧烟笼十里堤"。《桃花扇》的结尾，一片凄凉中，"那无人处，又添几处杨柳"。杨柳貌似无情却有情，最适合表达伤感。在造型上，梧桐往上扬，仿佛华盖一样铺开，意气风发，很有点官场气派。杨柳枝条下垂，很低调，透露出一种历史沧桑。

南京这地方不但适合种梧桐，更适合栽杨柳。俗话说水性杨花，只要沾上一点水气，生命立刻就发扬光大，立刻就"含烟惹雾每依依，万绪千条拂落晖"。前些天，陪外地朋友去石头城公园，从外秦淮河边的杨柳枝下走过，多次来过南京的朋友非常感慨，说想不到在梧桐之外，南京竟然还会有这么多美丽的杨柳。他不知道南京自古就多柳，不知道这些杨柳还都是新栽的，不知道这些新杨柳不过是八十年前的旧梦。

八十年前制定的《首都计划》，关于秦淮河治理，曾有专门一章。具体方案就是，除了现如今夫子庙一带，继续保留原来的河房风格，其他民居都得远离河道，然后在堤岸上栽草种柳，再修一条很宽阔的马路，将河道与建筑物有效地隔开。如果按照当年的这个"计划"实施，现如今的南京市内，就不再是马路边的梧桐一枝独秀，整个内秦淮河包括各支流，都将因为沿岸的杨柳，变成一条无限风光的绿色风景带。

可惜，这"计划"只能在外秦淮河上实现，而且是在八十年后。

2007 年 4 月 12 日

春江水暖鸭先知

女儿考高中,遇到一道语文题,必须填出四句带"鸟"的古诗词,写明出处和作者名。这题目能拿满分的很少,有趣的是学生胡乱凑,鸟不够,便用其他会飞的东西来起哄,例如"旧时王谢堂前燕",例如"高台不见凤凰游",例如"惊起一滩鸥鹭",最绝的是"春江水暖鸭先知"。

想起看的一则古人笔记,说苏北高邮一带,小鸭子孵出来后,成群结队地往南京赶,赶鸭人很偷懒,只是坐在小船上,笃悠悠看风景,沿路让鸭有什么吃什么。每天走不了多少路,不急不慢赶到南京,小鸭也从童年进入成年,差不多够分量了,正好杀了吃。那鸭子一路行军过来,吃的又是杂食,所以味道很鲜美,不像今天的鸭子,用饲料硬填出来,一斤鸭恨不得有三两脂肪。

大约十多年前,我天天去长江大桥下的一家工厂游泳。那时候还在读研究生,身体好,每天游了一两千米,意犹未尽,便骑车到大桥上去吹风。印象很深的,是源源不断有人骑自行车,载着鸭从桥上走过。当时只是吃惊,一辆自行车竟然能载那么多鸭,而且全是活的。我至今也不太明白,这些鸭从哪贩来的,只知道它们被成串地挂在自行车后面,浩浩荡荡从我面前经过,时不时还叫几声。这是一道很独特的风景,是八十年代中期夏日大桥上最常见的一组镜头。这些鸭子的大限已经到了，它们被连夜送到加工场所，宰杀，做成美味的盐水鸭和烤鸭，成为南京市民第二天桌子上的佳肴。春江水暖鸭先知，是说鸭子有灵性，其实它真要有灵性，就不应该被人类驯化。嗟来之食吃不得，人类歹毒得厉害，绝不会给吃白食。

天知道南京人一个夏天里，要吃掉多少鸭子。这个城市的人喜欢吃鸭，就仿佛山东人爱吃葱蒜，山西人爱吃醋，四川湖南人爱吃辣。据说著名的北京烤鸭，正宗的源头应该追溯到南京，是明朝迁都时带过去的。记得汪曾祺刚成名时来南京，请他吃南京街头常见的那种烤鸭，问了问价格，连声说便宜，说比北京全聚德的好吃。鸭丰富了南京人的生活，盛夏到了，人都懒得动，吃饭前去剁半只鸭，要点卤汁，再买些冬瓜海带，从剁好的鸭里捡点骨头烧一锅汤，足以应付一家人。在街头排队买鸭子，排队时遇到熟人，都是常见的事情。考究的吃户都有固定的摊点，精明的摊主都有固定的回头客。附带说一句，地处虹桥的南京饭店中的鸭头，味道奇佳，价格虽然不便宜，却实在是值得一尝。

有一款回民菜叫料烧鸭，属于大路货的鸭肴，并不名贵，据说只是把吃剩的鸭子重新烧一下。父亲在世时，我们曾和南京的几位老饕相聚安乐园酒家，已故的吴伯匋老先生对那里的料烧鸭情有独钟。他是南京大学的教授，吃的段味属于专业水平，他说好，通常是真的好。汪曾祺据说已经是很会吃了，他谈起吴伯匋，便有些自愧不如。

2000年8月15日，河西

金川青溪

一位朋友在城南住了许多年,告诉我一件事,说小时候,常看见有人挥着细长竹竿,赶着一大群鸭在街上走。这场面仔细想想,很有些惨烈,鸭子走水路还好,走旱路,尤其是在晒得滚烫的马路上溜达,样子虽然像绅士,肯定十分痛苦,而且更痛苦的还在后头,即将被宰了做盐水鸭或烤鸭。古人关于鸭子的记载显然可以相信,在今日,水路的重要早不被人当回事,很少有人去想,成群的鸭子怎么就自己来了。一只只幼鸭不远千里,沿水路从苏北源源不断地赶赴南京,在行进中成长壮大。终于到了江边,迎着波涛骇浪,渡过天堑,然后进入秦淮河。秦淮河四通八达,差不多可以抵达南京的任何一个角落,鸭子们到了这里,"夜泊秦淮近酒家",大限也就不远了。

秦淮河是母亲河,它周围还有不少分支,纵横交错。一个城市如果有河水在流动,非常美妙,既现代也古典。南京的河流照例都有前人起的很不错的名字,珍珠河,进香河,还有金川和青溪,古时候,这些河水和人民的生活密切相关,运输,饮用,全都离不开。时过境迁,昔日流动不息的河川,现在已成了一条条臭水沟。报纸上老在喊要治理,确实也在治理,但是污染依然,臭味依然。我们总是说臭水沟会滋生蚊蝇,但是有个朋友很认真地说,由于污染太严重,有些水域连蚊蝇都生存不下去。

我去机关取信,一度必定经过金川河。有一阵,忽然工程浩大地把小河挖个底朝天。有没有挖出文物不得而知,在充满感伤历史的淤泥里,真挖出什么秦淮八艳的遗物,也不一定是胡说八道。当时以为仅仅是疏通,经过很长时间,才明白是要做个大盖子,将很长一段的金川河全盖住。这似乎是个省心的好办法,眼不见为净,至于以后会怎么样,天知道。我真担心这种野蛮的治理方案,会在这个城市推广。市府花了很多银子,治理河水污染,道高一尺,魔高一丈,一边尚未治理好,一边已糟蹋得更厉害。我担心决策人员最终会失去耐心,留下夫子庙的秦淮河做样子,其他的都改成暗沟。这是很可怕的一着臭棋,因为整治污染和清除腐败一样,必须花大气力。捂盖子没有任何用处,在看不见的幌子下,不法的排污只会越演越烈。

我非常怀念小时候,夏日去紫霞湖游泳,那水明澈见底,喝下肚绝不会闹肚子。那年头,从紫金山上淌下来的溪水也可以喝,这水便是青溪的源头。我忘不了青溪河边的桃红柳绿,或许是沿岸居民相对少些的缘故,青溪的秀美并不比大名鼎鼎的秦淮河逊色。秦淮河之外,南京有很多的支流,一度都很美,随着生活水平的提高,这些美好的往事难道就只能一去不返。

2000 年 8 月 24 日,河西

南朝四百八十寺

中国的寺庙对于老百姓来说,永远是个话题。一些黄段子中,和尚尼姑很无辜地成了故事的主角。人活着时候,出去游山玩水,寺庙必定是个重要景点,人死了,又要请和尚来做法事。今天我们说到西方文明,毫无疑问指的是欧美,然而在中国文化交流史上,西方文明射进华夏的第一缕阳光,却是佛教的大举侵入,其影响的广度和深度,与后来的欧美文化影响相比,丝毫不逊色。

小时候,常听大人说和尚庙,尼姑庵,大了稍稍懂些事,不明白为什么鸡鸣寺全是尼姑,夫子庙没和尚也没尼姑。然后就到了文化大革命,长江路一个什么庙里举行抄家物资展览,很多小孩都去了,里面前前后后乱跑一气,弄了一身臭汗回家。我没亲眼见过和尚被批斗被游街,只看过这类照片。八十年代初,我和一个同学骑车去江浦的兜率寺,在庙里住了一夜,和老和尚聊天,问起文革中的遭遇,老和尚平静地说,当时不让念佛,只能进工厂当工人,只能在心里默默思念佛祖。记得相当长的时间里,慈眉善目的老和尚一直在说服我信佛,他觉得我有慧根,献身佛教大有作为。我想他对什么人都是这么鼓励的,因为我真要有什么慧根的话,就应该顿悟,留在庙里再也不下山。

南朝四百八十寺,当然只是个大概。我不是佛家子弟,和大多数平常人一样，有时也喜欢到庙里去凑热闹，烧一炷香，磕几个头。我喜欢出家人脸上表现出的那种平静，或许现实生活太不从容的缘故，每次踏进佛门，顿感自己特别俗气，一身的烟火味。南京有很多寺庙，我不知道哪一家最值得去，朋友从外地来，去了中山陵，玄武湖，夫子庙，好像把南京已琢磨透了，懒洋洋地问还有什么地方可去。我说阳山碑材，南唐二陵，牛首山，郑和墓，都值得去，此外，若有闲情，有些小寺庙也可以拜访，像鸡鸣寺和栖霞寺，俗名太大，不去也没什么大不了，倒是一些名不见经传的小寺庙，会有意外的收获。

譬如江浦的兜率寺，那里有一位老和尚绝对是高僧，几家很有名的寺庙请他去当住持，都被婉言谢绝，理由是旅游景点不够清静。又譬如南郊的龙泉寺，很多人大约没听说过，其实出中华门不远，骑自行车花点力气就能到达。龙泉寺初建于唐朝，三面环山，山之巅有泉，泉水汨汨不息，在寺前汇成一小潭。要想一睹芳容，只有一条小路可以进去，或许正是因为只有一条小路曲径通幽，多少年来人迹罕至。当年国民党元老邹鲁曾在此隐居，至今还能看见当时留下的题字。南郊好风景点还有好几处，都很容易被忽视掉，按照现代人的观点，非坐飞机乘火车，跑多远的，才叫旅游。

2000年8月25日，河西

秋凉话酷暑

南京的夏天很可怕,尤其在回忆中。如今家家装了空调,对酷暑已有些模糊,真正太热倒不怕了,反正是开空调。难受的是那些不算太热的日子,不开空调似乎也能过去,可是上了床,忽然发现一丝风也没有。于是夫妻间有了分歧,一个说热,一个说还好,无端费一阵口舌,弄不好还会吵一架。

有个北方同学,提到南京的夏天就有深仇大恨。想当年,他读书的时候,临放暑假那几天,天天晚上卷着一个席子,满校园地乱窜,什么地方凉快便在什么地方睡觉。热也能让人失去理智,所谓热昏了头,校园里蚊子那么多,偏偏这位同学固执,宁给蚊子咬死,不愿被酷暑窒息。现在想想,这恐怕已是中暑的症状。金圣叹《快说》第一节说到了酷暑的难熬:

夏七月,赤日停天,亦无风,亦无云。前后庭赫然如洪炉,无一鸟敢飞来。汗出遍身。纵横成渠,置饭于前,不可得吃。呼簟欲卧地上,则地湿如膏,苍蝇又来缘颈附鼻,驱之不去。正莫可如何,忽然大黑,车轴疾澍,澎湃之声如数百万金鼓,檐溜浩如瀑布。身汗顿收,地燥如扫,苍蝇尽去,饭便得吃,不亦快哉!

这段文字很精彩，不仅写了热，更写出了消热的痛快。只有忍受了酷暑，才能享受到秋凉，就好像忆苦思甜，不吃苦，对甜也没感觉。二十年前，对于一般居民，不要说空调，连电扇也不常见。八十年代中期，电视上最牛气的广告是"长城电扇"和"骆驼电扇"，晚上能开着电扇睡觉，一度也是了不得的享受。南京的热，是越到晚上，气压越低，越闷热，随着夜幕降临，空气仿佛凝固了，记忆中，很多人乘凉都到深更半夜。小孩子不怕热，糊里糊涂睡着了，第二天醒来，常听大人说："唉，昨晚热得又是一夜没睡。"

如今乘凉这个词，年轻一代人眼里很陌生。可是，没有了乘凉的仪式，会减少许多潜移默化的受教育。我们这一代人的许多学问，从大道理到性知识，都是乘凉时听来的。过去没电视，吃过晚饭洗完澡，胡说八道便成了典型的保留节目。无论口若悬河自己说，还是虚怀若谷听别人说，都足以快乐地打发一个夜晚。昔日的南京夏夜并非完全不堪回首，听人聊天，躺在那儿看星星，这些美好的往事一去不返，在记忆中会保留一辈子。

不久前，和回北方的同学通电话，他对南京的酷暑记忆犹新，却一点也不像当年那样愤怒。这世界突然发生了变化，北方也成了个大火炉，过去北京人从来不睡席子，用不着电扇，更不要空调，可是这几年全乱套了。同学埋怨说，妈的，北京甚至比南京还热。他用十分平静的心情谈着当年在南京时的狼狈，同时也不无得意，语调恰如老红军谈爬雪山过草地。当年，他动不动就控诉南京，现在，控诉对象已经换成了首都北京。

2000年8月26日，河西

渴望下雪

曾经非常羡慕别人的城市,譬如纯粹南方,冬天不冷,四季如春,又譬如地道北方,夏天不热,冬天有暖气。

我所在的这个城市是热得够呛,冻得要死。人免不了这山看了那山高,吃着碗里又惦记锅里,静下心来好好想想,冷热都是一种体验,四季分明,能有些变化并不是什么坏事。正是因为气候的变化,我们才感觉到了季节,没有冷酷的寒冬,很难体会春天的温暖,没有炎热的夏日,很难享受秋季的凉爽。世上的一切都是大自然的恩赐,缺少哪一部分都可能是遗憾。

越接近过年,越希望能下一场大雪。小时候,南京年年有雪,有大雪,要比现在冷得多。下雪了,小孩子贴着玻璃窗往外看,盼望雪越大越好,渐渐地,地上白了,屋顶上白了,心急的便冲出去,雪地上留下一大串自己的脚印。那年头的学生都步行上课,下过雪,一路打雪仗玩,追过来跑过去,奔得浑身热气腾腾。通常是调皮的孩子主动挑衅,然后一大帮孩子围攻。课间休息,大家齐心合力堆雪人,男女生在那个特定的年代里,从来不说话,男生在那儿忙,女生远远地看,看着不过瘾,女生自己也堆起雪人来。于是该轮到男生观看,要看还不敢老盯着,是偷偷地看,老盯着女生看的男生,在当时意味着没出息。

感受冬天的最好方式,是经历一场大雪。丰年好大雪,"地白风色寒,雪花大如手",这是多么奇妙的感觉。古人描写雪,说"天地无私玉万家"。雪是老天爷送给人间不花钱的礼物,瑞雪迎春,大雪过后才是真正的春天。空调和羽绒衫的普及,已经让寒冷大大逊色,要是整个冬天,没有一场雪来凑凑热闹,总觉得缺少什么。如今的女孩子为了漂亮,越穿越少,越穿越艳,有一场大雪冻冻她们多好,让她们缩着脖子在雪地里小跑,让红红绿绿的衣服成为雪中的点缀。雪地里冻一下,未必就会感冒。

昨天和今天的气温都是零下五度。或许这就是最冷的日子了,可惜没有下雪。街头有个卖烘山芋的炉子,一个老人穿着军大衣,戴着老式的棉帽,笼着袖子站在旁边,守株待兔。两个时髦的小姐跑过来,一边买烘山芋,一边直哆嗦,连声抱怨天太冷了。

卖烘山芋的老人笑着说:"冷,冷才是冬天呢!"

2001 年 1 月 15 日,河西

南京的魅力指数

南京的魅力指数是什么,这是一小学同学提出来的。当时正在聚会,多年不见,一个个酒意正浓,都被这提问镇住,不知道如何回答。小学同学常年生活在欧洲,洋味十足,大家于是玩客气,说不识庐山真面目,只缘身在此山中,我们眼拙,吃喝拉撒睡局限南京,家门口的事熟视无睹,好像看不见自己老婆的好一样,还是听听你的高见。

小学同学就说,南京的魅力指数,就看一条秦淮河。

大家都笑,觉得他说是说了,跟没说一样。

小学同学皱着眉头,说前些年我从欧洲回来,秦淮河臭不可闻,感觉实在不好。美丽的秦淮河一臭,就像女人过了更年期,立马不可爱。在座的几位女士,正处于更年期前夕,脸色顿时不好看。小学同学连忙改口,说不对不对,说错了,应该说秦淮河臭了,就像好女人被坏男人糟蹋过一样。

大家还是不做声。

小学同学抱歉,我又说错了,好女人被坏人糟蹋,绝不是好女人的过错。

大家又笑,小学同学有些尴尬,说我不说了,有些话一说就错,一说就俗。今天是太高兴,酒喝得有点高,高了才说真话,不管怎么说,也是为家乡的变化高兴。这些年来我在欧洲到处跑,好地方看多了,欧洲的那些城市,为什么漂亮,也就是因为有条河。红花要有绿叶来衬托扶持,欧洲名城都有河流做伴侣,塞纳河、泰晤士河、莱茵河,有了河,这城市自然而然就漂亮了。

在座的有一位,前一天陪他游石头城,知道是说的外秦淮河,就挑他的刺,说他看到的秦淮河,和历史上的秦淮河,其实不是一条河。夜泊秦淮近酒家,应该妓院林立酒旗招摇才对。

小学同学说,别来这一套,幸好我自小就在你说的那个秦淮河边长大,什么妓院酒旗,我只看见有人在河边倒马子、淘米洗菜,别用伪造的民俗和历史来蒙人好不好。

一位女士说,朱自清先生《桨声灯影中的秦淮河》难道没读过,那里面可是把这条河说得很美。

小学同学说,你们这是上了文人的当,朱自清时代的秦淮河,已开始臭烘烘。我见过欧洲人的记载,他们说早在晚清,夫子庙一带的秦淮河,就已经不怎么样。

大家再次举杯,小学同学不胜酒力,打了一个酒嗝,说今天确实喝高了,好在脑袋还不糊涂。他说你们觉得我周游世界,见多识广,那就不客气地告诉你们,本人还真是知道的事多。我告诉你们,天下的事情说复杂就复杂,说简单也简单,就说这秦淮河,不臭,它不是现代化,臭了,不花力气把它弄得不臭,也不是现代化。

南京的魅力指数,就看这秦淮河臭不臭。

2005年10月13日

南京人读报

南京的记者,谈起本地的报纸,忍不住得意忘形。我们常讲要把南京建设成国际化大都市,可真要是去了上海,去了北京,或者到过广州,心里的雄心便打折扣。在城市规模上,南京似乎远不能和人家比,且不要说国际化,即使是在国内,从整体上衡量,也只是个二流城市,属于中上水平。但是南京的报业却不弱,各种报纸,从大到小,早报晚报周报,包括行业报,都欣欣向荣,如火如荼。外地人来南京,动不动会说,南京怎么有这么多的报纸,这么多的报摊。南京人去外地,不能吹自己的地铁如何如何,吹自己的足球队怎么样怎么样,于是就说本地的报纸,掰着指头一五一十地跟人算,算得人目瞪口呆。

南京是个有读报传统的城市。据民国时期的《首都志》报道,早在三十年代,曾经登记的新闻报纸,多达178家。当时南京仅日报就有29家,通讯社48家,由此可见,多少年来,南京人只是读报这一项,花去了多少时间。我们常听人抱怨忙得没时间读报,对照这句话,似乎可以说明南京人还不算太忙。不妨观察一下,现在报摊最喜欢设在什么地方,小学校的门口,家长要去接小孩,反正是等,买几张报纸看看,合情合理。证券公司门口,炒股大军挤在大堂前没事做,除了听业余股评家瞎说,最好的选择还是读报纸。

南京人读报绝对宽容。不仅读本地的报纸,外地的报纸,只要敢拿到南京来卖,一样能销。南京人爱读报,并不是因为口袋里有闲钱,调查表明,在大城市中,南京人的收入很一般。舍得和舍不得,这本身就是一种传统。南京人过去爱读《申报》,后来又爱读《参考消息》和《文汇报》,现在却更青睐《体坛周报》和《足球报》。南京的市民不仅在报摊上买报,而且还在取牛奶的订点上订报。一样是花钱,让人送到家和自己亲自去取,感觉不一样。有的人喜欢一路走一路读报,慢腾腾地走到家,报纸也看得差不多了。

南京人的宽容,决定了对报纸内容的宽容。南京人不算小账,不太去想买这张报纸,究竟值还是不值。报纸上有什么,南京人就读什么,但是因此推理南京人没脑子,便大错特错。报纸如果不把南京人当回事,老实说,南京人也不会怎么把报纸当回事。尊重从来就是相互的,南京人有自己的判断,喜欢读报是一种生活方式,事实上,南京人并不太被报纸所左右。报纸说穿了,也只是一种读完就扔的纸张,从这点说,办报纸很容易,又很不容易。

1998且3月29日,高云岭

在南京骑车

我小时候,南京骑自行车的人并不多。过去把骑车当成一门技术,常说张三会,李四不会,譬如我父亲,早在我出生前,就会骑车,可是直到我十九岁,才第一次看见他骑车上大街。那是去孝陵卫看前线话剧团的演出,南京人都记得那儿有一个很高的大坡,骑上去不容易,骑下来更不容易,父亲当时已快六十岁,大家为他担心,他说没事,说骑车这活,只要会了,一辈子也忘不了。

在过去的年头里,街上的自行车并不是很多,一个重要原因,这玩意好歹是个大件,不是谁都买得起的,而且即使有钱,也还得有票。现在的年轻人不太知道什么叫有钞没票,是中学生就会有辆时髦的新车。自行车大国这样的字眼,常以自豪的口吻出现在报刊上,外国人也跟着起哄,说骑车是体育锻炼,绿色环保。或许是心态不好的关系,不知怎么的,在街上看见浩荡的自行车洪流,我就感到沮丧,就忍不住想,今天一个人如果十几年不骑车,再让他冒冒失失地上街,很可能在第一个路口就出事。不信的话,从那些长年坐小车的官员中,请出某位领导来,逼他在上下班的高峰出去兜一圈,就不信他能不磕不碰,能平安回家。

为自行车大国感到自豪实在大可不必。我们总是分不清自我安慰和自豪的界限,体育锻炼和绿色环保只是一方面,是不得已而为之。统计资料显示,一个美国佬挥霍的能源,相当于两个欧洲人,相当于四十个印度人,四百多个津巴布韦人。在中国,大多数人并不是为锻炼和环保才骑车,上班族在乎的是更有效地节省时间。如果一路吃红灯,要接连几次绿灯才能通过路口,如果沿街的大树已经砍了,烈日骄阳晒得小姐太太们花容失色,如果空气污染指数已经严重超标,却还有两三辆助力车在前面横行霸道,废气肆无忌惮地往鼻孔里钻,还能觉得骑车是个很好的享受,那你真是一位了不得的高人。

  以人为本,让出门变得更容易,是一个城市必须首先考虑的问题。自豪与自慰都无济于事,城市正在迅速扩大,如何去上班的现实正变得越来越严重,越来越难堪。自行车太多,路太远,空气太恶劣,在这样的条件下骑车上班显然不是最好的选择,上班毕竟不等同于郊游。我的女儿每天要骑车半个多小时,要翻过一个桥,这桥的设计对骑车人来说,是一次真正的体力锻炼。这种锻炼毫无美感可言,人们所以坚持骑车,只是因为坐车比骑车更不方便。

2000年12月31日,河西

在南京坐车

在大连的街上,很少看见自行车。都说这个城市山坡多,没办法骑车,但是我却见到这样的照片,年代并不久远,大连原来和国内许多城市一样,街头有着太多的自行车。见不到自行车只是这些年的事,生活在这个城市中的一位作家朋友说出了其中的秘密,他告诉我大连人出门坐车实在太方便,因为方便,所以根本用不着骑车。

一位新加坡朋友也说过类似的话,他让我没事的时候,不妨坐坐地铁和大巴,说这样可以充分感受这个城市的公共交通。在任何一个公共交通发达的城市里,自行车的数量都会大大减少,并不是中国人都喜欢骑车,在香港,在台北,在欧美,骑车的只是些喜欢玩味道的人。骑车是对现代社会的一种挑战,是一种姿态。在中国骑车是现实,在发达国家骑车则是浪漫。

不在其位,不谋其事,我因为不坐班,对公共交通的关心,难免有些多管闲事,隔靴搔痒。然而出门坐车毕竟是件大事,在民国的历史上,公共交通一直有着特殊的地位,交通部长是个显赫的头衔,"交通系"是个很厉害的帮派。孙中山不当总统了,他选中的活儿便是修铁路,要是袁世凯好好当总统,讲民主,不独裁,像当时大家所希望的那样,成为中国的华盛顿,让孙中山一门心思修铁路,中国后来的交通现状肯定是另一个模样。解决一个交通问题，怎么说也比管理一个国家容易。

我们总是把太多精力花在别的事情上面。大连的那位朋友曾十分认真地问我，为什么南京不修地铁，说你们江苏那么有钱。这样的问题远不是我这种书呆子可以回答的，就像前些年有台湾人问我，为什么宁沪之间不修高速公路。乐观的看法是，问题最终都会解决，只要有耐心等待就可以。据说莫斯科的地铁，有许多都是打入集中营的劳改犯修建，回想我们的历史真是可惜，打了那么多右派，后来还有那么多的干校，那么多的人力物力都白糟蹋了。"文革"中后期挖防空洞，浩浩荡荡，那股热情用来造地铁，好歹也能挖出去一大截。

今天大连市内的有轨电车，成为现代化城市中一道亮丽的风景。老南京因此很怀念当年市内的小火车，可惜在五十年代，一赌气就拆了。还有无轨电车，也是说拆就拆，雷厉风行。这些动作都失之草率，跟玩儿一样，结果当我们又一次想到轻轨列车，想到地铁，想到环保，后悔已经来不及。后悔当然不是什么好事，如果今后能少点后悔，多好。

2001年1月1日，河西

怀念金春锅贴店

锅贴店很长时间都在南京湖南路上。曾经看过一个记载,说老字号的金春锅贴店,并不在这儿。湖南路过去不热闹,十多年前,我搬到这附近来住,街还是窄窄的单行线,走汽车很不方便。金春锅贴店是常去光顾的地方,离得近,拎着一口小钢精锅便去了。

在我印象中,每天吃晚饭前,金春锅贴店必然排起长长的队,尤其到了夏天,人热得直喘气,懒得自己动手做什么吃的,熬上一锅粥,去剁些鸭子或买些锅贴,省了事而且开了荤。卖锅贴的馆子附近不止一家,就数金春锅贴店的最好。天天有人排长队是最好的证明。检验好食品从来就看有多少回头客。我每次买锅贴,都比预定的要多买一些。因为既然排队,排了老半天,买少了太吃亏。像我这样心理的,并不在少数,排队时,人们总是议论,锅贴好吃,可惜队太长了,于是就赌气多买。

金春锅贴店有一绝招,在煎锅贴的时候,一定要浇上许多水。最初看到这么做,很不以为然。礼多人不怪,油多菜不坏,金春锅贴店给人的第一印象,好像只是为了省油。比较了别家锅贴,才知道学问就在这里,仅仅用油煎出来的锅贴,太硬了,一边吃,一边卡喉咙,远不如金春锅贴店的锅贴口感好。

几乎所有的老店,都会碰到严峻的新问题。金春锅贴店随着改革的需要,不断涨价,然而并没有因此失去顾客对它的热情。毕竟是老字号,要砸牌子也不容易。我想它也为自己的生存,苦苦挣扎过,它的拳头产品是锅贴,其他的都不敢恭维。有一次,我因为忍受不了排长队等锅贴,买了它的副产品常州麻糕,这一省事,还真坏了事,那麻糕实在够呛,扔了可惜吃了难受。

　　昨天路过金春锅贴店旧址,吃惊地发现老店已不复存在。湖南路因为近在家门口,三天两头就走过,以为它只是在装修,谁知道门面一新,在门口站两个时髦的小姐,老店的招牌便没有了。一打听,说是独资了,改高档馆子,大众食品锅贴自然不屑再卖。隔着高大的玻璃窗往里看,豪华之外,空荡荡没几个人在用餐。南京又不缺那种豪华的空荡荡的馆子,反而是老字号的金春锅贴从此说没就没了,以后想排队也没这地方。

安乐园雅聚

1937年冬天的南京,炮火连天,陷于日本兵的铁围之中。有一位刚从黄埔军校毕业的年轻军官,指挥炮兵又打下一架敌机,兴冲冲去司令部领奖。就在这时,大本营审时度势,做出了撤退突围的决定。八年抗战,年轻的军官身经百战出生入死,凭着赫赫战功荣升为将军。看了这位抗日英雄写的回忆录以后,我一直想把他的生平编成小说。人生一世,有如此辉煌的经历,实在太值得。抗日英雄早成了白发苍苍的老人。岁月似流水,如今连老人的儿子都早过了他当年叱咤风云的年龄,在南京安乐园酒家当经理。将门虎子,这位抗日英雄的后代,天生的和他老子一样的倔强,用带有挑战意味的口吻对我说:"你这些年认识的人好像不少,现在南京的回民馆子,我这儿最好,你信不信?不信,你找几个懂行的来品尝一下。"

当然不会相信,王婆卖瓜,自卖自夸,南京有这么多的回民馆子,凭什么说他这儿的最好。对于吃,自己是外行,难免不懂装懂。于是特约了南京的一些美食高手,雅聚安乐园。有人既然敢吹,不妨吓唬吓唬他,给他一个教训。年轻一辈人,谈起饮食文化,南京作家中黄铁男无疑是高手,他的《厨王》在《扬子晚报》连载,反应强烈有口皆碑,此外还有一项足以威慑人的烹饪协会秘书长的头衔。我告诉安乐园那位当经

理的,今天在场诸位,除了在下,最不懂吃的就是黄铁男。当经理的怔了一下,有点怕,笑着说:

"好,机会难得,请多多指教。"

安徽采石矶李太白祠联曰:我辈此来惟饮酒,先生在上莫吟诗。也不是随随便便吓唬人,山外有山楼外有楼,强中自有强中手,那天真让我召集了一批南京的大好佬。所谓美食高手林立,像我这样的,只能乖乖当哑巴,甚至黄铁男也不敢再放肆,谦虚得仿佛变了一个人,一口一个"听听老前辈怎么说"。在场的有八十多岁的老教授吴伯匋先生,吴出生于名门望族,对于吃的学问,比陆文夫小说中的美食家更胜一筹。有政协的侯名皋先生,他的《美食趣谈》很快就要出版,他为人所赞叹的辉煌历史,便是当年蒋介石、宋美龄请客,菜单常常由他定夺。还有名画家马得,老作家章品镇和高晓声,都是写文章的人里面了不得的吃户,老当益壮,谈起吃来如数家珍,样样精通头头是道。找这帮识货的指教真是故意和人为难。

老作家章品镇首先关照,既是品,量一定要少。果然是小巧,都是小盘子小炒。譬如烤羊肉串,便是插在牙签上烤的。又譬如金陵鸭颈,用鸭颈皮像裹香肠似的,硬塞进虾仁松子之内的馅,味道之好,真是只有吃的人才知道。这是安乐园的独创,几位老饕见多识广,这道菜还是第一次品尝。最好看的要算翡翠鸭掌,雪白的鸭掌去了骨,搁在绿颜色的素菜上面。最邪门的要算香蕉炒鱼片,又嫩又滑,吃下肚了,都不敢相信是吃的香蕉和鱼。美味佳肴逐个端上来,像战场上强大敌人的轮番进攻,我目瞪口呆,吃了都觉得很好。轮到吃"料烧鸭",明摆着很不起眼,放到嘴里就咽下肚,刚想说这道菜一般化,吴老先生咂了咂嘴,一锤定音,说这才是见功夫的正宗回民菜,自己的脸顿时红了,跟着大家筷子又刷地伸过去。终于一道点心,是桂鱼肉做皮子小烧卖,吃惊感叹之余,却听见侯先生挑剔说:"皮能再薄一点,更好。"

吃完了,经理红着脸来问候:"请多提意见。"

老先生们满意地说:"蛮好,真的蛮好。"又笑着说:"如今开馆子,像你们这么认真的,不多。"

经理很感动,懂行的碰到了懂行的,好比他乡遇到了故知,心里乐滋滋甜津津。一路喊着再来,一直把老先生们送到了大门口。民以食为天,和会吃的在一起,还真能长见识。人生一世,好死或赖活,生当人杰,死亦鬼雄,说容易也容易,说不容易也真不容易。吃什么,都吃出些味道来,也不是什么人都能做到的。

吃个热闹

过去有朋友来南京,就带去夫子庙品尝小吃。十多年前,曾自带碗勺,领着一班馋虫,挨个吃过来。每样东西只要很少的一点,尝鲜即可。夫子庙的吃,总让南京人津津乐道。我的一位堂哥生长在北方,屡屡说有机会到南京,一定天天去夫子庙,天天吃小吃。可惜英年早逝,他始终没有了却这心愿。时过境迁,今天夫子庙的小吃,已成了一种有大同无小异的流水线作业。一切事先安排好,一道道端上来,规规矩矩,既无悬念也无情趣。这种小吃是填鸭子,用本地话说,只能蒙蒙二胡,倒霉的是人民币。

这几年对付外地朋友,通常是去新街口的大排档。一听说大排档,自然想到街头不卫生的那种,朋友心里有疙瘩,客随主便,不好意思拒绝,到地方一看,心情立刻改变,原来是家看上去挺不错的馆子,而且装修得极有特色。和夫子庙的小吃相比,这里更有民间气息。每次去都人满为患,热门非常,有一次在宾馆里和北京的朋友聊天,到晚上十一点多钟,肚子饿了,出动吃夜宵,司机一听去处,便说:"妈的,大排档生意好得一屄屌糟!"朋友不太明白南京的土话,司机立刻改用普通话的腔调,说:"这地方生意真好得不得了!"

到大排档,朋友终于明白什么叫好得不得了。当然是没有座位,小姐让等一会儿,就这一会儿,源源不断的人又来了。好不容易等到一张桌子,坐下来,便听见那边为争桌子吵起来,看上去都是挺斯文的人,嗓门极大,幸好很快就平息。即使没人吵架,大厅里的热闹也非同一般,这里的设计思想很奇妙,它给人的感觉,是把熙熙攘攘大街上的夜市,很巧妙地搬到大厅内。上馆子和干其他别的不一样,馆子里没有人气,是一件很糟糕的事情。人往往越热闹,胃口越好,排队的人越多,嘴越馋。我伯父就说过一个美食秘诀,吃东西,一定要捡人多的地方去,因为中国人是个会吃的民族,实践是检验真理的标准,如果没人乐意来花钱,至少说明有点问题。

朋友也下过海,看生意如此火爆,连声说老板快活,天天数钞票都来不及。以后我们再去,便笑着说又要让老板数钞票。前几天,有一位朋友打电话给我,仍然怀念大排档的热闹,问是不是还有那么人多。她说得一本正经,风风火火,好像仍然置身于当时的热闹之中。我告诉她大排档已经搬家,并且换了名字叫大牌档,生意比以前更好。这位朋友听了哈哈大笑,笑完了,又刨根问底,非要问清楚搬到什么地方了。她对南京根本就没什么了解,和她说半天也是白搭。

2000年7月10日,河西碧树园

文化中的南京

南京这城市，很容易先入为主，给人良好印象。许多人还没亲历现场，心已事先被折服。譬如唐朝的刘禹锡，根据施蛰存先生考证，他并没有以旅游者身份来过南京，可是没调查没发言权这话对他不适用，在这位大诗人眼里，六朝古都不过是一座纸上的城市，他眼红别人写的几首关于金陵的诗，技痒难熬也一气写了五首。其中两首七绝成为南京最著名的商标，为有名或无名的书画家所热爱，挂在各大宾馆酒店的墙壁上供人瞻仰。"山围故国周遭在，潮打空城寂寞回"，是咏石头城。"旧时王谢堂前燕，飞入寻常百姓家"，是今昔的对照和感叹。

唐诗宋词中，南京充满文化。文化的味道有点酸，也有点自娱自乐。文化人通常都不会太得志，不得志，借着南京的悠悠历史，便可以弄点小酒，追古抚今发个牢骚。风吹柳絮，吴姬压酒，李白很潇洒地来了，先一个劲儿猛喝酒，干杯干杯再干杯，然后玩一回开心辞典，考考前来送行的金陵子弟。"请君试问东流水，别意与之谁短长"，这两个东西没办法比，无形的别意与有形的流水，没办法比就是文化，就是诗。

浮云蔽日，长安难见，南京这城市有着太多历史的含金量，因为多，常把访问者绕糊涂了。外地的文化人来南京，借着知道的那点唐诗宋词，动不动就要问起"无情最是台城柳"的台城，就要问起"二水中分白鹭洲"的白鹭洲,这些地名旅游图册上仍然还有,但是你如果真相信了,那就只能上当。

也还是在唐朝,杜牧的"商女不知亡国恨,隔江犹唱后庭花",活生生把南京钉在了历史耻辱柱上。这城市以出亡国的后主闻名,大名鼎鼎的孙权是如何英雄,他的后人却想用条铁索锁住滚滚的长江。接下来的陈后主李后主,更是一蟹不如一蟹,个个见美人情长,当英雄气短。都是些没出息的皇帝,城岂能不破,国焉能不亡。陈寅恪先生对杜枚的诗进行考订,得出一个斩钉截铁的结论,认定不知亡国恨的商女,应是"扬州之歌女而在秦淮商人舟中",他觉得我们对这诗的理解,有着不小的偏差,是"模糊笼统,随声附和,推为绝唱,殊可笑也"。

我是地道的南京人,对陈先生一向佩服,这个独到的见解只能笑纳。把南京从失败的耻辱柱上放下来,好意固然可以心领,但是大多数读者,大多数有点文化的人,怕是还不肯轻易放过。南京一方面大沾文化的光,一方面又实实在在受文化的累。历史和文化这些好词,从来就不会平白无故。若以歌咏的旧诗词作为评定标准,无论数量还是质量,南京一定会名列前茅,就此得出结论,南京最有历史最有文化,也不能算是大错,而所谓有历史有文化,又不能不和这城市的没出息分开。

南京这城市的文化光环,不仅体现在唐诗宋词中,也同时存在于日常生活里。托尔斯泰说过,幸福的家庭家家相似,不幸的家庭各各不同。他老人家为了强调自己的悲剧意识,把幸福给看简单了,其实幸福五花八门,也可以各式各样。

不妨文化地看一眼幸福,南京人感受幸福的能力向来有些风雅,看过《儒林外史》的读者都还能记得,一帮文化人喝足了酒,坐在风景处感慨古今,远远地看见两个挑粪桶的汉子走过来,歇在阴影下,一位拍着另一位的肩膀说:

"兄弟,今日的货已经卖完了,我和你到永宁寺去吃一壶,回来再到雨花台看落照。"

这番话让坐那儿聊天喝酒的文化人目瞪口呆,只能吐着舌头说,真乃菜佣酒保都有六朝烟水气。烟水气和烟火气本义差不多,用南京人身上,烟火就俗,烟水则雅。同样的例子还有胭脂和金粉,本来都一个意思,可是说到六朝金粉,气势已完全不一样。南京人习惯于在小感觉上找点幸福,什么事都不太在乎。不同地方有不同的幸福指数,北京人看当没当官,上海人看挣没挣钱,南京人当官挣钱都不是强项,只能把这些个事都不当回事。

我熟悉的一些朋友,议论到别人升官发财,不是眼红,反倒有些幸灾乐祸。用此地的口头语,就是鸟人又当官了,鸟人又发财了。不在乎之外,还要加上一点点鄙视。南京人最喜欢的一句话,永远是"多大的事",这语气一定要用地道的南京话来说,声调得往下走,充满了无所谓,一点也不往心上去。不以成败论英雄,是这个城市的最大优点,在这里,你不用害怕自己没出息,混得好不好都一样。南京人励起志来,忽然想到卧薪尝胆,能做的选择也就是发誓要到外地去,八十年代流行的是"老子到深圳去",好像深圳到处都是机会,现在变了,改成"妈的,我要去上海了",仿佛上海满大街是银子。

南京一度也提过要建设国际化大都市,早在上世纪二十年代末就喊过这口号,到了九十年代,又叫嚣过一阵。除了提倡者自己有些激动,谁也不太当回事。说大话谁不会,说了大话还要当真,这就不对了。幸福从来不是看一个城市的大和小,也不是看高楼多少,看收入高低,看当官大小,看房子的住房面积,这些玩意一点不在乎不对,完全依靠它们也不对。

幸福有时候还得玩点文化,换句话说,人总得有点精神方面的追求和享受才行。南京从来不缺文化,但是光有文化还不够,还得会享受,我不是说别的地方不懂得这享受,想说的只是,地道的南京人似乎更擅长此道。

2007年2月1日,河西

城市性格与作家

怎么样才可以成为作家，什么样的城市才有利于作家的诞生，向来有很多说法。公说公有理，婆说婆有理，这事说着玩玩可以，真要是来真格的，谁也说不清楚，谁也绕不明白。过去我一直最信奉沈从文先生的几句话，他认为当作家也没什么悬乎，一个人只要脑子没什么大问题，只要努力去写，多写了自然会写好，自然会成为作家。一个人因为写多了而写好，不奇怪，写多了却写不好，这个才叫奇怪。

现在常常可以听到这样的说法，某地方最容易出作家，譬如江苏特别是南京。这是个很有趣的观点，三人可以成虎，弄假可以成真，有关南京作家的群体繁荣，已不止一次见诸报端。此地的作家仿佛地方名优土特产，有了标签和招牌，害得年轻的编辑们为之心动，动辄便跑到南京来组稿。舆论的重要性不可忽视，明清的时候，河北肃宁和河间府专出太监，这是个只为一个男人服务的差事，而离南京不远的地方扬州专出瘦马，这是个为一大群男人服务的差事，时至今日，一般读者因为屡屡在电视电影上见到太监，都明白这些买卖是怎么回事，唯独对瘦马可能还会有些陌生。往俗里说，瘦马就是二奶，专门培养了给人做小老婆的。

把作家与太监瘦马放在一起谈，显得有些不够严肃，作家往高里拔,可以归为灵魂工程师一类。但是,事实就是事实,是事实就难免留下口舌,是事实就不能不让人说。不管是好事坏事,南京确实出了不少作家,白纸黑字铁证如山。放在历史上,南京出的作家就不算少,放在当下,这种现象似乎更加明显。在今天中国的文坛上,江苏的作家人多势众,而吃文字饭的人中,又属活跃在南京的数量为最多。很多大学生毕业了,放弃去北京去上海的更好机会,决定留在南京,留在这儿干什么呢,准备当作家。

我过去的观点,认为南京文学的繁荣兴旺,是因为此地的稍稍落后。虽然南京人也会自说自话,觉得他所生活的城市也是个国际化的大都市,也有好几百万人口,也有许多高楼,比不上人家大上海大北京,在省会城市中好歹还能有个不错的名次,然而说老实话,南京从来就是一个都市中的村庄,说南京人老土,说南京人落那么一点后,基本上不会有什么大错。和上海北京咄咄逼人的先进相比,落后自有落后的好处,譬如在北京,你免不了会想到自己的官有多大,天子脚下,最大的磁场就是来自官场的诱惑。譬如在上海,你忍不住要算算自己有多少钱,这里是中国最大的商业城市,能横行上海滩的都得是个阔佬。

在南京就要好得多,或许你也想当官,或许你也想发财,可是在此地这样的机会相对会小一些,压力也相对会小一些。没人在乎你有没有当官,没人在乎你挣了多少钱。我的意思是想说南京人当不了官,挣不着钱,于是就无可奈何地写小说,就当了作家。现在想想,这个观点仍然是自说自话,是想当然,是根据结果猜测原因。一个人在说话的时候,总是难免以偏概全,难免妄想以一斑而窥全豹,好像是有那么点道理,仔细想想就不一定说得通。哪里都有落后,哪里都有当不了官挣不着钱的人,走到哪里,都是老百姓和穷人占绝大多数。为什么别的地方就不像南京那样一窝蜂地出作家呢。

在庞大的南京作家队伍中，真正地道的南京本地人并不多。由此可以得出正反两个结论，第一，既然是和籍贯没有什么太大关系，南京出作家的观点便不攻自破，天上并不会掉馅饼下来，这里的水土特别养人就是个肥皂泡。第二，毕竟很多人是在南京才成了作家，譬如今天客居此地活跃文坛的诸位写手，他们是南京作家的中坚，人数和业绩远远超过籍贯是南京的本土作家。横竖都是个道理，又都不是那么回事。桔生淮南为桔，生于淮北则为枳，不管怎么说，首先还得是棵桔子树才行。显然，南京成群结队地出作家，是大家努力工作的结果，也就是沈从文说的那个多写，多了，自然会水涨船高。首先是要多，其次还是要多。大家都知道，在中国的文学史上，唐诗的水平最高，为什么会这样呢，因为玩诗的人太多。写诗的人多了，诗艺就一定会大涨，想不涨都不行，想不牛B都不可能。又譬如莎士比亚的戏剧，现在都觉得他真是了不起，为什么会有那么高的艺术水准，其实研究者早就告诉我们，在产生莎士比亚的那个时代，有一大批非常优秀的戏剧作者，有一大批非常优秀的戏剧观众，莎士比亚的诞生绝不是一件孤立的事件。

城市性格与作家未必就有什么必然的关系。随着社会的发展，城市之间的差异正在变得越来越小。我们总是喜欢想象和假设一些对创作十分有利的元素，譬如强调南京这个城市的性格，强调它所特有的文化含量，强调它悠久却又让人伤感的历史。所有这些外在的东西，对作家的创作和思考，究竟会产生什么积极推动作用。城市性格可以是个有趣的话题，它给了我们许多美妙借口，同时也会引导我们做出一些错误的夸大判断。话不说不明，灯一点就亮，南京这个城市真像我们自以为是的那样有文化吗？答案显然是否定的，在一个普遍缺乏文化的时代，任何自以为有文化的想法，都一定会被证明是十分可笑的。

南京是个十分宽容的城市，这个城市一向是不排外，不仅不排外，而且喜欢把这个城市的领导权心甘情愿地交给别人。王濬楼船下益州，金陵王气黯然收，此地的风气似乎是很容易被别人所接管，南京人并不在乎自己被领导。在电视机镜头前露面的各级官员，常操一口浓厚的外地口音，在南京不只是当作家容易，干什么都可以说是轻而易举。南京人不在乎别人在自己的地头上横行撒野，南京人对外地人甚至充满欣赏。以餐饮为例，南京人多少年来，一直是兴致勃勃地品尝别人的美味佳肴，各种风格的口味都能够让南京人大快朵颐。

宽容对创作的好处显而易见，宽容是对文学事业的最大扶持，宽容是文学的根本。文学这棵树有时候并不太在乎什么特殊的养料，文学不在乎待遇，不在乎级别，有时候，只要有那点自由清新的空气，有点阳光和雨露，就可以根深叶茂地自然生长。文学创作从来都是件非常个人化的事情，它永远是最需要独特的东西，是个性而不是共性。指望大家一拥而上，搞声势浩大的群众运动，这样的场面会显得非常可笑，结果一定是缘木求鱼。为文学施肥弄不好会好心办坏事，揠苗助长往往适得其反。

宽容就是给创作者一个足够的自由空间，别管他别理他，用不着太在乎他，让他自生自灭。多少年来，文学吃的最多苦头，遭遇的最大劫难，都是干涉太多。无论是来自外界的干涉，还是来自内心的捣乱，都有可能是致命的。文学创作没有那么多的附加条件，很多准备写作的人往往会陷入一个怪圈，那就是如果怎么样，我就可以成为一名优秀的作家。如果给我时间，如果让我写出来，如果保证让我的书出版，如果政策允许，如果领导能够十分关心，如果有美人红袖夜添香，如果媒体肯为我拼命鼓吹，如果这个如果那个，于是便有一位大作家冒了出来，便有一部传世的《红楼梦》再生。文学艺术从来就不太相信什么如果，一个人想当作家，选择南京这样一个宽容的城市，应该不算是什么大错,不过,就算是选择对了一个城市,最多也只是刚迈出去了第一步,真要以为来到南京,就睡在了作家的摇篮里,一定会功成名就,无疑是大错特错。

　　问题真的是很简单,前人的经验早已证明,当作家没有什么如果,真要有,也只有简简单单一句话,那就是如果南京的作家不继续努力,不实实在在地坐下来爬格子,所谓此地容易产生作家,就会是句不折不扣的空话。文学最容易骗人,相对而言,南京的过去和当下,出现的作家仍然是多,并不意味着以后还是继续会多,这里面只有巧合,没有什么必然。事实上,无论是过去的繁荣,还是现在的兴旺,都有严重不足的一面,都有拔高的嫌疑。文学正在萧条,虽然不至于说是正在恶化,却真的谈不上有多少景气,这已是一个谁都可以看见的事实。在全国的这盘棋中,或许正是因为文学不太热了,正是因为作家不再像过去那样让人关注,大家都不争先恐后地去玩了,南京还有那么几个人在坚持,在继续玩着,这才多多少少有了一些成绩,平心而论,这些小成绩还不足以担当文学的繁荣和兴旺。

2007年6月18日,南山

锦衣位的诗歌表演

这是个可以容忍诗人的城市,无论是在漫长的历史上,还是在当下的现实里。四月的南京忽冷忽热,风吹柳花满店香,不知谁登高一呼,沪宁杭一线的诗人纷纷出动。地点就在一个叫"锦衣位"的茶吧,与明代特务机构"锦衣卫"差一点,感觉仿佛是在中央情报局开会一样。匆匆地去,匆匆地又走了,一切都有点不真实,更像梦中的情景。诗出江南再自然不过,在这个风雨交加的夜晚,江南的诗人都赶来了,"都"字似乎不准确,还有很多诗人没来,其中包括熟悉的,也包括不认识的。

一个偶然的机会,读到一本取名为《从两面抵达或出发》的诗集,连续几个晚上,临睡前都沉浸在其中。至今我也不认识这位诗人,只知道我们生活在同一个城市,呼吸着同样正被污染的空气,默默无闻地写着诗。写到"默默无闻"四个字,立刻想到心高气傲的诗人会因此不高兴,我问过很多朋友,他们都不知道他是谁。这也是参加这次诗歌活动的真实动机之一,多少年来,我始终对诗人保持着美好看法,很乐意借此表达自己对诗歌的敬意。印象中,诗人要比我们这些写小说的人真诚得多,成就丝毫不比小说家逊色。

我希望在锦衣位看到这位诗人,很遗憾没如愿。这个城市里,存在着太多你可能陌生却很不错的诗歌。我并不掩饰有一种猎奇的心理。

毫无疑问，在这儿你可以看到很多熟悉的诗人，熟悉当然也是打了引号，我不得不承认，很多人虽然认识，诗还谈不上太熟悉，譬如潘维，譬如张维，譬如庞培，已经是好多年的朋友，诗并没有读过几首。还有朱朱和刘立杆，前几年踢足球时就认识，我读过朱朱的一本诗集，刘立杆的诗几乎没见过。在锦衣位遇到的诗人中，最熟悉和最不熟悉的是马铃薯兄弟，早在十几年前，我们就是一个单位的同事，大家经常聊天，这些年，他编刊物，经常有些来往，可是在一个多月前，我才第一次知道马铃薯兄弟这个笔名原来是他。太出乎意外，其惊讶的程度，不亚于听说萨达姆也写小说。

不知道该怎么描述这样一次诗歌的表演。这是诗歌的节日，诗人们纷纷登台亮相，朗诵。我是个十足的局外人，烟雾缭绕，太多人在抽烟，在说话，甚至都听不清楚还有人在朗诵。灯光太暗，显然我已习惯用眼睛去看，不习惯用耳朵去听。我喜欢诗歌的氛围，偏偏害怕人多和热闹。真有些叶公好龙的意思，于是我带着诗的副本，带着愉快的心情中途而去。雨后的空气清新醉人，在这个美好的夜晚，朗诵会将无限延长，我却打算独自坐下来，躲在没人的角落，静静地去读，慢慢地用心欣赏。

2003 年 4 月 20 日

在先锋书店喝茶

钱晓华在南大读书的时候,常到家里来做客,我们算是校友,他年轻,对人客气,我仗着是学长,就不客气。有什么事,他喜欢商量,说是向我请教,其实心里早有算盘。譬如说要办一家书店,问我怎么样怎么样,我提供不了什么好主意,只是不愿意扫他的兴。街面上书店已经很多,而且根据历史经验,办书店大都不赚钱,要赚也是微利。好在反正年轻,什么都是干,吃点苦头也无妨,他是文化人,想到涵浊的商海里插上一脚,不办书店,还能干什么。

结果出乎预料,先只是一个小门面,地点在城南,有点影响,后来就闹大了,搬到南大的校门口,门面仍然小,却是曲径通幽,里面大厅豁然开朗,富丽堂皇。论雅,论品种齐全,论装潢讲究,南京个体书店中间,先锋书店大概数一数二,我这人虽然孤陋寡闻,本地外埠的个体书店见过不少,能折腾到这一步的,真还不多。

去先锋书店喝茶,似乎是钱晓华的创举,他生长在茅山脚下,对茶道情有独钟,自己善饮,以己度人,于是猜想别人也会喜欢。书店选书,可能是个浪漫的过程,一边挑选,一边喝茶,别有一番情调。记得开始创办书店,钱晓华曾很傲气地说,自己比别人懂书,知道文化人喜欢什么书,因为他就是个不折不扣的文化人。这种话,只有书呆子才能说出口,事实证明说得不错。

书店作为文人聚会的地方,历史上便有来头。二三十年代,日本人内山完造在上海开书店,有头有脸的文化名人,不敢不去光顾。先锋书店在南京文化人中,已有广泛影响,其中大学生最多,在校门口,走几步路就到。玩书的人也喜欢,想要什么书找不到,去先锋书店碰运气,往往带着意外惊喜而归。熟人在那儿碰面,书友在那儿聊天,都很平常。品茶论书,难免文化人酸气,然而既然到处铜臭,有些迂腐穷酸,也没有什么不好。

在先锋书店喝茶,不收费,又是钱晓华书呆子气的地方。开书店,不想多赚钱不对,也维持不了,钱晓华自有钱晓华的妙招。既然去先锋书店,喝那么好的茶,又看那么多的好书,不随手带几本走,书店主人无所谓,关键是对不起自己。

1999 年 10 月 15 日,河西

反对草地的理由

小时候就对野草的印象一直不好,记得当年打扫卫生,很重要的一个项目是拔草。无论自家院子,还是在学校,还是市中心的马路边,不留神,野草便轰轰烈烈长出来。记忆中,当年根本没有"绿地"这词,春草年年绿,到了夏日滋生蚊子。父亲老是情不自禁,动不动就去院子里拔草,邻居都觉得他像雷锋,默默地在做好人好事。

到了八十年代末,南京最大的公园里搞了一个高尔夫球场。当时很热闹,仿佛突然从天上掉下来一块大馅饼,引进了一个了不得的好项目。吹得天花乱坠,什么会员制,成功人士的标志,光一张证就是天价。有好几年,我天天去这个公园散步,几年之内,至多一次看到有人在玩。除了不断有人保养草地之外,看到更多的,是草地上捉虫子的小鸟。再也没有比这更凄凉的地方了,不但暗示着经营情况不佳,而且说明那些倒霉的会员可能已破产了。我不会算经济账,赚钱赔钱随它去,只是心疼被活生生糟蹋一个好地方,原先那些好端端的树,那些"依旧烟笼十里堤"的一排排杨柳,那些高耸入云的杉树,那株伫立湖边的大桑树,转眼间都没了。记得当时女儿养蚕,我天天去采桑叶,蚕结茧、茧生蛾、蛾产籽,第二年初夏,籽突然变成了小蚕,黑乎乎一大片。我忙得筋疲力尽,最后只好将蚕宝宝全送到树上去自然放养。

眼睁睁地看着一大片树林没了,都不知道找谁说理去。树砍了也就砍了,我不知道中国还有哪个城市,会在市中心建这种愚蠢的高尔夫球场。报纸上说,这球场的草地如何珍贵,如何从某国引进,又说保养起来要如何花钱。反正这事一直让我耿耿于怀,"无情最是台城柳",人要是无情起来,更不像话。有关部门咨询绿化问题,我总是很极端地反对草地,尤其反对貌似高贵的进口草皮,其中很重要的一个理由,就是因为想到那些被无情砍去的树。

反对草地的其他理由,就算不说,也能想到。我所在的城市是个著名的大火炉,骄阳似火,酷暑难当。这是个树阴多多益善的地方,在市民广场,在成片花岗岩地面旁的草地上,你总是看到有人在浇水,在除杂草。看看那些忙碌的园丁,不能不想到人生的艰辛和不易。有下岗的人在,还有农民工,园丁的活再苦,不用担心找不到人干。草地中看不中用,一大片草地抵不上一棵大树,这是立体和平面的关系。发达国家确实有很多草地,人家是绿色树林中的草地,作用是可以让人透气,醒目,我们却是水泥森林中的草地,充其量只能装点门面,远远地看着都不知该如何亲近。一句话,这个城市更需要的是树阴,大树底下好乘凉,而它的气候,恰恰最适合种树,种大树。

2002年10月7日,河西

地铁的感想

常在电话里被记者追着问有什么样的感想,这也是时代特色,记者要写文章,要补版面,便捷又行之有效的办法,就是用电话问人感想。譬如南京的地铁开通了,你有什么看法,一个个电话打出去,追着人家问一通,文章便八九不离十。我对事情的反应,往往慢半拍,电话挂了,记者的追问像暴走族驾着轰隆的摩托一样过去了,感想才像女人生产时的阵痛,慢慢地出现在脑袋里。

地铁对一个城市来说,自然是有着伟大的意义。记得多少年前,南京地铁还没有开工,就有记者迫不及待诘问,为什么南京不建地铁。这个问题不用回答,今天上网浏览新闻,有一条消息是,沈阳已经被批准建造地铁。要说南京和沈阳,都应该是最早拥有地铁的城市,沈阳作为东北重镇,作为一座工业化方面有着突出贡献的大城市,和南京一样,就算是万事俱备,也得乖乖地等待恩准的东风。地铁从来就不是你我老百姓们想建就建的事。

提到地铁,忍不住会想到文革中的大挖防空洞。那时候,居住的房子周围,天天在挖,挖了深深的沟,抽水机源源不断往外排水。不知道这些防空洞现在的命运怎么样了,是填了,还是改成了下水道。当时是各个单位分配一段,每段二三十米,就其规模来说,完全能和北京当年挖地铁相媲美。这么说并不夸张,因为差不多同时期,我们的首都就是这么兴师动众挖地铁。把土深深挖开,弄好了再把土填上,你可以嘲笑方法落后,世界上的发达国家,最初建造地铁,都是这么折腾的。

不知道深埋在南京的地下,究竟有多少条防空通道。众所周知,北极阁山下的防空通道,一度曾当过家具商场。我不知道那条从屋前经过的防空通道,来自哪里,最后又通往何方,只是听人说,沿着它走,可以到中央商场去购物。当初的旧家,离新街口还有好几站路,这条通道的规模之大不难想象。忘不了挖这防空洞给生活带来的不便,幸好那时候父母还没有老态龙钟,也没有听说谁掉到沟里受伤或是淹死。因为不断地要抽水排水,对地基造成了严重破坏,我们的房子成了危房,最后不得不紧急搬家。

享受地铁是件快乐的事情。然而是享受都有代价,这代价包括花钱,大把地花钱,还有建造地铁时,给人居生活带来的种种不方便。为了建造地铁,适当的忍受还是值得的,我因此遥想当年,如果从家门前挖的不是防空洞道,而是地铁,这多好。又想到五七年打右派,文化大革命搞运动,没完没了地劳动改造,要是把那些浪费的人力物力,变成建造地铁的生产力多好。

莫斯科的地铁,有很多就是劳改人员挖的。

2005年8月20,河西

感受豪宅

有机会参观正在建设的一批豪宅,据说是本市最贵的别墅,在全国也名列前茅。便宜的要六百多万一套,贵的是一千五百万。以老百姓的眼光来看,所谓豪宅更多的只是个概念,是既具体又抽象的数字,与我们的日常生活,并没有什么太大关系。

小时候最熟悉的口号是"为人民服务",这口号或多或少地影响了我的人生观。读雨果的小说,读巴尔扎克的小说,读托尔斯泰的小说,情不自禁地就想起了天下的劳苦大众,就想到要批判资产阶级,要批判资本主义的金钱欲望。在我幼稚的印象中,人民水深火热,人民受苦受难,因此,为人民服务不仅是个伟大的事业,而且还可以让人体会到崇高,觉得自己可以为别人做点什么。从事精神产品生产的作家身上,这一点表现得尤为突出,毫无疑问,在口号冠冕堂皇的诱惑下,我们会在不知不觉中感觉良好,一不留神就把自己放在了人民之上。

我并不是想说,因为看了几套豪宅,立刻茅塞顿开,立刻恍然大悟,立刻明白自己原来也是人民大众。要说觉悟,早就觉悟了,我这人虽然浅薄,还不至于看别人有钱就想革命,见别人住好房子便要造反。想说的只是"人民"这概念,竟然是个可以任意打扮的小女孩,想怎么涂脂抹粉都行,放大缩小都没关系。不同的人有不同的理解,不同的理解有不同的结果。人民是个大概念,能包容许多小概念,换句话说,在过去,我们习惯在精神方面把自己放在人民之上,又在物质或既得利益方面,把有权势的少数人排除在人民之外,其实这些观点都可以修正。

你总不能说住豪宅的就不是人民。连字典对于"人民"也是哭笑不得,譬如使用金山词霸,输入"人民"以后,立刻蹦出来三个解释,首先是"指作为社会基本成员主体的劳动群众",其次是"一个国家的普通人,区别于少数有特权者",第三便是"人类"。千万别小看了这第三,因为事实上,在今天这个时代,为"人民"正在悄悄地被为"人类"所替代。再换句话说,很多或者更多时候,社会基本成员的普通人享受的服务,远不如少数特权者。前者享受被服务的空洞概念,后者才享受被服务的更多实际内容。

房子盖出来就会有人去住。富豪要摆谱,房地产商想赚钱,愿打愿挨,于是孕育了商机。豪宅属于人民中的极少数人,要说自己不喜欢极少数人,这话听起来刺耳,有些顽固和保守,有些不着边际,因此我也不准备哗众取宠。只想说一句老实话,我不太喜欢这些已被媒体炒得轰轰烈烈的别墅豪宅。你可以讥笑我,绕了半天,终于露出了吃不着葡萄说酸的嘴脸,就算是吧。

2003年3月22日,河西

房价的旁观者

这些年来,和那些迫切想买房的业主差不多,我一直在关心身边的房价。事不关己,却不能高高挂起。我像真想买房的人一样着急,一样激动,一样无可奈何。一位朋友笑话我,与自己无关的事也能这样,也着急也激动,而且还无可奈何,这就是地道的作家素质了。

刚搬到龙江的时候,周围到处都是空地。然后空地变成了工地,机器轰鸣,尘土飞扬,是地方就有售楼处。闲着也是闲着,因为散步,几乎所有的售楼处我都去拜访过。售楼小姐最烦的,就是我这种无所事事的主。她们在我的身上浪费口水,一次次希望,一次次失望。仿佛风水先生,对每个楼盘的房子,我都有过一番认真研究,朝向,楼距,学区,未来发展远景,都在考察范围。有关部门不聘我为顾问,真是太可惜了。

我基本就是一个街头爱看热闹的看客,对所有的房价记忆犹新,不仅关心新房,连二手房也不放过。明摆着没有卖房的意思,可是一年里,平均每个月,都要对自己的房子重新评估。升值的喜悦让人得意忘形,高兴之余,又难免隐隐担心,日后房价果然落下来怎么办。范仲淹《岳阳楼记》中的名句,是"居庙堂之高,则忧其民,处江湖之远,则忧其君,是进亦忧,退亦忧",我既不在庙堂,也不处江湖,进则也喜,退则也忧,心态几乎和房地产商不相上下。

现实生活中,像我这样的旁观者,身边还有几位,不过已经不多了。这些年,年年都有人在叫嚣要抄房价的大底,可是房价是雨后的春笋,你希望它跌下来,它偏偏跟服了伟哥一样,始终高昂着骄傲的头。人不能随便动了买房的念头,动则乱,乱了就麻烦。心志乱了,就当不成闲适舒心的旁观者。说老实话,人真要想抵挡诱惑,也不容易。买房的欲望是感冒病毒,会在不知不觉中传播和传染,于是大家不可避免地开始打喷嚏,流眼泪,面红耳热,发低烧或者高烧。我身边的旁观者,已纷纷下海了,跳入水中。前些年,人们见面,常问的一句话,是上网了吗。现在已经变成换手机了吗,买房了吗。

2005年6月28日,河西

老王的车位

老王的车位本来不是问题。现代人面临的最大问题,不是问题的问题,渐渐都成了问题。老王是大学教授,从助教到讲师,到副教授,到教授,一步一步,不比别人领先,也不比别人落后。最初留校住筒子楼,公用楼道上烧煤炉,然后合住,一套房子住两家,都是已婚的青年教师,两家小孩闹不愉快,大人也不愉快。好在是知识分子,都还斯文,内心咬牙切齿,不过斗斗嘴,见面不理睬。然后有了单独套房,由小而大,隔几年像电脑升级换代一样,不大不小往前走一步。

老王的身上体现了知识分子政策。有一套不错的住房,高高在上,比上仍嫌不足,比下绰绰有余。老王的妻子也是知识分子,大学刚毕业时,常抱怨书白读了,大学文凭等于一张废纸,当时流行的行话,是"研究导弹的不如卖鸡蛋的",没上大学的亲戚朋友熟人,收入都比她高。现在,老王夫妇住在新房里,看着很快要上大学的儿子,看着远处低矮的平房,今非昔比,不禁知足常乐。

老王最近在为楼下的车位烦神操心。问题是儿子引起的,他说老爸,有没有注意到,楼下的私车不要太多,我们什么时候也买辆车。老王早注意到楼下有不少小车,同教研室的杨老师就有一辆。儿子不提醒,老王不会去思考,儿子一说起这事,老王立刻想起杨老师说起私车时的得意。老王并不羡慕人家有车,杨还是个副教授,副教授风头竟然盖过正教授,他至多是有些不平衡。老王用做学问的方式,对小车进行了阶级分析,结论非常简单,不管公车私车,拥有者不是有权,就是有钱。他无权又无钱,因此也不烦神操心。

老王是个节俭的人,平时出租车都舍不得坐。楼下的车是否停满,本来与他没什么直接关系,但是杨老师关于车位的一番议论,却让他寝食难安。杨老师说,你不是去过台湾吗,那边情况应该知道,人家车位是什么价,对了,再想想北京现在的车位什么行情。车位也跟评职称一样,粥少僧多,谁先占了也就占了,这事可马虎不得。老王立刻去咨询,物业公司查了一张什么表,说车位已没了,别人都付过钱。老王忍不住着急,说万一我想买车怎么办。物业公司的人不回答,光是笑。杨老师听说情况,也笑。老王于是很沮丧,想自己这辈子再没办法买车了,沮丧很快变成绝望。杨老师安慰说,说是没有,未必就百分之百的实话,我帮你找人。结果打听出来,还剩最后一个车位,是物业公司的人自己留的。

杨老师说,要这个车位,赶快付钱,先把它抢到手,否则就来不及了。

老王不知道自己什么时候买车,也许永远都不会买。他痛苦了一天一夜,第二天去银行取了钱,买下了那个最后的露天车位。

2003 年 7 月 11 日,河西

怀旧的西瓜

小时候,西瓜总和澡堂子连在一起。说不清为什么,反正家门口那个人民浴室,到了夏日,它就兼卖西瓜。买的多,便服务周到,可以送货上门。我的小床底下,到日子排满了陵园西瓜,个头都不大,像故事片《地雷战》中的地雷。来送西瓜的伙计,照例说一口地道的扬州话,老练地敲着西瓜,生的往里放,熟的搁在外面,关照一番,汗淋淋地去了。

有一年,在浴室看见两个光溜溜的家伙,大大咧咧问伙计,说今年怎么不卖西瓜了。伙计说,卖什么西瓜呀,外面乱哄哄的,不敢卖了。光溜溜的家伙便说,怎么能说乱呢,我们哥俩刚从北京串联回来,这形势是一片大好。转眼已套上了衣服,我看见两个家伙的胳膊上,都带着红袖章。那是我第一次看到有人带这玩意,物以稀为贵,后来见多不怪,很快连澡堂伙计也套个红匝在膀子上。

我的童年记忆,伴随文化大革命逐渐清晰。印象中,过去的水果店不卖西瓜。公家水果店很少,私人好像又不可以开店,西瓜也不在街头上卖。吃的西瓜,都是从什么地方冒出来,一直让我想不明白。文化大革命开始的那几年,父母境遇极惨,或许根本没西瓜吃。毕竟四十年前的往事,我的记忆突然变得模糊起来。

也许,很重要一个原因,还是我不喜欢吃西瓜。不喜欢,就不会往心上去。小时候因为要吐籽,真是一件让人扫兴的事,怕麻烦,把籽咽下肚了,大人一个劲地吓唬,说是要拉肚子,会肚子痛。西瓜对于我,唯一有趣的记忆,是跑得很远去拎一桶井水。住的地方叫杨公井,此地偏偏没井,必须跑到另外一条叫户部街的小巷去取水,水取回来,把西瓜浸在桶里,在当时,这就是所谓的冰镇西瓜。我并不觉得井水浸过的西瓜有多好吃,享受的只是大人的交口称誉,小孩子总是有虚荣心,能听到表扬,就心满意足。

我的祖母晚年是在北方度过的,她临终之前,南方人的思乡情绪强烈,突然想吃西瓜。于是到处去找,是五十年代中期,听父亲说,在这没有西瓜的季节,为了弄到西瓜,花费了太大力气。后来终于找到,在一个大冰窖里,价格自然不菲,打开以后,内容已经很不堪,像棉絮一样食之无味。

冰箱之普及,真正的"冰镇西瓜"已不稀罕。种植技术革命,让西瓜失去季节。骄阳似火,酷暑难熬,满大街都是愁眉苦脸的瓜农。瓜贱伤农的老调正在重弹,昨日黄昏散步归来,妻子说,我们买个瓜吧,卖瓜的太不容易。餐后边看电视,边分食西瓜。我感慨了几句,女儿不耐烦,说吃西瓜就吃西瓜,怀什么旧。

2006年8月6日,河西

拆了百年老浴室

一家有着百年历史的老浴室,一夜之间被野蛮拆除了,天亮前那一小会,神兵突然天降,动用了推土机,稀里哗啦立刻解决问题。现代化就是这么厉害这么爽,过去都说文化大革命如何了得,其实那年头的破坏主要靠人力,靠饱满的革命热情,红卫兵小将还是毛孩子,做事也没长性,破四旧跟玩过家家差不多,真让他们来拆一栋栋的老房子,怕是也没那耐心,小将们手里有了今天的机器设备,后果不堪设想。

没有人对这件事负责,有关方面异口同声不知道,都很无辜,都很策略。媒体于是质疑,债有头,冤有主,不大不小的一破坏,总得有个交待,不能就这么蒙混过关。说法当然会有,无非罚几个小钱,做个检讨,然后某领导发发火,某群众或专家电视上说几句话,文物或文化再扯上一通。不由得想起前些年的老虎桥监狱,也是在瞬间成了废墟,想想都可惜,它不仅是南京,也是中国历史上最古老的一所监狱,说拆就拆。还有总统府门前的大照壁,别看只是一道围墙,对南京的意义,基本上就是天安门前的华表了,说拆就拆。还有相当数量的历史文化建筑,明清的旧宅子,民国的老官邸,拆了也就拆了,媒体追问一阵,不了了之。

还有那些绿阴蔽日的大梧桐树,据说有六千多棵,活生生砍了,当年不让人说,写文章也没人敢发,后来渐渐能见到一些文字,再后来,主管官员双规,落水下马,便开始没什么忌惮,谴责和追问声四起,马后炮乱轰。无奈树早砍了,树桩也早挖干净,结果只能是白头市民在,闲坐说梧桐。

外地朋友说起这些,说南京人真是好说话,这么野蛮的事件,如何一件件都容忍了。我情不自禁有些惭愧,也有些愤怒,最后只能反唇相讥,以毒攻毒。天苍苍野茫茫,九州之内普天之下,被野蛮对待的岂止是一个古城南京。朋友所在的那个城市,同样的野蛮行为并不少见,五十步笑一百步,凭什么。

南京新建了一个酒吧一条街,命名为"一九一二",是年轻人喜欢去的地方。我茫然地想着,如果老虎桥监狱还在,改造一番,当年的牢房变成酒吧和包厢,一定会很酷,毕竟是真正的老玩意,就算是废物利用,配上一些当年在这儿坐过牢的名人照片,怎么也比一个新建的假古董有来历吧。

六千多株参天的大树曾是这城市的最大骄傲,真正的独一无二,如果树还在,南京城面貌必然是另一个模样。夜色中突然被拆毁的百年老浴室,谁也说不清楚这玩意还有什么用,一拆一毁,一段活生生的历史也就无影无踪。

2008 年 5 月 10 日,南山

修城墙干什么

所居住的城市,拥有着世界上最长的城墙。这是一道独特的风景线,记忆中,明城墙是残缺的,杂草丛生,高树环绕。我常和朋友一起爬到城墙上,往不同方向探索,南京城墙不仅残缺,而且还有一道道隔断。冒险翻越这些隔断,是非常有趣的游戏,小时候,总是想不明白,为什么非要砌上一道道人为的墙。我们常常被警告,说有人翻越隔断时,掉到城墙下去,摔断了腿,丢了性命。砌隔断墙的目的,是不让我们在城墙上玩,可是孩子心里,最喜欢那些不让他们玩的地方。

南京城墙,因为历史原因,早被人为地切割成一段段。上世纪五十年代中期,朱偰先生到处奔走,反对扒开城墙,结果被活生生打成了右派。朱偰是朱希祖的公子,朱希祖是章太炎的弟子,是鲁迅的师兄,是北京大学第一任的中文系主任和历史系主任朱希祖。虎父无犬子,朱偰是中央大学的教授,经济系的系主任,解放后当过省文化局副局长。今天能见到的许多南京老照片,都是他当年拍摄的。二十年代末三十年代初,国民党政权定都南京,大兴土木,推土机满大街跑,原有的风景名胜纷纷遭到破坏,朱偰是留洋回来的博士,知道保护历史文物的重要,拦不住推土机,只能到处拍照,为后人留下了这些珍贵的镜头。

一介书生,保护不了南京的城墙。在强权面前,一个文人除了说不，注定无能为力。南京是个历史名城，这名城的历史，有一点让人玩味，就是它的不断被人为破坏。"无情最是台城柳"，文人无奈，柿子捡软的捏，只能去埋怨杨柳了。

六百多年前，朱元璋修城墙，自以为将建一个万年江山，没想到儿子手上，高筑墙已成了个笑柄。说白了，南京城墙不管吹嘘得如何伟大，除了记录历史，并没什么特别意义。反对拆城墙，实质是反对破坏历史。历史是一面镜子，有这面镜子，我们看到过去，也很自然地想到未来。拆城墙本身也是一段历史，是历史就没有必要去掩盖，是历史就应该正视。历史的经验值得注意，这是毛主席他老人家的教导，大家曾经像和尚念经一样地念过。以南京目前的状况看，重修城墙造成的破坏，远远超过拆城墙，当年不过是把好端端的城墙，扒开几个口子，现在全面翻新，野蛮糟踏文物，差不多把旧城墙的历史沧桑感全破坏了。

我们为什么总是改不了创造历史的坏毛病，六百年前，吃辛吃苦地建，然后扒开，然后再重修。这么折腾，我们累，南京这个古城也累。

2003年11月30日，河西

城砖上的文字

人们对身边的东西常常熟视无睹,譬如南京老百姓,很少在意随处可见的城墙。我们出生那会儿,它们就存在了,长着野草小树,残破不全,这边塌了一大片,那里扒开很大一个缺口。小时候,爬城墙上去玩,站上面已是登高处,极目远眺,可以看见全城风景,看见钟山的紫气,看见蜿蜒的秦淮河,看见更远处的长江。白墙黑瓦,夹杂一些民国的小洋楼,这就是几十年前。

很少会去想,南京城墙是砖砌的,每一块砖上刻有文字。许多年前,从事城墙研究的一位朋友,对我大谈这文字的学问,我听了一头雾水。为了验证,他拍着胸脯说,日后会赠送一张精美拓片给我,为此我耿耿于怀。后来看到厚厚的一本《南京城墙砖文》,翻阅上面一个个的图版,更加耿耿于怀。我对书法没有研究,只是想当然地认为,能在自家墙上挂点这样的拓片,不比某些名人的真迹逊色。而且名人的字,通常和价码紧密联系,我这人俗,太值钱的,还真不敢往墙上挂。

没想到城砖上那些文字,最后可以变成一本《辞海》般的大书,十六开本,四百多页,有很多耐人寻味的图版,实际厚度是其他书籍的一倍。因为有了这本书,我可以轻而易举地了解城砖上的文字,这些文字不读也罢,真读了,立刻长学问。

在城市规划方面,古今中外,恐怕没有一个城市会像南京这样疯狂。大家都知道,南京城的建设,只是一个半成品,永乐大帝迁都去北京,声势浩大的造城运动基本上停止。有了城砖上的记录,就可以大致知道,连绵的南京城墙,当年究竟有多大一个范围,为它加工城砖,所谓尽全国之力,又到底是怎么回事。同时,它也准确地提供了城砖的烧制时间,以及相关的砌墙年代。更重要的是,有助于我们了解明朝初年农村基层的衍变,这些最民间的东西,是研究历史的重要素材。

在书法家眼里,城砖虽然来自官府,却反映了最好的民间书风,或篆或隶或楷或草,它们应该是书法史中不可忽视的一个部分。当然,让我过目不能忘却的,还是一串串活生生的人名,有的与头衔连在一起,官气十足,譬如提调官张勖,司吏邸忠,总甲刘志江,甲首蒋启岩。有的朴实和直截了当,非常的平民化,譬如窑匠汤丙,造砖人尹庭主。在二十人的广信府窑匠名单中,以数字结尾的人竟然占了四分之三,其中有王友一,王真二,徐英三,毛青四,郑隆五,方谦七,伊绍八,郑匆九,余德十。独缺了一个"六",而抚州府的名单上,就有周仁六和邓正六。

如果写历史小说,这些名字拿过来就能用,不但能用,我甚至都已感受到了他们的呼吸。

2008 年 7 月 30 日,河西

城墙的历史

南京人一直觉得自己是南方人。很多人不这么看,近在咫尺的上海人听了,忍不住冷笑,更南边的广东人广西人,干脆嗤之以鼻。其实南京人也不在乎是不是南方人,历史上让北方的势力欺负惯了,动不动被人家侵略征服,屈打成真,也就稀里糊涂自认为是南方人。

直到一百多年前,南京人才明白,原来打南边也会冒出厉害的角色。操广东腔的太平军跟玩儿似的进了南京,再后来是曾剃头的湘军,此地老百姓只知北方大汉的厉害,遇到真正的南蛮,一样鼻青脸肿。我小时候一直把长毛当英雄,对湘军很感冒,这是教科书的功效,后来偷着读了些史料,才知道真相并不是老师说的那样。

南京的城墙有六百多年历史,说起来骄傲,来头很大,境遇却十分凄凉。从一开始就像个被成功男人糟践后随手扔掉的弃妇,虽然有"祖宗创业之地"的光环,但是"自成祖定鼎幽燕,南中大内遂为虚设",结局只能是"宫阙坠而不新,衙宇亦日从凋落"。禁令勿修,听其自坏,好在没有什么人为破坏,听天由命熬到清朝,满人尽管异族,不如汉人斯文,毁坏文物的大帽子,戴不到他们头上。

人为的破坏从太平天国开始,洪秀全为了修天王府,灵机一动,在取之不尽的城砖上打起主意。这有意无意地开了一个很坏的头,此后仿佛患疟疾打摆子,每隔个若干年,便有人就地取材,不肯放过那可怜的城墙。南京曾经历过好多次战争破坏,与人为的拆城墙相比,只是小巫见大巫,连个零头都算不上。

大清朝说完蛋就完蛋,封建社会结束,古城墙也就成了封建余孽。无论北洋政府,还是定都此地的国民政府,包括1949年以后,哪朝哪代都好心干过坏事,民国四年,"为解决江宁旗民生计","以工代赈",也就是让八旗子弟去拆城砖卖钱。买主基本上是外国人,于是有了今天的南京大学和鼓楼医院几栋老房子。当时街头有专门卖城砖的店铺,张謇就买了很多带回南通。

蒋委员长也动过城墙的主意,黄埔军校迁南京,盖房子要材料,他以校长名义亲自给市府写信,并指示手下先拆了再说。秀才碰到兵,有理说不清,好在当时蒋也不能一手遮天,打来打去,最终还是被南京市府给拦住了。

这些年来,说起南京城墙,常常是如何被毁坏。众所周知,最疯狂的莫过于上世纪五十年代。对掌故有兴趣的读者,不妨去读《南京城墙志》,这是一本诉说城墙历史的巨著,洋洋一千二百万字,内容翔实,读了让人哀叹不止。

提到南京城墙,总会有一点别样感情,谁让我是南京人呢。

2008年8月1日,河西

记忆八卦洲

记忆中的八卦洲,最初还有些少年气息,那是刚读初一,秋收秋种季节,在老师的率领下,我们稀里糊涂地去了。现在回想起来一片糊涂,只记得挤在渡船上,有人惊呼"快看,快看"。我什么也没看到,根据眼快的同学讲,他们看到了江猪。我甚至记不清在哪儿上船的,转眼快四十年,这么多年的往事,早已陈谷子烂芝麻,不该忘也忘了。

此前我在江阴农村待过两年,有捉螃蟹的经验,当天就在水沟边捉了两个大螃蟹。那时候的八卦洲有许多野生螃蟹,当地农民见怪不怪,同学们却十分惊奇。我们拎着螃蟹到处招摇,可惜当时男女生不说话,也没机会拿到女生那儿去显摆。

接下来两次隔江遥望,仍然与螃蟹有关系。几年后中学毕业,我进工厂当小工人,有人要去北京,为了给祖父带些螃蟹,我与朋友在江对面的燕子矶守候,等候早班渡船,买农民拎在手上要卖的螃蟹,很快搜罗了一面粉口袋,然后匆匆扫一眼对岸的八卦洲,凯旋而归。这以后又过若干年,是八十年代初上大学,有一次集体活动夜游长江,船上灯火通明,八卦洲看过去一片黑,我一下子想起了当年,秋收,秋种,水沟边自由自在的螃蟹,码头上翘首企盼等渡船过来。正好那次游船上小卖部有烧熟的螃蟹供应,一位从未见识过的湖南同学,不相信这张牙舞爪的玩意能吃,于是我们一同起哄,让他无论如何试试,说在南京混了几年大学,连螃蟹都没吃过岂不罪过。

印象中的八卦洲,与江南水乡没太大区别,成片的水稻田,一条条沟渠。印象当然靠不住,毕竟浮光掠影,很显然,我的记忆也没什么货真价实,不过看了几本书,接触过一些资料,多少知道点历史。我知道这里曾是满人旗民的天下,知道这里的所谓土著,祖上大多数是安徽无为人。八卦洲紧挨着南京,或者干脆说,它就是这城市的一部分,真正熟悉它的市民却并不多。

这些年有机会又去过几次八卦洲,残缺的记忆变得更加不靠谱。眼见为实,首先吃惊它的巨大,原以为只是江中间一个小岛,没想到面积竟然与南京城区差不多。其次没想到有那么多的树,成片的柳树,成片的白杨林,一眼望不到边。记忆中江南水乡的田园风光不复存在,非常大的变化正在身边悄悄发生,我们却很可能一点都没察觉。

今天的八卦洲,已成为保护市民不受污染的重要屏障,计划中这里将是一个江中森林公园,将成为南京这个城市用来净化呼吸的肺。众所周知,八卦洲的那边是江北化工区,有着太多国家级的重点化学工业,它们是历史留给南京的一笔财富,同时也是一个很重的负担。为了化解这负担,必须有一个绿色的八卦洲来埋单。

2008年3月2日,南山

芥子园在什么地方

浙江朋友来南京玩,狡黠地问芥子园在什么地方,我立刻犯糊涂,一时真答不出来。他早料到结局,笑着说在兰溪,我连声嚷嚷不可能,芥子园在南京,众所周知,差不多文化人都晓得,怎么会跑到浙江去。

朋友为家乡辩护,说李渔是浙江老乡,籍贯是兰溪。我听着不乐意,说李渔在江苏长大,一口苏北话,与浙江的关系,也就剩下一个籍贯。这话有点较真和赌气,李渔叶落归根,毕竟死在杭州。胡搅蛮缠地抢夺历史文化名流,不仅有失风度,而且十分俗气。但是就算李渔是浙江人,人是活的,园子是死的,芥子园明明建在南京,怎么可以把它移到浙江兰溪。

朋友说,上网一搜索,就知道它在哪了。他拿出笔记本电脑,无线上网查寻,果然跳出许多崭新的图片。我看了不以为然,原来是个货真价实的假货。朋友说知道它假,问题是真的在哪儿,又有谁能拿出一个真货。芥子园早没了,它曾经辉煌一时,大出风头,然后无影无踪。人去园废,沦为菜地,盖起了房子,旧房没了,又盖起新高楼。今天,专家或许能告诉你大致在什么地方,譬如南京城的西南处,譬如秦淮河边,说白了,也就是给人一点历史信息和文化破烂。

李渔搁历史上,是个可有可无的人。不喜欢的,觉得他旁门左道,聪明过于学问,立身不谨,甚至有些下流。喜欢的,认为他非常了不起,多才多艺,戏曲和小说都玩得不错。他的喜剧,与同时代的莫里哀可以一拼。代表作《闲情偶记》,后来的很多文化人极力推崇。他在南京的别墅芥子园,被誉为园林艺术的经典,而在这儿编辑出版的《芥子园画谱》,成了中国画的教科书。

文化正在变得越来越时髦,李渔的行情也越来越看好。重建芥子园,成了许多有识之士的梦想。浙江人捷足先登,南京方面也在喋喋不休,为选址暗暗较劲。园址应该在什么地方,公说公理,婆说婆理,个个理直气壮。我们总是习惯再造历史,政协委员毅然请命,政府官员慷慨立项,劳民伤财在所不辞。为此,我的观点很简单,真迹既然不存在,假的赝品建哪都多余。

不妨把芥子园建在内心深处,人的脑袋只有椰子那么大,却能装下万卷诗书。如果我们的心里有,现实世界是否重建一个芥子园,已根本不重要。如果没有,再造十个八个也白搭。重建芥子园,完全可以成为虚拟的事实,按照这个思路,尽可能地出版李渔原著,多写一些与他有关的文字,充分发表不同观点,编丛书或出刊物,在网络上建立一个专门的网站,让物质的芥子园变成精神的文化家园,少花钱,多办事,何乐不为。

2008 年 7 月 4 日,河西

说不完的玄武湖

根据专家考证，南京玄武湖公园有一百年历史。只要是个整数，往往会让人感到兴奋，就要庆贺，就可以开讨论会。按照中国传统，"百年"并不是好词，通常都有暗指，然而为热闹，也顾不上了。

有专家小心翼翼提出观点，说玄武湖公园很可能是中国历史上的第一，理由是还在大清朝的时候就有了，那年头除了皇家园林，便是私家园林，普天之下莫非王土，有一个属于老百姓的公园肯定很了不得。1909年，南洋劝业会在南京召开，为方便游客观赏玄武湖，当时的两江总督在城墙上开了个叫"丰润"的门洞，这就是后来的玄武门，而玄武湖公园也因此诞生。

公园的意义就在于"公"，在于为公共所有，在封建社会，公是共和的先声。有幸参加了庆贺的讨论会，回家上网检索，发现齐齐哈尔的龙沙公园更早，有1904和1907年两种说法，有专家指出它才是清政府营造的最早公园，心里不免为玄武湖公园失落，有种与吉尼斯纪录失之交臂的遗憾。

是不是第一并不重要，南京人值得骄傲的，应该是民国时期的一些记录，在1929年的《首都计划》中，南京城内的公园面积，与欧美各大城市相比，占有十分明显的优势，有了玄武湖公园，有了中山陵风景区，南京"分配每英亩公园之人数",仅多于华盛顿,与纽约柏林伦敦巴黎相比,数量要少许多,换句话说,南京的人均公园占有率在当时相当高。

既然是参加讨论会,难以逃避发言,我硬着头皮说了两个意思。第一,希望玄武湖永远不要变为一个大工地,十多年前,我在湖边遇到一位正在考察的老同学,他踌躇满志,正受一家外国财团委托,打算把玄武湖按照世界地图建成一个五洲公园,盖上各种风格的建筑,像深圳的世界之窗那样。我当时就想,这事真要成了,玄武湖就遭大殃了,谢天谢地总算没成。

第二,让玄武湖成为南京人的后花园,真正为老百姓所拥有,让市民充分享受。一个位于市中心的大公园,如果只是为吸引外地游客,只是惦记着别人口袋里的银子,在这儿根本见不到本地人,怎么说都有点悲哀。就好比有个很好的大房子,自己舍不得住,成天空关在那儿等待出租。

取消收费或许是不错的办法,国内外经验已证明这一招确实有效。寂寂空庭春欲晚,梨花满地不开门,没有人气的公园怎么说都是不好。上世纪三十年代,民国最热闹之际,夏天来了,玄武门城门大开,不收门票,变为避暑消夏的最好去处,整个公园成了欢声笑语的不夜城。此情此景,常让一度是首善之都的老南京人缅怀。

2009年8月19日,河西

《江苏读本》中的南京

繁华的背影和金陵王气

南京是江苏省府的所在地。全国几个闻名的古都中,无论是四大古都,还是六大古都,它始终占有一个很不错的位置。金陵帝王州,十朝都会百代兴衰,要想了解江苏,要想知道江苏的名城,南京显然是个绕不过去的地方。

南京城的出现有许多偶然因素,文史学家对于它的诞生,有过种种议论。一般的观点认为,应该是建于群雄争霸的战国,也就是公元前472年。历史上的南京最初属于吴国,吴国和越国大打出手,越王勾践胜了,便命令谋臣范蠡在靠近楚国的地方,建立一个叫"越城"的城堡,作为攻打强楚的基地。结果却是打虎不成,反被老虎给撕咬了,没有多久,楚国就把越国给灭了,楚威王兴致勃勃地来到南京,看这地方的地理形势险要,三面环山一面临水,所谓龙盘虎踞,不禁心生畏惧,为了镇住此地的帝王之气,便按照风水师的主意,在狮子山的背面埋了些黄金,这就是南京又被称之为"金陵"的由来。

南京的兴盛与三国时期孙吴的建都有直接关系。在广大的长江中下游地区,适合作为都城的并不是只有南京这一个地方,孙权没有选择父兄起兵发迹的镇江,没有选择自己在那称帝并且已定都八年的武昌。当时的民谣是"宁饮建业水,不食武昌鱼,宁还建业死,不止武昌居",这里的"建业"就是指南京,而"武昌"则是今天湖北的鄂州,与武汉三镇的武昌不是一回事,孙吴最终顺应民心选择了南京,他的这次选择为六朝繁华奠定了非常良好的物质基础。

南京最容易被人津津乐道的就是六朝繁华,关于这繁华究竟如何,我们只能到古人的文章里去寻找。自古以来,关于南京的文字记载汗牛充栋,名篇名句众说纷纭琳琅满目。概括起来,绝大多数的描述都是在怀旧访古,充满了一种伤感气息。譬如在左思的《吴都赋》里,形容南京当时的繁华,就是如果市民们一起挥袖子,扬起的灰尘可以遮天蔽日,如果大家一起擦汗,淌下来的汗水立刻可以让道路变得泥泞。文人的描述难免夸张,不过基调都差不多,都是怀念已失去的昔日繁华。

吴宫花草埋幽径,晋代衣冠成古丘。浏览南京的历史文献,我们所能看到的,似乎总是一个繁华都市的惨淡背影。旧时王谢堂前燕,飞入寻常百姓家,成了歌咏这个城市的基调。这显然和南京的特殊历史分不开,平心而论,国内恐怕还找不到一个城市,能像南京那样清晰地展现中国历史的轮廓和框架。南京是一本最好的历史教科书,阅读这个城市,就是在回忆中国的历史。这个城市最适合文化人的到访,它的每一处古迹,均带有深厚的人文色彩,凭吊任何一个遗址,都意味着与沉重的历史对话。以风景论,南京有山有水,足以和国内任何一个城市媲美,然而这个城市的长处,还是在于它的历史,在于它的文化。

历史上的南京曾有过一大堆名字,金陵,石城,秣陵,建业或建邺,建康,江宁,白下,蒋州,集庆,应天,上元,天京,每个名字后面都可能有一堆故事。名字被改来改去,一定会有它的道理。能够为一个城市命名的人,自然应该是征服者,有人在这里登基做了皇帝,有人在这里亡国丢了天下,既然是改朝换代,那就先把名字改了吧。

形容金陵王气,诗人李白的两句诗最直白,"地即帝王宅,山为龙虎盘",就是说这地方应该出皇帝。金陵王气为那些想在南京这地方有一番作为的人,提供了一个理直气壮的借口,它的潜台词就是老子受命于天,此地既然有了王气,那就不是我想造反,想斗胆在这儿称皇帝,而是天命不可违。三国时期,孙权最后一个称帝,迟迟不敢称帝的重要原因,是觉得自己还名不正言不顺。他耐心地等待着,一直等到曹丕和刘备都称帝了,时机已绝对成熟,才颤巍巍地建立了东吴,打出了自己的帝号。

相对于中原王朝,所谓金陵王气,其实就是觊觎天下,堂而皇之地想搞分裂。在中国的大历史上,长江流域向来受制于黄河流域,听命于来自北方的中央政府号令。金陵王气的提出,大有挟长江以自重,与黄河决一高低的意思。对于黄河流域为中心的北方来说,金陵王气是一个潜在的不安定因素,是一个提醒,是一个警告,通常情况下,北方中央政权不太能够容忍这个所谓的王气。好在事实上,金陵王气真正对北方构成威胁的机会并不多,南京虽然被誉为十朝古都,更多的也只是维持着一种偏安的局面。作为首都,南京真正能对全国发号施令,行使中央政府的权威,似乎也只有在明朝初年,以及国民政府定都南京的那几年。更多的情况下,南京政府只有半壁江山,要不就是流亡政府的所在地,西晋不行了,于是在这里有了一个偏安的东晋,明朝要完蛋了,又有了一个短命的南明。

东晋和南明以南京为首都,都是因为中原王朝遭受了北方少数民族的入侵,在这样的关键时刻,金陵王气已不仅仅是搞分裂了,而是为了恢复失地,恢复汉人的天下。这时候,金陵王气成为汉文化的支撑点,南京也成了汉人政权的最后堡垒。长江文化和黄河文化的对立已不复存在,两种文化被迫在这里交流,不得不在这里融合,金陵王气实际上成为了团结汉人的口号。

自古以来,金陵王气一直遭到大家的质疑。南京在历史上有过无数次保卫战,几乎没有一场以胜利告终。在这里住过六七年的唐诗人李商隐,为此大发感叹,"三百年来同晓梦,钟山何处有龙盘"。自从东吴的最后一位皇帝孙皓"一片降幡出石头"之后,一个接一个的亡国皇帝就再也没有间断过,别处也有亡国皇帝,可是说起名气的响亮程度,怎么也没办法与南京的这几位相比,譬如搂着妃子一起跳胭脂井的陈后主,譬如能写一手好诗词的李后主。没有一个古老城市能像南京那样适合聆听亡国之音,也没有一个城市能拥有那么多的可以让人津津乐道的亡国故事。

相对于金陵王气,亡国之音更像是响彻在这个城市上空的主旋律。六朝金粉,秦淮风月,既然亡国不可避免,醉生梦死也就成了此地的历史常态。换句话说,醉生梦死既是亡国的原因,也是亡国的结果。

十里秦淮

秦淮河是南京历史的见证,传说中六朝繁华的活标本。秦淮河全长110公里,覆盖南京的七区一县,有内秦淮外秦淮之分,我们通常说的是内秦淮,自东水关经白鹭桥文德桥,蜿蜒向西,再穿过武定桥镇淮桥,最后到达西水关,大约十里路光景。这一段水路,自古就是南京最繁华的地方。所谓繁华,就是热热闹闹,沿十里秦淮,有许多古迹名胜,譬如桃渡临流,譬如乌衣晚照,譬如长干故里,但是一般游客来到秦淮河,往往顾不上这些。对于老百姓来说,这些古老南京文化的重要象征,显得根本不重要,不就是一条有点文化含金量的河吗?

说到南京,不能不说秦淮河,说到秦淮河,不能不说夫子庙。大家感兴趣的只是夫子庙,世界古城罗马不是一天建成的,夫子庙也不是一天建成。夫子庙的中心是一座文庙,文庙并没什么了不起,在古代中国,只要是个城市,只要是个读书人的地方,要祭拜孔子他老人家,就得有文庙。南京的老文庙原来并不挨着这飘荡六朝金粉气的秦淮河,一旦搬到了秦淮河边,老百姓心目中立刻变了味道。不再叫"文庙",也不叫"孔庙",大大咧咧地就叫夫子庙,很严肃的称呼,到老百姓嘴里立刻世俗化了。

和夫子庙齐名的建筑群,还有学宫和江南贡院。学宫又名"泮宫",始建于北宋,江南贡院是我国古代最大的考场,创建于南宋。夫子庙的最大特点是文化搭台,经济唱戏,它的文化是科举,经济便是吃喝玩乐。夫子庙的故事就是《儒林外史》,就是《桃花扇》。很显然,没有科举制度,夫子庙的很多故事都无从说起。没有了科举,就没有那份热闹。没有了科举,就没有那份悲欢离合。

随着三年一次的秋闱临近,桅杆上高悬"奉旨江南乡试"的帆船,一艘接着一艘开过来了。夫子庙的狂欢节拉开了序幕,考生来了,考官也来了,一大群蹭科举饭吃的人都跟着来了。旅馆生意立刻兴旺起来,有钱的少爷,没钱的穷秀才,都得找地方住下,都得有地方吃喝。各种档次的旅馆客栈应运而生,做生意的个个喜笑颜开,卖文房四宝的,卖古书的,卖字画的,卖杂货的,看相算命的,经营典当行的,经营成衣铺的,包括人口贩子和媒婆,都迫不及待地打起考生的主意。科举养活了一大批人,一大堆的配套服务产业,雨后春笋似的冒出来。石板小街,店招迎风,在科举的指挥棒下,夫子庙的商业气氛像春天里阳光一样灿烂。

乡试三年一次,许多考生早在一年前,已在这周围住下来。还有更长期的,干脆就是这次秋闱落第,索性在秦淮河边上找个落脚的好地方,好好预习功课,准备三年后再考。三年考不上,再住三年,再考,再落第。秦淮河边读书人越多,商家生意越好做。赖着不走的落第秀才越多,商家越高兴。一家挨一家的店铺老板非常高兴,比屋而居的妓院老鸨非常高兴。夫子庙一带妓家林立,是落第秀才的最好去处,红粉佳人慰藉着失落的心,让他们意志消沉,让他们醉生梦死,让他们深陷在秦淮河边的灯红酒绿中不能自拔。

天下文枢的夫子庙曾被誉为"欲界之仙都,升平之乐国"。有了这样的荣誉头衔,斯文早就扫地,文化品味也大打折扣。遥想当年,门卷珠帘,河泊画舫,秦淮河边到处都是玉软香温的旖旎风光。站在文德桥上,人约黄昏后,但见两岸河房灯火通明,粉白黛绿者出入其间,征歌选色,通宵达旦。远远的一条画舫驶了过来,雕栏画槛,绮窗丝障,美不胜收。风吹过,一阵阵的酒肉香,一阵阵的莺歌燕舞。读书人住在秦淮河边,天长日久,难免风花雪月。有才子,自然就有佳人,才子和佳人相遇,没有故事,也会生出一些故事。桃花扇底看前朝,于是有了李香君的香巢,有了柳如是和马湘兰的活动场所。

青砖小瓦马头墙,庙堂挂落花格窗,夫子庙附近的秦淮人家,千姿百态。值得一提的是,这里的民居特色绝对不能忽视,除了大大小小的店铺,最具有秦淮文化的便是河房和画舫。河房和画舫是夫子庙最有活力的象征,是追随着秦淮河缓缓流淌的一道风景线。河房和画舫因为科举而产生,因为科举发展和壮大,却没有与科举一起灭亡。正是因为有了河房,有了画舫,科举被废除了,夫子庙依然生气勃勃,经久不衰。

古往今来,秦淮河畔的夫子庙屡遭破坏,屡毁屡建。夫子庙的不断重建,反映了南京人的一种不屈不挠,毕竟这地方是南京历史文化的最好见证。

东南的重镇

作为江苏的省城,南京难免一种失落情绪。历史上这里不止一次地做过首都,故都情结已经深深地埋入了民心。长期以来,南京一直是东南的第一重镇,有着别的城市所无法撼动的地位。远的不说,就说明清,搁在大明朝,皇城北京下来就应该轮到南京,在清初,江南省地居藩首,南京是江南、江西、河南总督的所在地,署理今天的江苏、安徽、江西、河南四省的军政事务。再后来,又是两江总督所在地,管着江苏安徽江西和上海,在这里坐上了头把交椅,那可就是一位地地道道的封疆大吏。

江苏和安徽在康熙年间分家后,安徽布政使司曾长期寄居在南京,也就是说,虽然已经是两个省,安徽的行政官员仍然对南京依依不舍。掌一省之政的布政司又称藩司,相当于今天的省长,主管一省的民政、财政和人事大权,很难想象安徽的布政使大人,竟然就能赖在南京办了差不多一百年的公差,对安徽实行遥控管理,一直到乾隆二十五年,也就是1760年才搬到安庆去上班。南京对安徽的巨大影响至今仍然可以见到,很多安徽人都习惯到南京来购物,有了疾病也喜欢到南京来求医治疗,这颇有些像后来的苏州、无锡、常州一带对上海的态度。历史形成的认同感,绝不是一天两天可以形成,一旦形成也就不会轻易改变。

南京能在中国的大城市里占有重要地位，并不只在于它是十朝古都，有那么点金陵王气。隋文帝曾经下令将这里夷为平地，一把大火烧去了六朝的亭台楼阁，这是南京城历史上遭受的最惨重打击。类似的屠城毁城还有过好几次，但是不管是受到了什么样的伤害，这个城市总是能在很短的时间里，又立刻生机勃勃地恢复过来。南京的重要性在于，无论哪朝哪代，无论国家分裂还是统一，它都是处于东南重镇的领导地位上。东南数省历来是北方中央政府的经济命脉，要想获得稳定的财政收入，东南地区的稳定和繁华就显得非常重要，而按照惯例，中央政府必定会派大员坐镇南京，然后通过南京，行使对东南数省的行政大权。

相对于自己的历史地位，近代以后的南京显然是走了一段下坡路。这其中很重要的一个原因，就是大上海的迅速崛起。看一看地图就可以明白，上海和南京离得太近了，通常情况下，无论是东南地区，或者现在大家更习惯的称呼华东地区，都只能有一个代表性的城市，此消则彼长，这个飞速发展了，那个便会相对延缓。一百多年前，上海开埠有了租界，当时它还只是江苏松江府辖内的一个小县城，在级别上和南京相差很多。南京因为自己是两江总督所在地，便把省级机关统统都迁到了苏州。上海闹出点什么事来，县太爷管不了，先要请松江府的知府出面，知府大人管不了，上面还有省一级的巡抚大人。这些人都不能摆平，才敢惊动南京的总督大老爷。

很快形势就发生了变化，因为有了租界，有了洋人，上海开始变得洋气起来，再有点什么事，中国政府哪一级的官员都约束不了。上海以惊人的速度发展着，成为一个庞然大物，成为一个谁也不得不承认的国际化大都市。相比之下，同样是处于飞速发展的南京，就一直只能望尘莫及。时至今日,只有南京军区还能管着点上海,这多少给南京人有了点心理安慰,一向自以为是的南京,只能把东南重镇的第一把交椅乖乖地送给上海。

南京是个非常宽容的城市,南京人好客,不排外,习惯于接受命运的安排。时至今日,南京仍然是东南地区除上海之外的最大城市,它成为江苏省政府所在地的时间并不长,1927年国民政府定都南京之前,省会一直是在苏州,后来又移到了镇江。1949年国民党政府垮台,江苏分为苏南、苏北两个行政公署,南京为中央人民政府直辖市,到1953年苏南和苏北再次合并,南京被取消直辖市头衔,开始成为江苏的省会。

民国遗韵

即使是在今天,穿过南京的大街小巷,你仍然可能会看到许多民国遗迹。完全是在不经意间,有人会告诉你,这个地方,过去就是国民党的中央党部,汪精卫曾经在这里被刺。很漂亮的一栋黄色大楼,有着高高的钟楼,再往前说,是辫帅张勋的提督府,辛亥革命爆发,张勋逃之夭夭,全国十七个省的起义代表集中在这里,商讨成立中华民国,推举孙中山为临时大总统。这里是中华民国的产房,中国现代史正是从这里翻开了第一页。同时,也还是在这里成立了中华民国的临时参议院,它是中国历史上第一个立宪机构。

南京有许多地方可以树碑立传,稍稍有些来头的街区,哪条巷子都有故事,哪幢老房子都有说法。南京就像一座天然的历史博物馆,无论你走到哪里,都可能和过去的事件和传说迎面碰撞。很显然,你见得最多的一定还是民国遗产,这里面有两个原因,首先在时间上,毕竟民国离我们最近,六朝和明清的古建筑,因为年代太久远,很可能会在这样那样的灾难中毁于一旦,考虑到南京历史上发生过的一次次毁城,古建筑又大多是木结构,很多遗迹荡然无存并不奇怪。其次是因为民国的建筑确实太多了,这些年旧城改造,许多很有价值的老建筑被拆除了,很多历史遗迹被破坏,可就算是这样,瘦死的骆驼依然比马还大,国内任何一个城市的民国遗迹还是不能和南京相比。

在城市建设方面,南京是中国第一个按照国际标准,采用综合分区规划的城市。二十世纪三十年代,南京作为国民政府的所在地,曾有过一次规模浩大的城市建设。它不仅立刻让南京受惠,而且吃足了老本。过去的很多年,谈到城市规划,谈到绿化和公用设施,大家都羡慕南京。对于一个城市的发展来说,这是一次十分难得的机遇。在国民政府工程师和公用事业官员的不懈努力下,宏观上采纳了欧美规划模式,微观上采用了中国传统风格,南京成为当时"中国最漂亮、整洁而且精心规划的城市",并因此被哈佛大学的教授柯伟林写进他的教材。另一位叫爱泼斯坦的美国人则早在抗战爆发之前,就对南京的市政建设赞不绝口,他把当时的南京比喻成一座带有普鲁斯色彩的首府,与欧洲最好的城市相比毫不逊色。

我们今天看到的民国遗韵是一段辉煌历史的残存。虽然遭受到了战争的严重破坏,但是南京的实际受损程度,与欧洲名城伦敦和柏林相比,与日本的首都东京相比,保留完好的建筑物要多出许多。正因为如此,展现民国风貌成了南京一张很不错的名片,当然,除了大量的民国老建筑,最值得一提的还有"浓荫蔽日",南京有太多民国时期种下的树木,前人种树后人乘凉,南京是无可争议的绿色城市。在现代化高楼林立的今天,民国老建筑和绿油油的参天大树,已成为南京市容的最好点缀。

无法完成的一日游

对于一个旅行者来说,来南京观光最好能多少做一番准备。这里可不是个走马观花的地方,因为此地的旅游资源非常丰富,既有令人惊叹的湖光山色,更有让人追古抚今的人文景观。一个城市又有山又有水,已经很不容易,难能可贵的是这些山山水水,在南京都有机地和历史文化交织在了一起。说老实话,即使你的时间很充足,即使你已经做了细心准备,甚至还有一个很棒的导游和向导,也只能匆匆地把南京这个古城琢磨出一个大概。

南京的山都不太高,最高点无疑就是紫金山,又名钟山。巍巍钟山也就448米,由东向西,仿佛一把宝剑劈向南京城,高高拱起的钟山就是刀把,然后那些断裂的一截截刀身,插在了泥土里,形成了一个个连绵不断的高地小山丘。它们其实都是钟山的余脉,分别是富贵山、九华山、鸡笼山、鼓楼岗、五台山、清凉山。最西边的清凉山顶端,便是大名鼎鼎的石头城,唐朝以前,这里面对着滚滚长江,登高望远,让无数英雄感慨不已。

千万别小看了这一座座小山丘,它们是南京的脊梁骨,个个都是名胜,处处都有风光,所谓衣冠文物盛于江南,文采风流甲于海内,说的就是这些地方。南京有着世界上最长、保存最完好的城墙,当然到南京来,你免不了还要去看些名人陵墓。外地游客一般都不太知道,钟山脚下的梅花山埋葬着孙权,春天里漫山遍野的梅花盛开,这里是南京人最向往的去处。明孝陵和中山陵的气派,任何看过旅游图片的人都早已有了印象。在阳光照耀下,钟山常会放射出一种炫目的紫色光芒,祥云环绕,紫气东来,围绕着这一片片的山陵,六朝的石刻便散落在原野间。说起六朝石刻,尤其是这个时期的雕塑,熟悉南京市徽的人立刻会想起那威武的石辟邪。当古罗马艺术随着庞大的帝国一起衰落时,六朝石刻在南京的周围正方兴未艾。经过专家的考订,具有极高艺术价值的六朝石刻,不仅传承了汉代风格,而且融合了佛教艺术,甚至很有可能受到了古希腊古罗马雕塑的影响。

  南京的山看不完,南京的水别有风情,除了一条蜿蜒流淌着的秦淮河,玄武湖、莫愁湖的景色也是美不胜收。湖光山色园林城市,早在上个世纪的二十年代末,有一项调查数据就显示,南京当时的城市公园面积,在世界大城市中名列前茅,远远地高于伦敦,高于柏林,高于纽约,和美国的首都华盛顿基本持平。这个数据的成立,很大程度上要归功于天工造化,归功于南京市内的山山水水。随着城市现代化的全面铺开,南京的城市绿地面积受到了严重影响,绿化覆盖率大打折扣,但是凭借历史的丰厚遗存,在国内大城市中仍然还有着不可比拟的巨大优势。南京市政府已向市民许诺,在不久的将来,这个城市的绿化覆盖率将达到55％以上,主城区人均公共绿地面积要达到十五平方米以上。

2008 年

辛亥革命时的南京

1

1911年的10月10日不同寻常,对于绝大多数南京人来说,这一天并没有太大不同。寒露刚过,秋天已有了模样,正是江南最好季节。由于发明了电报,武昌起义的消息很快就传过来,这个城市显然习惯了平静,感觉是迟钝的,无关紧要,好像千里之外的枪声,与自己没什么直接关系。

太平天国一点都不太平,曾给南京带来了巨大的伤痛,接下来许多年,这个城市一直在静静疗伤。长毛早已灰飞烟灭,湘军和淮军的影响却仿佛还在,在这做官的不是湖南人,就是安徽人。驻扎在城内的军队大约有两万五千人,其中倾向革命的新军有五千人,保守的旧军有旗兵和绿营两万人。老百姓对动乱充满了恐惧,对战争非常厌倦,最好的选择就是什么事也别发生,最好的生存状态就是太太平平。戊戌变法,义和团运动,边远省份由同盟会领导的一次又一次暴动,四川的保路运动,过去发生的一系列重要事件,都与南京没任何关系。

武昌的起义似乎还不足以惊醒这个城市,革命接二连三,革命党人频频出击,到处开花。光复大旗随处飘扬,转眼之间,南京周围差不多都成了革命党的天下。远一些的陕西山西云南光复了,近一些的湖南江西安徽光复了,上海光复了,杭州光复了,苏州光复了,沿着沪宁线,无锡常州镇江接二连三光复,连江北的扬州也光复了,南京仍然还掌握在清政府手里。

这个有点让人感到尴尬的现实,让南京的革命党人感到很窝心,很着急。起码在外人看来,南京人不够努力,缺少血性。当然,南京人也做出了努力,11月8日凌晨,一次仓促的不成功的起义,让势力单薄的革命党人惨遭失败。负责守城的清军将领,显然做好了防范,防患于未然,早早地将可能闹出事的新军调出了城外,每人只发给三粒子弹。和很多城市不用吹灰之力就轻易拿下不同,南京注定要经历一场血雨腥风。考察整个辛亥革命,南京光复之役不说最惨烈,但是也可以说相当麻烦,付出了很沉重的代价。

如果历史允许假设,时间可以倒流,站在清朝的统治者角度来看,他们一定会后悔做了两件事。第一,取消了科举,这让读书人失去了奋斗的目标。太平天国领袖洪秀全,就是一个屡试不中的失意秀才,要是考场得意,让他有了功名,或许就不会给政府添那么大的乱子。科举没有了,一代读书人有力无处使,有劲不知道该怎么用,仿佛没头苍蝇,巨大的能量发挥不出来,革命也就在所难免。第二,不应该冒冒失失地做军国主义的美梦,大清朝已病入膏肓,虚弱的身子根本禁不起重药,却还妄想建立一支强国称霸的新军,结果国未强,霸未称,反倒给自己培养了掘墓人。

复旦大学著名教授朱东润先生的三哥就曾经在新军服役,后来转业到南京老虎桥监狱当了狱卒,他的故事非常适合再现当时的历史。

武昌起义的消息传来以后,这位思想激进的年轻人开始不安分起来,他与新军的中下层军官秘密联络,约定时间里应外合,同时举行暴动。然而新军被突然调往城外,仍然还蒙在鼓里的他按照原定计划起事,时间一到,在监狱里为犯人打开了镣铐,用事先准备好的枪支将他们武装起来,然后呼喊着冲向街头。

因为没有外援,结果就只能壮烈牺牲。从名声来看,朱东润的三哥不能与秋瑾和徐锡麟相比,也不能与黄花岗七十二烈士相比,虽然后来也得到了抚恤金,也算是个英雄先烈,说起来却总觉得有点心酸。革命难免会有些牺牲,革命不是做买卖,不可以讨论值得不值得。然而他的牺牲至少可以说明,光复南京毕竟不是儿戏,还必须有些更有力的行动才行。

2

辛亥革命的最终成功,完全出乎大家意外。按照革命党人的意愿,革命应该首先在边远地区发动,然后逐步推开,最终彻底动摇清王朝。偏偏事实证明,边远省份的起义,总是微不足道,很轻易地就被扑灭。众所周知,发生在武昌的起义更像是一次擦枪走火的意外,革命党人自己都感到手忙脚乱,最后不得不从床底下将黎元洪搜出,白白送了顶革命元勋的乌纱帽给他。

因此,辛亥革命成功,某种意义上来说,并不是革命党人如何强大,而是大清朝实在太弱。光复成了多米诺骨牌,因为大清朝太弱,因为寿终正寝,很多城市只要揭竿而起,发一篇通告,贴几张传单,就可以传檄辄定,立刻光复。巡抚大人摇身一变,又成了本省的最高权力长官都督。城头变幻大王旗,革命成了一场欢快游戏,光复成了最时髦的词。然而骨子里的旧还在,官仍然是官,民依旧是民,知县摇身一变,成了县知事,一字之差,县太爷还是县太爷。

此时的南京却有着特殊意义,天下已经大乱,胜负还在一念之间。袁世凯打电报给负责守城的张勋,说"东南半壁,悉赖我公",他的意思十分明显,只要南京还在,革命党人就翻不了天。只要南京还没丢,沪宁线上的城市虽然光复,其他省份已经独立,清军随时还可以再收复。这时候,革命已经不可阻挡,但是站在反革命一边的袁世凯却稳操胜券,他的北洋大军掐住了革命党的喉咙,已将武昌团团围住,置于自己的炮火之下,只要他愿意,拿下武汉三镇指日可待。

革命党人也看到了问题的关键,很显然,辛亥首义的武昌肯定守不住。事实已经证明,在军事上,黄兴督战的革命军根本不是北洋的对手。要解武汉之危,只有尽快搞定南京。"南京一日不下,武汉必危。武汉不支,则长江一带必不能保,满房之焰复炽,祖国亡无日矣!"一时间,南京成了重中之重,于是江浙联军组成了,革命与反革命的势力不得不在此地进行决战。

说是决战,相对于上个世纪军阀混战,中日战争,国共内战,光复南京之役算不上什么大战,死伤人数也相当有限。毕竟是一场改朝换代的生死决战,毕竟这一仗,彻底结束了中国几千年的封建统治。南京的光复,让快要逆转的形势,又一次有利于革命党人。很显然,武昌起义惊天动地,而南京的光复,才正式宣告清朝的大限到了。

这样的结果,一向散淡的南京人肯定不会想到,他们不会想到自己的城市,在风谲云诡的中国大历史上,会扮演一个如此吃重的角色。革命军从不同的方向冲进城门,爱看热闹的南京人又一次成了看客。炮声已经听不见,零星的枪声也已经结束了,南京人怀着好奇的心情走上街头。在著名的革命党领袖中,竟然找不到一个土著的南京人,退而求其次,就算是革命党中有头有脸的南京人也找不到。说起革命家史,南京人只能又一次惭愧。

3

辛亥革命是个模糊的概念,既可以指武昌起义,也可以是当时的一系列城市暴动。或许正是从这个时候开始,革命就变成了一个常用词汇,十分正面,而反革命基本上就骂人了。结论往往最简单,教科书一次次将标准答案灌输给了我们,不断出现在考题中,因此一说起辛亥革命,是个学生就会滚瓜烂熟。首先,它推翻了几千年的封建王朝,其次,袁世凯窃取了革命的成果。我的历史知识都是读闲书得来的,用行家的话说,是野路子。多少年来,我一直是野史的爱好者,通过旁门左道阅读历史,借助前人的文章和笔记了解过去。辛亥革命时期的南京是怎么样,当时的人有些什么心态,重新考察体会,或许会有些新的观点,会有些与流行不同的看法。

终于光复了,南京的老百姓开始咸与维新,开始兴高采烈相互剪辫子。大家突然发现,原来剪个辫子也没什么大不了,就仿佛闹革命,在不同阶段,有着不一样的代价和结局。清朝留给汉人的辫子,原本和脑袋联系在一起,危险时,剪辫子意味着要丢掉性命,等到大势已去,连袁世凯也与时俱进,剪掉辫子也就是一剪子的买卖。到这时候,水到渠成,剪已经不是什么事,不剪辫子才是个问题。

用旁观者来形容辛亥革命时期的南京人,显然有些不够恭敬,事实的真相或许就是如此。南京是两江总督所在地,掌管着当时最富庶的区域，控制着清政府的经济命脉，历来为朝廷所看重。但是南京人根本管不了这些，他们才不在乎自己的城市有着什么样的政治地位，只是以一种十分现实的心态，非常平静地去迎接这场革命。不仅平民如此，普通官员也是这种态度。攻打南京的炮声响起之时，除了位于最高层的那几位长官，夹着尾巴仓皇逃跑，大部分官员都静观其变，既不打算直接参与光复，也不准备为大清尽忠殉节。

清道人李瑞清当时的职位两江师范学堂监督，也就是南京最高学府的校长。考察这样一个文化人的态度，显然有助于我们重新回到当时的现场。李清道是中国最早参与高等教育的文化官员，曾经到日本考察教育，戊戌变法以后，新派思想一度落于下风，保守势力甚嚣尘上，但是随着科举制度取消，废书院，兴学堂，罢私塾，设师范，已成为不可阻挡的潮流。那时候的大学生显然没有今天激进，更没有几年以后"五四"运动时的觉悟。虽然在革命军中也有李的学生，譬如后来的著名教授陈中凡先生，他曾在革命军中当伙夫，毕竟只是极少数，基本上微不足道。

当时思想激进的学生，也不过是先悄悄地把辫子剪了。作为大学的一校之长，对待自己的学生，李瑞清既不鼓励，也不阻挡，完全放任自由。在革命军的隆隆炮声中，他唯一的要求，就是照常敲钟上课。天下再乱，认真读书总是不错。他这么做，依然这么固执，很有点书呆子，但是确实不容易。当时的两江总督张人骏十分感慨，佩服他的淡定，觉得人才难得，是"诚可寄命任重者"，当即火线提拔，任命他为江宁布政使，官居二品。这是个相当高的职务，相当于今天的副省长和民政厅长。

受命于危难之中的李瑞清已不可能大有作为，大局不可能更改，很快，两江总督张人骏跑了，辫帅张勋也跑了，美国和日本领事劝李瑞清去外国军舰上暂避，他依然书生本色，没有携款潜逃，而是"封藩库，积金数十万",静待革命军的到来。南京光复的那天,他衣冠楚楚,奉印端坐在堂上,眼睁睁地看着革命军冲了进来。

革命军并没有为难李瑞清,毫无疑问,这样的书生不应该是革命对象。交了布政使的大印,回到学校,留校师生奔走相告,欢迎他回来主持学堂。可惜李瑞清不愿与新政权合作,去意已决,遂命人登记校产,抄录清册移付缙绅,上书督府,辞退校长职务。又眼见学生贫寒,衣衫褴褛生活贫困,心中十分痛苦,便卖去自己的车马,所得钱财散给穷学生,随后两袖清风,飘然而去。

4

由于南京是由联军攻打下来,谁来当这个城市的大都督,便成了一个有争议的话题。论功行赏,结果却是你不服我,我不服你。革命给了革命党人一个平起平坐的机会,拥兵的青年将领都觉得自己功高盖主,革命尚未最后成功,各路英雄好汉已经开始勾心斗角,开始争权夺利。南京光复以后,革命党人纷纷涌向此地,投机者也如期而至。虽然革命还未最后成功,武昌仍然告急,可是这里已经俨然像个官场。同盟会会员吴玉章代表蜀军政府赶到南京,刚成立的中华民国临时政府像点样子的官衔早就瓜分一空,部长的位置没了,次长的位置也没了,以至于老朋友只能抱歉,让他任选一个司局长干干。

从光复那一天起,南京就成了一个大的权利场。不能将李瑞清这样的教育精英为自己所用,显然是新的民国政府的遗憾,在这个问题上,既可以说李瑞清顽固和清高,也可以说新政府根本就没时间没兴趣来网罗人才。新的民国政府有很多事要做,有很多重要的会议要开。

由于在中国历史上的特殊地位,南京很轻易地就获得了对辛亥革命的领导权,就像革命元勋黎元洪的遭遇一样,具有金陵王气的六朝古都南京,在各种势力的综合作用下,顺理成章地成了中华民国政府的所在地。

武昌起义时,革命军的旗号是十八星旗,它仍然带有汉族独立色彩,驱逐鞑虏,恢复中华,十八颗星象征着汉人的省份。南京民国政府最后选定的国旗,是代表着汉满蒙回藏五族共和的五色旗。千万不要小看了这五色旗,从武昌起义到南京光复,从汉人闹独立到五族和平共处,也不过就两个月功夫,辛亥革命已迈进了一大步,此时的中华概念,事实上就是清政府原有的疆域,它已经不再仅仅是一场汉民族的革命,而是整个中国人的革命。

南京悄悄地改变了革命的性质,从结果来看,它仍然还有骨子里的软弱,正是这种软弱,导致了袁世凯最后窃取了大总统一职。然而有时候妥协并一定是坏事,让步也不是没有一点意义,妥协和让步可以达成了一种共识,可以选择一个最好的结果,这就是取消帝制,反对民族分裂,停止南北对抗。从光复的那一天开始,南京就担当起了领导和调和的任务。如果说辛亥革命时期的南京有什么最重要的贡献,那就是它一次次满足了当时各种势力的要求,为未来寻找到了一个平衡点,为大家找到了一个都能接受的方案。辛亥革命时期的南京,有着中国历史从未有过的民主,虽然有些混乱,有太多见不得人的勾心斗角,有让人不齿的权谋,但是说到底,还是浩然正气占据了上风。辛亥革命时期的民主虽然只是初级阶段,然而却几乎是中国近现代史上的绝唱,这以后很多年,以讨论的方式,以和平的方式,完全考虑到民意来决定国家领导人的方式,已完全被暴力革命所替代。

1911年的12月14日,各省代表在南京开会,为选黄兴还是黎元洪当总统争执不休,获悉袁世凯也赞成共和以后,立刻决定暂缓选举总统,虚位以待袁世凯反正。很显然,还处在敌人阵营的袁世凯,才是大家心目中众望所归的总统人选,黄兴这么认为,黎元洪这么认为,孙中山也是这么认为。12月25日,孙中山从法国马赛回国抵达上海,由于有比较高的威望,他受到许多革命团体支持,也得到了立宪派和旧势力的认可,一致认为他是争取袁世凯反正之前的最佳临时总统。因此从一开始,孙中山的大总统前面,就加着"临时"两个字。

换句话说,袁世凯最后成为正式的大总统,不是一个简单的窃取就可以解释,也不是因为南京的软弱就可以形容,而是代表着当时从上到下的民心。事实上,辛亥革命时期的南京在最后选择了袁世凯,错也好,对也罢,最终是尊重民意这一点,应该得到充分肯定。周公恐惧流言后,王莽谦恭未篡时,是袁世凯对不起民意,是他自己把事情搞砸了,如果在当选大总统之后不久便死去,他或许就真的流芳百世了。

后　记

　　这本书的内容,本来应该是分成两本,一本《南京人》,另一本是《南京人·续》。后来印成了一本,书名不好起,商量一番,最后成了《南京人·续》,意思还是两本书。但是,后来发现,这很容易引起误会。现在又要出新版,干脆就叫《南京人》,同时增加一篇《辛亥革命时的南京》,特此说明。

　　原书分别有序,附录在后面,正好可以交待写作时间。

叶兆言

2016 年 4 月 10 日记于南山

附一:《南京人》序

到过南京的人,十有八九,会去领略玄武湖风光。玄武湖是南京人的骄傲,可惜近年来,玄武湖有两件小事,让人哭笑不得。一是沿湖修了环湖观光列车,一是在公园里搞了若干个小游艺,为了招揽游人,整天开着高音喇叭。

事实证明,没什么人愿意乘坐观光列车,那两节列车总是停在那里生锈。问题还不仅仅在是否有生意,关键是铁轨的设计有严重问题,也许为了节省资金,又粗又大的铁轨不是贴着水面走,而是架在半空中,正好挡住从堤上走过的游人视线。游玄武湖,人在堤上走,两岸风景如画,这是南京人的一乐,由此可见,架在半空中的铁轨对湖光山色的破坏几乎致命。

用高音喇叭放流行音乐,没完没了,老是一盘劣质带子颠过来倒过去。这是对游人耳朵肆无忌惮的侵略。让人感到迷惑不解的是最初的高音喇叭噪音,就从公园管理处附近的一座丑陋城堡发出来,管理处的官员天天忍受着这种噪音,为什么不觉得闹得慌。问题的关键,由于缺少干涉,结果公园中的高音喇叭声,就有了泛滥之势。

我天天都去玄武湖散步,当然只是为了锻炼身体。在构思《南京人》这本书的时候,我不止一次想到,迟早有一天,宽厚的南京人不会再容忍这种对视觉和听觉的伤害。类似的煞风景必须得到纠正,传统的南京人很有忍受力,但是毕竟有限度。美丽的玄武湖是南京的缩影,我们应该很好地保护它。历史曾给这古城带来许多伤害,南京人有能力治愈这些大大小小的创伤。

  以上文字是十一年前写的,时间过得真快,这期间南京城发生了巨大变化,说超过以往的一百年,绝不能够算作夸张。关于这座城市,我曾陆续写过一些文字,不少朋友认为最有特色的就是这本小册子。我自己也很在意,不仅因为它的一气呵成,还在于它写了那些不太会改变的人和事。过去的十一年,天翻地覆,很多人搬进新居,买了私家车,书中写过的那些时髦小玩意,如今已成为古董,譬如中文 BP 机,譬如 VCD 光盘。一些不和谐现象得到改善,玄武湖的观光列车被拆除,扰民的高音大喇叭被取消,落后的老城区减少了,新的贫富差异却在形成。南京正经历前所未有的高速发展,回首巨变重读旧作,突然有种感觉,仿佛它写于很久以前,真是一本老掉牙的书了。

  这次新版重印,没收入写南京的其他文章,如果那样做,这书的厚度将会增加一倍。以原貌与读者见面或许更有意思,我希望能保持原汁原味,巨变的南京都快让人追不上它了,但愿这部书中还能依稀见到一些往昔的踪影。

2007 年 11 月 17 日,河西

附二:《南京人·续》序

十多年前,写过一本《南京人》的小册子,似乎还有读者愿意看,很多朋友喜欢谈这本书。为了便于阅读,有人建议把有关文章收集一下,我犹豫再三,决定出本续集,所谓续,无非告诉读者,这里面的内容与《南京人》不重复。

我热爱南京这座城市,断断续续一直在为它写点文字。这个城市变化太快了,因为快,时间的痕迹显得尤为重要。举例来说,几年前郊区某别墅,贵的要一千多万,最低价六百万,可是今年市内的一套空中江景豪宅,竟然以千万元的天价起步。并不是对房价有特别兴趣,也不是羡慕富贵,我只是觉得跟不上时代节拍,因此十分在意写作的日期。社会在发展,价格在飙升,人心的尺度也在变化,离开了具体的写作时间,我的文章看上去会显得太落伍。

很遗憾有几篇文章的写作日期已不可考,印象中都是比较早,大约是八十年代末九十年代初。昨天与一位在德国待了二十多年的朋友聊天,他与我同岁,自小在南京长大,这些年回国,发现家乡年年在巨变,而他生活的德国,基本上没什么变化。温故知新,我们一起感叹,我们一起怀旧,突然间,发现自己成了可笑的保守主义者。

2009 年 9 月,河西

图书在版编目(CIP)数据

南京人 / 叶兆言著.—修订本.—南京：南京大
学出版社,2016.6(2025.9重印)
ISBN 978-7-305-16922-9

Ⅰ.①南… Ⅱ.①叶… Ⅲ.①散文集-中国-当代
Ⅳ.①I267

中国版本图书馆 CIP 数据核字(2016)第 109345 号

出版发行	南京大学出版社	
社　　址	南京市汉口路 22 号　　　邮　编　210093	
	NANJING REN	
书　　名	**南京人**	
著　　者	叶兆言	
责任编辑	沈卫娟	
照　　排	南京紫藤制版印务中心	
印　　刷	南京爱德印刷有限公司	
开　　本	880 mm×1230 mm　1/32　印张 10.5　字数 245 千	
版　　次	2016 年 6 月第 2 版　2025 年 9 月第 11 次印刷	
ISBN 978-7-305-16922-9		
定　　价	60.00 元	
网　　址	http://www.njupco.com	
官方微博	http://weibo.com/njupco	
官方微信	njupress	
销售咨询	025-83594756	

* 版权所有，侵权必究
* 凡购买南大版图书，如有印装质量问题，请与所购
　图书销售部门联系调换